潜伏商圈

QIAN FU SHANG QUAN

B集

文 剑◎著

中国广播影视出版社

图书在版编目（C I P）数据

潜伏商圈. B集 / 文剑著. -- 北京 : 中国广播影视出版社，2018.6
ISBN 978-7-5043-8148-4

Ⅰ.①潜… Ⅱ.①文… Ⅲ.①长篇小说－中国－当代 Ⅳ.①I247.5

中国版本图书馆CIP数据核字(2018)第105401号

潜伏商圈. B集
文 剑 著

责任编辑 许珊珊
装帧设计 鑫源出版

出版发行 中国广播影视出版社
电 话 010-86093580 010-86093583
社 址 北京市西城区真武庙二条9号
邮 编 100045
网 址 www.crtp.com.cn
电子邮箱 crtp8@sina.com

经 销 全国各地新华书店
印 刷 黑龙江艺德印刷有限责任公司

开 本 787毫米×1092毫米 1/16
字 数 235（千）字
印 张 21.25
版 次 2018年6月第1版 2018年6月第1次印刷

书 号 ISBN 978-7-5043-8148-4
定 价 55.00元

QIAN FU SHANG QUAN

目　录

QIAN FU SHANG QUAN

袁胖子的威胁

话说秋峰、朱海乘坐长途汽车两手空空从盐都返回石门市，回程路上，朱海不时长吁短叹，秋峰则一言不发。显然，这趟盐都讨债之行不仅徒劳，而且朱海挨打，秋峰有说不出的沮丧，就连重整旗鼓的信念也泯灭殆尽，满脑的混沌，他内心陷入苦苦的煎熬之中。

“唉，这一大笔一百几十万的窟窿如何收拾、填平，后面咋办呢？”秋峰自言自语，精神恍惚，他木然地取钥匙开了公司防盗门后，走进屋便一屁股坐在沙发上，闭目不语。

“这一百几十万，我们要干多少年才能出头哇？”朱海正在说着，“丁零丁零……”电话忽然响了。

“奇怪，刚进门就有电话跟来了？”朱海接起电话，里面传来厉声责问，朱海捂着电话筒对秋峰轻轻道，“是何老师的石门工学院基建处那个女会计盯结上个月钢材款，都发火了，这？”

秋峰此时心情十分糟糕，把一只茶杯推翻在地，咣当一声碎了，然后又指着自己摇摇手，朱海吓一跳，又省悟对着电话道：“我们秋站长出差收资去了，过几天才能回来。不好意思！”

电话里又传来叽里咕噜的声音，朱海“哦好，哦好”地应付便挂了电话。

“欠人家的，不能含糊了事，这信誉没了，下面就得卡壳，就不灵了！”秋峰站起身来怏怏道，“我们绝不能像曹无赖那样厚颜无耻，无信苟活，你跟我明天得上门给人家打招呼把欠账结了！”

“那曹无赖不给钱，上面钱没了，下面拿什么钱再付？”朱海道。

“桥归桥，路归路，欠人家的，砸锅卖铁也要付，这叫商道规则！”秋峰想了一下，又低低道，“把付雄钢款截留，先把欠工学院的付了，后面我好跟何老师商议！”

“哦……”朱海听了似是而非地点点头。

“秋老板”耷拉着昏沉沉的脑袋，不知他仍在寻思什么，俩人不再言语，空气似乎就此凝固了。

几天后……

“嘭！嘭嘭嘭！”门口传来敲击声。

“谁呀？”朱海起身去开门。

门开了，进来一男一女，男的长得又矮又胖，面颊黝黑，衣着随便，目光炯炯，年纪四十来岁，一看便是长年浪迹江湖之人，给人以沉稳精明的印象；而女的却是婀娜多姿，皮肤白皙，衣着讲究，还带着金丝眼镜，显得十分文雅而柔情，时髦而富有贵族之气，估计年岁三十不到，两人反差甚大。

“你们是？”朱海发问。

“哦，”那男的说，“哪位是秋峰经理？听说你们这里卖这些钢材？这是清单，”边说边从口袋掏出一张用香烟盒撕开背面纸写的清单。朱海接过一看，上下一番目测，嘴上招呼道：“二位稍坐，我去给秋经理看看库中是否有货。”

朱海将纸条拿给正在算账的秋峰，秋峰看了下，沉吟说：“这货倒是有，不过库中就这些了，暂时不卖了，做样品吧，卖掉的话连客户参观的样件都没有了。”

那黝黑的汉子一听，连忙掏出一支烟走过来敬秋峰，满脸堆笑道：“这位兄弟，我向您自我介绍一下，我是石门市水泥制管厂的供应科科长，我叫霍元旦，”又指下那艳丽的女人道，“这是我们厂的财务会计陈娇娇。早听说贵处有高线钢材优惠批售，本来早该拜访，只是厂子里太忙耽误了，今天我们特地拜访，希望咱们能建立一个长期合作关系，我厂常年需要此钢材，今年匡算下至少五千吨的数量，只要贵处长期稳定有货，说不准我厂是贵处的长期性客户呢！嘿嘿。”

“是啊，是啊，我们厂长早就催我们来了，”被介绍的陈娇娇也附和地补一句说，“希望秋经理到我们厂考察下，我们伍厂长可是十分仗义豪爽的部队转业干部，是石门本地有名的企业家呢！”

“哦，荣幸荣幸，你们请入座！”秋峰听了俩人的话，不觉平添几分好感。但又露出有些为难，道，“可你们要的货，我们仓库仅有这些了，下批货估计十天样子就能到库，是否能等到下月再来呢？”

霍元旦一听便有些着急，连说三个“NO！NO！NO！”。又道：“我厂现在等米下锅，等不及啦，你们能不能将库中货先卖我们应急用，下月我们提前报单，但这次可不能耽误我厂生产用料啊。”

“那好，”秋峰想了想道，“既然贵厂急等用货，就卖给你们吧，价格是每吨3860元，还是原来的优惠价，就D6：80吨，D8：120吨，全部给你们了，你们凭单自个提货。”“谢谢、谢谢，可以、可以！”霍科长看了下陈娇娇，陈娇娇点点头，陈娇娇抢话道：“你们把提货单开给我们，我已带来转账支票，你们收到钱了，就给我们提货可行么？”

“行啊行啊！”秋峰随即回到座位上，迅速照着清单开具了提货单，交给朱海叮嘱说：“你与那个女的会计去银行扎款，扎款完了回头告诉我，我好通知仓库发货！”

“好嘞，”朱海拿了提货单对秋峰耳语一下，“一定要等我正式收款了，才能放货哦！”秋峰闻言点点头。

朱海带着陈娇娇出了门，留下秋峰和霍科长。

两人聊起天来。

霍元旦见秋峰脸部僵硬，似乎心事重重，不禁问道：“我感到秋经理心神不定，好像遇到什么不顺心的事了吧？”

“唉，”秋峰轻叹一口气说，“是啊，初试下水竟迎头撞上大石头，头破血流呢！”

“究竟遇上什么事呢？”霍元旦又掏了一支三五牌香烟，秋峰接过烟点上火，猛吸一口，但呛得一阵咳嗽。

秋峰把“老赖”曹子风的情况一一叙说了一遍，最后骂道：“这老家伙不仅赖账，还伙同那老婊子打了我兄弟朱海，您没看见那小伙子朱海走路还是一瘸一拐的吗？”

“是吗？”霍元旦听了秋峰一番怒诉后也义愤填膺道，“那老家伙要是遇到我老霍了，就该遭殃了，就是圆铁头，老子也要捏扁它！”又道，“看你文绉绉地对付他这套，这不管用啊！”

“那又如何呢？”秋峰看了一眼霍元旦。

“你们请律师了没有呢？”霍元旦问。

“请律师去法院打官司，官司赢了又执行不到他们的财产，又有何用呢？”秋峰又叹了一口气说。

“这也是，”霍元旦说，“像我厂，人家欠我厂的钱，赢了官司但还是执行不了，拖了几年了，这官司花费人力、财力一大堆，至今分文未拿到，白忙活不说，还搭进去不少！这年头，想办事哪有不付本钱的，即使付了本钱也未必办成事啊！”

秋峰听了霍元旦的话点点头。

“我倒有个主意！”霍元旦说。

“什么主意？说给我听听！”秋峰望着眼前这个其貌不扬的霍元旦。

“你们派个老道点的人，跟踪那个姓曹的家伙，看他在哪些单位活动，一定要先掌握这些情报，但跟踪不能让他发现！”霍元旦吸了一口烟又说，“另外，我厂有个诉讼经验很丰富的叫肖武的律师，我可以介绍给你，肖律师是个老律师，是石门济世八方律师事务所的大律师，这人在石门名气大得很，在法院人脉关系多，经验又老道，我相信他有能力助你一臂之力！”

“那太好了，你是否能联络肖律师马上与我接头呢？”秋峰脸色由阴转晴。

“看你兄弟，此事我帮定了！”霍元旦决然地攥紧拳头说，“我先与肖律师通个话。”

霍元旦正要打电话时，桌上电话却响了起来。

“喂，哪位？”秋峰接电话问。

“我是朱海，秋经理……”话筒传来朱海急促的声音。

“什么事？”秋峰下意识看了看霍元旦。

“经理，那批货是不是别卖了，我将转账支票退给那个女会计了。”

“什么？为什么？”秋峰一脸疑惑。

“经理，我跟你说，那个女会计不在旁边，”电话那头朱海压低声音说：“在我下楼时遇到了骑脚踏车的城南工商局袁科长，知道吗，那个胖科长，他还认识我，他拽住我说我们是不是在销售高线，我不知就里，便老实告知他确实在销售高线钢材，那胖子科长问多少钱一吨，我说价格应该在4300元左右，具体由秋经理定价。袁科长说他先去办事，回头来找你，还说剩下的钢材不要卖了，他有一朋友全包了。经理、你听到没？货不能再卖了，咱们不能得罪那胖科长啊，你把那个姓霍的科长打发走吧。”

“这……”秋峰听了朱海电话里一番话，怕旁边的霍元旦听见，双手捂住话筒，错愕地不知说什么，但他嘴上道，“这不行，这不行！”便挂断电话。

“怎么了？发货有难处？”霍元旦感觉秋峰不对劲，脸色沉了下来。

桌上电话又“丁零丁零”响起。

秋峰拿起电话，又是朱海急促的声音：“经理，你赶紧把他们打发走，袁胖子马上到了。这货不能卖给他们，一则袁胖子对我们有利害关系啊，另一方面袁胖子介绍的朋友价格还高呢，喂喂，你说话呀！”

“这不成！”秋峰想了想，果断地说，“总有先来后到的，再说，我已经答应了，做买卖哪能不讲诚信，不能出尔反尔，别再多说了，这货卖给他们了！就这么定了！”

“那那……咋说……”电话那头传来朱海的焦急声。

“别说了，听我的！”秋峰啪地挂断了电话。

听此言，霍元旦上前紧握秋峰的手，动情地说：“我交你这个老弟交定了。盐都那个欠债的曹胖子，我会帮你的，我老霍说到做到！”

秋峰拿着单子对霍元旦道：“初次打交道，也请多谅解，请您让贵厂的会计把货款落实好，这货等款到了才能提，单子可以先给您，但提货时仓储站那里等我通知才能放行，明白吗？”

“明白，货款但请放心。”霍元旦信誓旦旦地说，“我老霍做事可不是曹无赖，再说我厂可是国有企业，犯不着骗人。”

就在秋峰与霍元旦寒暄间，朱海带着袁科长和一个陌生中年人，后面跟着那女会计陈娇娇闯了进来，朱海对秋峰耸耸肩，同时用无奈的目光望着秋峰，而秋峰一边热情地请袁科长和一个陌生中年人入座，一边悄悄地对霍元旦耳语一阵，霍元旦领会地点点头。秋峰道："朱海，你带两位客人先回避下。"

朱海皱着眉头，也只好带着霍元旦、陈娇娇出了门。

袁科长歪着头问秋峰："小秋啊，你还认识我吗？"

"我们在您的地盘混饭吃，怎么还认不得您袁大科长，谁有这个胆呀？"秋峰笑笑拱拱手道。

"哎哟哟，这话过了！认识就好，认识就好！"袁科长矜持地笑笑道，"哦，来来，给你介绍下，这位是中国西南建设集团石门分公司的胡总经理，我们今天能屈身上门，你想想看，你秋经理面子可大啦。"那中年男子朝秋峰讪笑下，道："你叫什么名字啊？"完了从口袋里掏出一盒烟，自个儿用打火机点着火独自抽了一口，显得十分霸道和自负。他吐出一口烟，不待秋峰说话，又慢悠悠道："看你如此年轻，好像出道不久吧，我老胡一般不急，是从来不亲自出门采购的，你懂吧？"

"他叫秋峰，"袁科长接话茬说，"不是他父子来我局办执照，我还不认得呢，后来在报纸上看到他们的广告，我才晓得他在做钢材生意，哎，秋峰，你这钢材紧俏物资是从哪弄来的？好像有什么后台吧？"袁科长不无好奇地问道。

"这个，以后慢慢向您汇报吧，"秋峰见面前两个桀骜不驯又不可一世的家伙，心里极度反感，但他仍表面装作热情，不卑不亢道，"刚才听小朱说，你们需要一批马钢高线？不过，我得向你们道歉了，在你们要货前，我把仅存的一百多吨货已卖给刚刚走的水泥制管厂霍科长他们了，货暂时没了。"

“没货了？”袁科长、胡总几乎异口同声发出惊讶声。

“那、那我工地在等米下锅呢？这、这如何是好？”胡总一个劲儿地呷嘴，刚才的傲慢忽然变得无可奈何，一筹莫展。

“你，你手下的朱海没跟你反映？你太不给我面子了！”袁科长蹭地站起身，一脸羞恼，踱了两步对秋峰几乎用命令的口吻说，“秋峰，你把那批货给我截留下来，否则，否则，你看着办吧。”

“这我做不到，我不可能收了人家钱，又把货截留，这是违反商业规则的，况且这家客户在你们之前就订购了啊。”秋峰摊摊双手，也无可奈何，但并不松口。

“那抬你上轿你不上轿？”袁科长阴着脸，朝坐在椅子上的胡总挥挥手，恼羞成怒道，“你看着办吧，咱们走！”

胡总慢慢地站起身，朝秋峰肩膀拍拍，丢了句意味深长的话：“年轻人，看你这个样子是涉世不深啊，这样子吃苦日子会在后面呢！”说完与袁胖子一前一后出了门，下了楼扬长而去。

“威胁谁？”秋峰望着他们远去的身影，恨恨地骂了句粗话。

电话响了，秋峰拿起电话，传来朱海的声音：“工商局袁科长要货咋说啊……”

“还什么咋说，我已回绝他们，没有货了！”秋峰毫无余地道。

“唉，这恐怕后面会有麻烦，你……”朱海道。

“他们想报复不成？袁胖子如果假公济私，胡作非为，我就投诉他！哼！”秋峰狠狠地挂断电话。

启动诉讼

且说那个霍元旦的水泥制管厂，得益于秋峰的供货援助，熄火多日的机器重新启动，工厂也一下子忙碌起来。霍元旦回来跟叫伍权的厂长得意汇报自己交了个好兄弟，这批货是这个兄弟面对权势不示弱，“硬卡”下来保证了水泥制管厂的供应，这样的商人不是那种唯利是图的，值得交往，陈娇娇也反映说，这个人目前有难处，我们应当帮帮他。

“什么难处？”伍权厂长听了后有些犯糊涂，又说，“我们花钱买他的货，他做什么生意应当懂得收钱发货，诚信为本，有何值得感谢的呢？”

“我认为生意场上，讲究人情人性，在平等交易外，还要互相帮扶，这样才会合作长久！”霍元旦坦诚地说。

“我同意霍科长的观点。”陈娇娇也附和道。

“那好。”伍权厂长瞅瞅霍元旦。陈娇娇无奈地摇摇头：“你们看着办吧。”说完反背着手下车间去了。

“这个伍老头就是个死心眼！”陈娇娇摇摇头又说，“老霍，你不是说让肖武律师帮这两个小伙子吗？”

“嗯，做人还是要讲信用的。”霍元旦抿着嘴应了一下。

次日，霍元旦、陈娇娇带着叫肖武的律师走进了秋峰的办公室。

肖武，戴着大框眼镜，长得又胖又白，人高马大，拎着一只鼓鼓的黄皮包，霍元旦热情让座，叫朱海赶紧上茶递烟，肖武吸了一口烟开门见山问：“把情况的来龙去脉说下，把资料给我看下。”

秋峰接着把曹子风拖赖钢材款前前后后叙述了一番，朱海插话补充几句，肖武眯着眼听着，沉思良久，转脸问霍元旦、陈娇娇：“你们真心想帮他们吗？”

“不想帮的话，带你来做甚？”霍元旦反问。

“那好，”肖武又说，“你们愿意抽几天工夫替他们跑趟盐都，盯梢曹子风？”肖武接着说，“秋峰、朱海不能去，曹已认识他们了。”

“这个……”霍元旦看着陈娇娇，似乎犯起难。

“你们的辛苦费我想秋经理会考虑的吧。”肖武看着秋峰。

不待秋峰讲话，霍元旦抢话茬说：“倒不是辛苦费，主要是厂子是否走得开。”

“我跟伍厂长请假试试。”陈娇娇问肖武，“你要我们去盐都，目的是什么呢？”

“你们扮演保险公司卖人寿保险产品的，主要盯梢曹子风的行踪。”肖武如此这般将“意图”细细说了遍。完了他盯着霍元旦认真地说，“你们缠上曹子风，要极尽奉承，目的是了解他与哪些单位往来，了解到往来单位，事情就成功一半了！这事，我相信你会完成的，我相信你和娇娇的能力。”又说，“不过，此事做成了，我想秋经理不会亏待你们吧。”

秋峰感激地点点头，正要说话被陈娇娇打断道：“成，我们帮他下，我跟伍厂长做思想工作，老霍你看呢？”

霍元旦皱眉又问：“肖律师，可是保险公司的业务、材料我一是不熟悉二是没有保险的材料啊。”

“这个不必考虑！”肖武从皮包里取出一沓文件，笑笑说，“我这里常年备着呢。”又说，“吃官司这碗饭，哪能没两手绝招。”

“乖乖，你这个大律师真是名堂多！”陈娇娇惊叹道。

“佩服佩服！”霍元旦将烟头一捻，对肖武作了个揖。

“不过，”肖武取出一张名片，用笔修改一下对秋峰说，“你给他们按这个内容抓紧印两盒名片，没名片谁相信他们是做保险的呢。”

“好好，”秋峰接过名片，说，“朱海赶紧去办。”

朱海接过名片“嗯”了一声，下了楼。

“那，快中午了，我请大家在楼下一个‘北京烤鸭店’吃个便餐吧。”秋峰起身发出邀请。

肖武摆摆手说：“吃饭不急，先把事情弄个头绪来。”又说：“秋经理，这个案子要先向城南法院申请立案，立了案，我拿到案号找审理此案的法官，法院那头要疏通好关系，目前法院受理的案子积压很多，你的案子想往前插号，就看你们，你懂得？”

秋峰则说：“既然委托您了，都按您的意思办呗。”

“这里有潜规则的……”肖武用手推推眼镜，镜片透露他一束眼眸，像是在等待秋峰的答话。

“什么潜规则？”霍元旦吐了一口烟，问道，“你直说呗！”

肖武捻着一支烟，借了霍元旦的烟点接了火，他吸抽了下，看着冉冉的烟雾并不作声。

“你这些有点文化的人就是这个样，说一句留半句，不像我们大老粗，这样很累呢！”霍元旦似乎对肖武装模作样不买账。

“我估猜秋经理没打过官司吧，”肖武看了秋峰一眼说，“好像他啥都没有经历过，啥都不太懂，看来这官司比较难，要不再物色物色其他律师吧。”说完肖武收拾下资料站起身想走。

“哦！”霍元旦压低声音说，“秋经理你没有打过官司呀？打官司是要花钱的啊。”

“没有，我确实没打过官司。”秋峰一老一实地回答，为了让霍元旦相信，又加重肯定口吻说，“真的没打过官司！”

“好了好了，”没等霍元旦说话，陈娇娇抢话茬说，“他们没经历过打官司，不懂规则也是自然的事，不能怪他！”陈娇娇接着说：“这事我经历很多次了，打官司，找个好律师非常重要，申请法院受理后，一般案子排队可能长达一两个月，这时当事人都等不及，就要找人将案子前移，尽快落实查封被诉人的财产和诉前保金，以进入诉讼阶段，这样不找人是办不到的！秋经理，你这个案子比较难，更需要肖律师出力，你懂了吗？”

“对，”霍元旦说，“我厂里打官司就是肖律师办的，一般都很成功；如果法院不受理，我们去盐都找那个曹子风都是白搭。”

秋峰眨巴着眼珠子，陈娇娇走过去对他耳语几句，见秋峰点点头，道：“肖大律师，这样吧，朱海要忙着做生意，我配合您跑法院，小费的事我代表秋经理处理，你看成吗？”

“那敢情好，”肖武吸了一口烟道，“你们俩商定好，下午两点便随我去城南法院申请立案，诉讼代理费嘛，看在霍科长的面上，价格按常年顾问单位收取，但得先签个代理协议。”说完从包里掏出两张现成版本的协议书，自己先签了字，然后交给秋峰，秋峰看了看，肖武说：“诉讼代理费暂按百分之三收取，本案标额一百二十八万，诉讼代理费共三万八千四百元，这是优惠价哦。”

秋峰诚恳地看着霍元旦道：“这费用能否分二三次给付？”

“这么多钱分三次付吧，人家刚下海经商不容易呢！”霍元旦道。

“好吧，暂准备两二万吧。”肖武想想道，“预交代理费一万，其余费用在开庭前交齐；霍科长他们去盐都盘缠先付一万，这样如何？”

“好好，正好刚收到一个客户的两万元货款，是现金呢。”秋峰又感激道，“刚刚下海不知水深浅，诸位多多包涵，多多提携！”边说边随即在抽屉里取了两万现金，一万交给肖律师，另一万交给了陈娇娇。肖武取笔写了一张案件诉讼代理费一万元的收条交给了秋峰，并让霍元旦也写了一万的盘缠费的收条。

“还有什么问题要交代的？”霍元旦道。

“别急，还有好多没交代呢，”肖武指指手上的资料道，“代理书上你要签个字，还有，开空白转账支票两张，我初步匡算了一下，一张付法院案件立案受理费，约四万五，另一张付案件诉前财产保全费约两万；请秋经理办下，我带到法院去。办理法院案件受理后，这样法院随时可以依法执行冻结对方的财产了，前提是得到霍科长你们传来的准确情报。”又想想道，“秋经理把你公司营业执照及与对方拖账的账单资料都各复印四份提供给我。”

秋峰一一照办，忙乎半天后，道：“事情谈定了，我请大家吃顿北京烤鸭去。”

“好，简单些，简单些。”霍元旦又对肖武说，“肖大律师，请吧。”

“秋经理啊，”陈娇娇提醒道，“这仅仅是开始哦，法官那头的费用肖律师还没提呢，打官司是要付出代价的；这个官司能不能如愿打赢，即便打赢了能不能如愿收到钱，收多少都很难说。我厂里打赢了好几场欠款纠纷官司，据我了解其中有三宗前期花费几十万，至今一分钱没收到，我厂是国企无所谓，你可是私人的企业；但要启动这个程序就要花一大笔，是不是值得干？秋经理你自个儿好好考虑，再决定哦。”又对肖武道：“肖律师，你说呢？”

“对对，陈娇娇说的对！”肖武连忙道，“我可没有承诺能百分之百收到拖欠款，秋经理自个儿决定干不干，现在改变决定还来得及，一旦法院受理启动程序了，就不好改了！”

“对对，还是好好琢磨下再决定。”霍元旦也附和道。

听了陈娇娇、肖武、霍元旦的话，秋峰陷入两难境地，大家一言不发，空气也凝固了，三人盯着秋峰的脸，等着他发话。秋峰脑海里浮现曹无赖那副死皮赖脸的表情，一会儿翻滚出他那凶残丑陋的脸谱……

半晌，秋峰站起身来，一拳砸向桌子，嘴里喷出一个字："干！"

"好，"陈娇娇道，"那我们尽最大努力帮你！"又道，"尤其全仗肖大律师了。"

"按民间说法，叫作得人钱财，与人消灾！那是自然不过的吗，"肖武又道，"你们俩也很关键很重要啊，我看这个案子，对方是个破落户，关键要查出这个曹无赖的关联方，且是个有实力的一方，有了有用线索法院才好办，要不然无能为力！"又道，"法院那里由我处理，不会耽搁的！"

"就这么说定了，时间不早了，都快下午两点了，我请你们一起用顿便餐吧。"秋峰指指楼下街对面的北京烤鸭馆，大家也不作反对，跟着秋峰下了楼，朝马路对面的北京烤鸭馆走去。

不安分的老秋

是年盛夏。

黄家圩港又迎来一个热情发烫的季节，随着海风阵阵袭来，马路上卷起一团团扑面而来的灰尘，随着劲风如同脱缰的野马，狂奔肆虐，令骡车及行人紧闭眼睛捂住嘴鼻躲闪。天空那轮巨悍而裸露的烈日，毫不客气地用亮灿灿的光芒横扫整个世界，仿佛一瞬间要融化、烤焦世间万物，然不时有云层捂遮，使人们得到间隙的舒服感和喘息的机会。当然，这里的海水也功不可没，时不时有规律地抚慰生活在港边的人们，将热腾腾的、烈不可挡的热浪有效地抑制，因而即使热得中暑，除非不时剧烈劳作，一般不会窒息。这就是黄家圩港靠海而生的好处。

因遭遇“氧化锌”案件洗礼的“秃头秋”，显然倍受打击，工厂被迫关停，船厂岗位已被他人顶替，虽然与顾浩敏厂长关系很铁，他也开不了口返回厂里上班，因为老秋这人拉不下这个脸面，他也想到找儿子秋峰帮助，但他又于心不甘，也是拉不下面子。他说："面子问题要比他性命还重要。"橡胶厂关了，工人解散了，设备也抵了债，秃头秋一下子变成无业游民，整天找人寻赌是他目前解闷的方式，通过赌博寻找刺激，一时忘却心中的烦恼。但久而久之，输了赢了，时间长了，总不是办法，长此以往这种生活方式给儿子、老伴知道了，谁瞧得起他，他自己也看不起自己，不行，得找个正经事干，他暗暗下决心！

一日，他了解并发现上海人时兴吃老鳖（甲鱼）和螃蟹，老鳖营养价值高，喝鳖汤据说有强身健体、祛痛延寿、滋阴壮阳等诸多好处，同时又预防和抑制各种癌细胞的生成，常食此物可降低血胆固醇，对高血压、冠心病等患者以及"补劳伤、治贫血、治虚弱体质"具有相当好的疗效，上海人不仅讲究吃时鲜等玩意，更讲究营养健身，由于甲鱼的诸多营养价值功效，使沪上兴起一股"吃鳖"旋风。

甲鳖一般有三种吃法，一种是红烧，一种是清蒸，还有一种是煨汤喝。在沪上请客送礼能够端上老鳖来，那是对客人最大的尊重和礼遇，也足见客人在自己心中的分量。

如果再加一道菜，用上海话说就是"狄个大闸蟹"即"螃蟹"，那更不用说多时鲜且隆重了。被请的客人食后一般过了数月还念念不忘如此"高规格"的宴请。

吃"大闸蟹"更是沪上最高贵最流行的交往，请客的礼节。"一盘蟹胜过一桌鱼肉大餐”是上海人口头认同的谚语，在上海人眼中，蟹乃食中之珍味，桌上之尊品，其味道酥脆、营养、美味是沪上无以复加的佳肴，在隆重的宾客宴请中，少不了这道价格不菲的大菜。

有则笑话说的是一位长得极标志的上海美女，乘上赴京的列车，从包里小心翼翼取出上车前男友赠送的一只煮熟的大闸蟹，慢慢剥撕享用，引得左邻右座直流口水。

美女啜吸细嚼，一路上一只大闸蟹竟细细吃了两三个小时。突然轰隆隆的列车一片漆黑，原来列车进入隧道，美女一惊竟将一只蟹腿不小心丢落地上，黑暗中她摸索到那只“蟹腿”，遂放入嘴中又有滋有味地嘬起来，约莫半个小时，那美女觉得口中那物不对劲儿，用手取出来一看，对面一直注视她那个大爷惊讶叫道：“姑娘，你嘴上是颗锈钉子呀！”原来列车进隧道的黑暗，美女在座位地上摸索到的不是那个蟹腿，而是一颗锈迹斑斑的钉子，她误以为是蟹腿而放入口中继续嚼，当她取出那颗锈钉子时，钉子已经被她嘬得亮晶晶了。

这当然是则笑话，但通过这则笑话说明了上海人的好蟹程度。

老秋通过上海朋友掌握了上海农贸市场“老鳖”“螃蟹”的价格行情。

“老鳖”按斤买卖，一般在二十七八元每斤，而螃蟹则一般按只买卖，大蟹一只卖到三四十元，二三两重的小蟹也卖到二十元上下，且市场交易异常火爆。老秋想，做“鳖蟹”生意赚钱要比赌钱现实得多，而且周转资金不算多，打定主意后，他决定凑钱干这个行当。

他了解到儿子秋峰原工作的南淮地区鳖蟹繁殖多，且收购价格不算高，主要成本是盘缠和乘车路费，只要一个月多跑几趟，挣个万把元应该没问题。

老秋想去南淮收购鳖蟹的事，打电话给石门的儿子秋峰，想让儿子提供些熟人线索，以便少走弯路。哪知道电话一通就遭到儿子秋峰的一盆冷水灌浇。秋峰反对的理由是：一是鳖蟹收购价格弄清没有，销售渠道在哪？二是筹借的资金都有利息，这些成本够不够赚的利润，心中是否清晰计算过？三是每个行业都有门道，初涉这个行当是否有熟人或朋友帮助？还有上海工商所对农贸商品买卖查得紧，无证无照的商贩不仅要没收商品，还可能处予重罚，这些您想过没有？

老秋听儿子一连串的疑问，想想确有道理，但老秋此人性格固执，又死撑面子，不仅因为自己在儿子面前丢尽父亲的尊严，而且他已在一帮朋友面前吹嘘自己，做生意经过深思熟虑，从不失手，且一帮朋友慷慨解囊，纷纷拿出数千元借给他，指望他每个月赚到钱可以按份分红呢。

老秋对儿子一顿呵斥，“你这个狗崽子，在世上混几天就来教训你老子！你老子吃的盐比你吃的米还多呢，你不帮可以，老子自个儿去办，我就是将来死了，也用不着你这个不孝之子来收尸！”骂完气呼呼地把电话摔了。

次日，“秃头秋”带着盘缠，将一沓沓钞票装入长布袋，再系在腰上乘着去南淮的班车到了肥城。他以前听朋友说南淮有个狄旺镇是水乡，水产品特别丰富繁多，兴许狄旺水产品便宜，有意外的收获。想到这，老秋便登上班车直赴狄旺。从南淮至狄旺镇大概需要五六个小时。

狄旺镇，确是南淮地区最大的水乡及规模之最的水产品交易集散地，该镇水域辽阔而星罗棋布，盛产淡水鱼类，如鲫鱼、鳝鱼、泥鳅、鲶鱼、刀鱼、河鳗等；水产贝壳类，如螃蟹、螺丝、河蚌、甲鱼、龙虾等。这个镇年产各类水产品达到四五千吨，靠山吃山、靠水吃水，淡水产品成为当地主要的经济收入来源。

老秋到了狄旺镇看到这番景象异常兴奋，这里穷归穷，但如此丰富繁多的淡水产品资源着实让他感到吃惊。下午三时，“秃头秋”下车后，接连问了几个路人，他首先直奔当地有名的狄旺水产品交易市场。

老秋站在水产品交易市场门口，端详了一番这个又破又大的交易市场，里面人头攒动，有卖有买的，进市场装满鱼类的小货车和卸货出市场的空货车不时交叉侧让，而市场门口一条颠簸不平的石砂铺成的道路两侧摆上三三两两的地摊，这些头顶大草帽的男女扯着嗓门叫卖那些已渐渐变质的各种鱼类、贝壳类水产品，一群群苍蝇嗡嗡地在四处飞舞乱爬。突然有一个慌慌张张的约有十三四岁的男孩，不知从哪钻了出来，大声喊道：“快、快收摊，爹爹，工商来啦。”中年男子怔了一下，飞快地用一把草革编制的簸箕将地上的死鱼死虾铲上装入一个大筐里，惊飞了一群苍蝇，中年男子大声喊：“闪人，工商来抓了！”

听到中年男子一声喊，旁边几个老的、少的、男的、女的纷纷快速收拾地摊，仅仅两三分钟工夫，市场门口的地摊迅速不见了，留下少许臭鱼臭虾，几十只苍蝇又飞下爬叮，弥漫着一阵阵刺鼻的腥味！

“突突突……”一辆军用摩托如刮风而至，车上下来两个人，身穿工商制服、头戴大盖帽的一胖一瘦的家伙，他们环顾四周径直走进市场大门，市场里那些鱼贩老板立即放下活对他们点头哈腰，满脸堆笑打着招呼，一个壮汉则上前给他们敬烟，大盖帽摆摆手继续朝里面走去，壮汉灿灿地笑着，望着他的背影喊句：“宋科有空来拿鱼啊。”

老秋进了市场，朝一个规模较大的摊位走去，看到摊位有一只大大的塑料红盆，里面爬动数十只老鳖，老秋对正在拨着算盘的老板问道：“伙计，这老鳖卖什么价？”

“二十八一斤！”

“我全部要了，最低什么价？”

“不还价，就这个价。”

老秋正要开口，旁边一个戴眼镜的约四十开外的男子喊道：“老张，这盆货不要再卖了，我回头来装走！”被唤作老张的老头抬头一看，马上应道：“哦，是你啊，储主任，保证不卖，保证不卖，您现在装，还是咋弄？”

“过会儿来装，”戴眼镜的叫储主任的人边擦汗边手指了指前方两位工商背影说：“我到后面抓了几筐鳖，你这摊留六只给工商的宋科，他们下班来取，是他们头要的，账算在我头上。我在你本上签个字，账在月底开支票来，你准备好发票就是。”

“好的、好的，放心、放心。”张老板站起身连声道，“俺家里还有三十多只养着呢，你看是否都要呢？”

“都要、都要，”储主任大手一挥，说，“上海那头缺货严重呢，这玩意在本地没人吃，不稀罕，可到上海就吃得香呢。”

“你储主任在上海熟人熟路广，啥时候带俺们到上海开开眼界啊！”张老板不无羡慕地道，随后恭恭敬敬给储主任递支烟。

“你帮我多组织老鳖，我会请你全家到上海玩几天，费用我全包了。”储主任瞟了老张一眼。

“好啊好啊，”张老板闻言更加殷勤，“托储主任福啊，俺这就回家取货，您等等啊。”

老秋目睹张老板离去的背影，笑嘻嘻想与姓储的主任套近乎，遂上前掏烟敬递储主任，“您是储主任，请问您收购的老鳖都是发上海的吗？”姓储的见一个陌生老头递烟问他，摇摇头反问：“听你口音不是本地人，什么事？”

“哦，呵呵，”老秋堆满笑意道，“我是上海过来采购老鳖的，听您说要大批量收购老鳖发上海，我是第一次来狄旺，想讨教您本地老鳖行情。”

“哦，你是上海来的？”储主任闻言上下打量面前的大老粗，似乎将信将疑又道，“你是上海哪家饭店？”

“不、不是不是，”老秋信口编了谎，“是我上海几个朋友让我来采购的。”

“你要采购多少？”储主任追问。

“采购三五万吧。”老秋随口应答。

“三五万？”储主任听后似乎脸色一下子好看多了，说，“按五万块算算，也有近两千斤呢，量还可以啊。老哥贵姓？看看我能否帮您一把。”又说，“哦，自我介绍一下，我姓储，叫储林，储蓄的储，双木的林。是狄旺镇政府驻上海办事处主任，在天目西路238号1027弄，靠老北站附近。给您一张名片。”说完从口袋里掏出一张名片，双手递给了老秋。

老秋恭恭敬敬接过名片，连声说：“幸会幸会啊，我姓秋，叫秋殿昌，秋天的秋，您喊我老秋好了，我是东营黄家圩港人，黄家圩船厂的，现在停薪留职，专门帮上海一个朋友跑跑，采购些物资包括水产品。”

“您上海的朋友是做什么的？”储主任掏出一包万宝路香烟递给老秋。

“我朋友是上海铁路局后勤的。”老秋又编了一个谎。

“上海铁路局后勤的？”储主任一听似乎很有兴趣，遂追问，“做什么后勤？什么角色？有权吗？”

“嗯，很有权。”老秋神秘地说，“要不我能采购这么多老鳖吗？”又意味深长地说了句，“我不能暴露人家的身份哦。”

“那是，那是。”储主任想了一下说，“在官场上为人家多考虑考虑是对的。”然后十分友好地说：“今儿认识秋老哥十分高兴，缘分呐，老哥，今儿我请您喝个酒，采购老鳖的事包在老弟我身上，包您满意而归，您老哥不要推辞交个朋友，给个面子，跟我走！”

储主任边说边拖着老秋的手向市场外面走去，老秋见此也不客气，便随着储主任走了出来。

储主任出了市场大门，便朝不远处停着的一辆挂南淮牌照的桑塔纳轿车大喊：“老赵、老赵，快把车开过来！”

站在轿车旁抽烟的老赵终于听到储主任的喊声，把烟头往地上一摔，上了车，迅速开到储主任身边。

潜伏商圈 二五

“秋哥哥，上车上车，”储主任跑到轿车旁为老秋打开后车门，用手作了请，嘴上说，“今儿我请秋哥哥在狄旺最高级最好的酒店吃顿饭，一定给老弟我面子哦。我要让我们镇的镇长作陪。”

活吃猴脑

老秋听后有些受宠若惊，但还是畏畏缩缩上了车，储主任示意赵师傅把车向狄旺镇政府招待所驶去。

一路上，储主任与老秋聊得甚欢，两人一会儿互捧、一会儿互吹，不一会儿车在一个大院内停了下来，老秋随储主任下车一眼看见一块白底黑字的竖式招牌——狄旺镇人民政府招待所。储主任引着老秋进了招待所往里走，一直走进一块横匾叫机关食堂，外面环境其实不咋样，但走进食堂的包间里，房间顿时感觉不大一样，地上铺的红地毯，约40平方米的房间正中挂着一幅万里长城匾，屋内还垂着一盏吊灯，一张偌大的带圆转盘的红木桌周围有序排列着十盏红木高档板椅，侧面一张三人白色沙发干干净净，一位长得清秀的女服务员笑容可掬地朝储主任点头躬了下腰。储主任让老秋坐在沙发上休息，招呼女服务员倒茶，说：“秋哥哥，我去下镇政府，把蒋镇长请来，您喝个茶稍等等啦，”然后神秘兮兮地说，“今儿个请你吃个大菜！”老秋起身连称“好好”。

约半个小时后，老秋在房间听到外面传来说话声、脚步声，不等他起身，储主任领着一群人鱼贯而入，为首是一位油头粉面、浓眉大眼，约四十岁左右的男子，除了储主任，后面跟着六七个胖瘦各异的人员，但看得出，都是一帮食色俱贪的“吃货”。

“哦，秋哥哥，”储主任一进屋，便给他指着为首的中年男子介绍说，“这是我们狄旺镇的蒋镇长，他听说您是来自上海的客人，放下繁忙的公务，亲自来为您接风。”接着又对蒋镇长说：“他就是我给您汇报的秋老板，”又低低说，“秋老板与上海铁路局上层关系可铁了。”

“幸会幸会！”蒋镇长上前握着老秋的手，老秋忙不迭从沙发上起身双手与蒋镇长握着。

“哈哈，今天有幸与秋老板见面，我们今儿好好喝一盅，大家入座！”蒋镇长大手一挥，自己则朝一个主位首先入了座，让老秋靠自己右侧坐下，大声道：“老储，你安排好菜谱，上红烧甲鱼、螃蟹，要大的，快点哦。”

“您放心，我安排好，今天说了，我有个大菜请大家享用。”储主任忙转出去了。

“老储就是老储（鼠），看到咱们蒋镇长这个大猫就晕啦，哈哈！”一个猴精猴瘦的人边笑边给蒋镇长、老秋分发万宝路香烟。

“你这个瘦猴精何活丑，就喜欢在蒋镇长面前拍马屁，”一个长得胖乎乎、两眼眯成一条缝的胖汉揶揄道，“老储虽然喜欢吹，眼睛不好使，但去上海两年不到，为老镇里引进羽毛球项目，还为镇建设公司串接了两个大工程，不像有的人光吹啥事不干，俺认为，老储还是个干点实事的！”

“刘胖驴，你不就是仗着电老虎这个位置，这个坐享其成、朝南吃供奉的位置，搁了谁，谁都舒舒服服的，”瘦猴精闻言并不示弱，反唇相讥道，“别站着说话不腰疼，有本事咱换换位置试试，俺这个工办主任交换一下？看谁活的光鲜？看哪个压力大？！”

“哎，瘦猴精，我可没讲你什么，你凭什么直指我？”刘胖子站起身，挺着“将军肚”，用手指着瘦猴精鼻子正色道。

“刘胖驴，你他娘的不是第一次用话刺俺，当俺是傻头！”瘦猴精“噌”地也站起身，两颗眼珠子睁得圆圆的，针锋相对道，“怕你个熊？！”

“你们想干啥？”蒋镇长起身一拍桌子，这一拍不要紧，把老秋等吓得不轻，他自己上衣装的一块怀表不小心也同时崩落在地。哎哟！蒋镇长赶紧躬下腰捡心爱的怀表，众人都低下头想帮他捡宝件。瘦猴精眼疾手快将怀表捡起来，用自己衣襟把怀表擦了擦灰，还给了蒋镇长。刘胖子瞥了精瘦猴一眼，嘴里嘀咕道：“今儿个看在蒋镇长面上，哼！”

“你胖驴想干啥！”精瘦猴瞪着刘胖子，根本毫不示弱。旁边两个政府科长角色都分别按住精瘦猴和刘胖子，劝说道：“今儿个老储安排请客，蒋镇长在场，省句话，不要斗嘴啦！”

“我说刘所，今天请你来吃这个饭难道让你来逞能的？”蒋镇长说罢刘胖子后，又指着精瘦猴道，“何主任，你多学点老储好不好，有本事在外面搏一搏，不要把气撒到身边的人身上，这么多年，坏脾气就是改不了，我说你们也太不把我这个镇长放在眼里了！”

“哎哟，不敢不敢！”精瘦猴连连作揖道。

“怎么可能？怎么可能呢？”刘胖子也连连摇手。

这时老储提着两瓶大洋河酒推门进来，看着屋内气氛不对路，又见老秋低垂着头，不时抬眼尴尬地顾盼，蒋镇长则一脸愠色，自己点着烟，猛抽了一口。

“呵呵，我点了一桌好菜，大家好久没聚了，”老储搓着手，笑呵呵道，又补充道，“今天有道特别菜，绝味，可能在座的都不曾品尝过，今天蒋镇长在，大家好有口福啊！”

“什么绝味？”大家猜问。

“上桌就知道啦！”老储卖了个关子，对门口的女服务员喊道：“先上大闸蟹吧！”说着便开启酒瓶。

“老储，中午少喝酒吧，下午还有工作，喝多不好！”蒋镇长对老储道。

“不，蒋镇长，今儿一定要喝，一则招待秋老板，二则……”老储诡笑道，“今儿上这道菜，可是一定要喝酒的哦！”

“老储，你别卖关子，到底是啥菜呀。”刘胖子急吼吼问道。

“快告诉大家，是啥菜呢？”瘦猴精不耐烦地发问。

“好吧，我让大厨子余师傅来介绍吧。”储主任只好又出门喊大厨子去了。

不一会儿，老储笑眯眯领着戴着白高帽的厨师进了门，后面则跟着身穿白褂的一个年轻厨师推着一块偌大的红巾罩着什么的餐车进了房间。大家眼睛直勾勾瞪着红巾餐车，只见餐车里装的物件在颤动，并且发出闷闷的吱吱声。

两个年轻厨师则利索地将餐具一把小锤子和刮胡刀及一个酒精炉放在桌子上。

“余大厨，你给大伙介绍下这道大菜啰！”老储笑眯眯地说。

“好！”余大厨比画下说，“这道菜其实储主任早在十天前就送到厨房，只是一直未动它，今天想必是特别的日子，老储终于安排下菜，这道菜明确说俺也不会，为了掌握做法，俺还跑了趟南淮请教胡大师，胡大师是国内有名的烹饪大师、专家级的美食特级厨师，他花了整整两个多小时让我领教，真是很不容易啊！”

“到底啥菜，别绕圈子了，干脆直说！”蒋镇长显得不太耐烦。

“哦，好的，”余师傅随手将红领巾掀开，露出一只惊恐不已的猴子，个头有六七十厘米高，只见猴的四肢已被铅丝固定在一个铁笼里，猴头露在笼外，不能动弹，铅丝将猴嘴中间饶了一道，使其不易发出声音，猴头顶部已被剃了一大块，露出白白的皮，猴子那大大的惊恐的眼睛已淌下几滴清澈的泪水，四周张望陌生的环境和他们的脸，身子在瑟瑟发抖，仿佛在央求大家发发慈悲放了它。

“这道菜叫‘活吃猴脑’！”余厨师话音未落，“啊，吃猴脑？”大家不由地发出惊讶声。

“哦，原来是活吃猴脑呀？俺当什么菜呢？”蒋镇长并不十分惊奇地说，“我去年去广东中山出差，一个广东朋友请我吃这道菜，可惜我要赶飞机，很遗憾未吃成，据说活吃猴脑的确口感既很鲜嫩、鲜美，又很有营养，人生不尝这个是个缺憾。余厨师你讲讲活吃猴脑对身体有何营养价值啊？”

“活吃猴脑，食后对人体可有好处啦！”余厨师比画说，“吃猴脑可以补气血、填精阳、壮肾气、抗脑衰，肯定大大的好呦，要不中国从明朝起盛行吃猴脑，我们祖先可是对进补、滋阴壮阳有着深远的研究和探索的。尤其古代战乱时期，将士战前吃猴脑，可无比威猛，取胜大捷。”

蒋镇长饶有兴致，又对储主任伸了大拇指道：“你老储真是神，总给我来个惊喜！”

“怎么个吃法？”刘胖子饶有兴趣问道。

“我现场操作，你们尽情享用便是。”余厨师示意两个年轻厨师分发每人一副不锈钢刀具和汤匙。储主任接过汤匙问老秋：“哥哥，这道菜您吃过没？”老秋摇摇头，嘴上连答：“没有、没有，看都没看过呢。”他看到那只猴子的头被卡在笼子里，一直在瑟瑟发抖，又挣扎不得，眼里溢满泪水，眼神直勾勾看他似乎向他哀求放了它，甚是可怜。心想人类真是残忍，好端端的猴子就被人活吃了，情景甚是瘆人，老秋动了恻隐之心，但装作若无其事。余厨师安排两个小厨师为每位碗里加醋、姜、蒜泥、胡椒粉等佐料，然后麻利地将装着猴子的笼子提起放置在事先安排好的蒋镇长旁的矮小方桌上，用红巾把猴子身子捂盖，只露出猴子的脑袋，用剃刀在猴子后脑勺处再度剃去毛发，并用酒精在猴子剃光毛发处蘸擦下，从小厨师手中接过一把小铁锤向猴子剃去毛发处敲了一下，那猴子惨痛闷嚎一声，四肢乱蹬挣扎，但铅丝牢牢固定，根本无济于事，它的泪水流滚下来，余厨师连敲两下，猴子惨痛无比，嘴巴张开，两只眼珠子睁得圆圆的，似乎要飞出来，余厨师见猴脑已砸开，露出血糊糊又白乎乎的脑浆，便招呼大家用汤匙去舀猴脑浆享用，蒋镇长招呼老秋首先舀挖，老秋早已没了任何胃口，他连连摆摆手，强装欢颜推却。

“蒋镇长是咱的头，还是蒋镇长先来！”瘦猴精高声道，其他人也附和道。

蒋镇长见大家一致推他先舀，他便不客气地举起汤匙在猴头颅开口的脑浆处舀挖一块血糊糊的还冒着热气的白浆，又熟练地加了些许佐料送到嘴里，他先用舌头舔了一下，便一口吞进肚里。

“怎么样，味道如何？”储主任也蠢蠢欲试。

“有点腥，”蒋镇长耸耸肩，想了一会儿又说，“嗯，又滑又嫩，感觉还不错。”

储主任、刘胖子随即起身伸出汤匙效仿蒋镇长挖猴脑，吃了一匙，老秋在旁发现猴子此时并没有立即死去，见它在那还眨巴着眼睛，好像与他作眼神交流，猴子嘴巴的口水一滴滴挂在下巴，此时余厨师又举起一个小铜壶，道：“刚才是生吃猴脑，味道肯定偏腥些，现在换个吃法，我手里这壶装的是滚烫的热麻油，把它浇拌脑浆，蒋镇长再尝尝，此味道会更鲜美的。”说完将汤匙伸进铜壶掏了一勺热麻油，朝猴脑开裂处浇去，只见猴子又惨嚎一声，浑身颤抖不止，眼珠顿时凝固，猴子头顶的窟窿处发出滋滋声音，冒着缕缕青烟，猴子痛苦万状，不到一分钟猴子的眼神一点点黯淡下去了。

“好了，大家尝尝这种味道吧，”余师傅示意大家舀挖，在蒋镇长带领下，你一勺我一勺，猴脑浆不到一分钟便被挖吃光了。

老秋跟着挖了勺，用舌头舔了一下，觉得又腥又苦，根本不是“美味”，遂吃起别的菜来。

此时，老秋耳畔传来瘦猴精和刘胖子你一言我一语的划拳令：“一心敬啊”“哥俩好啊”“三三圆啊”“四季财”“五魁首”“六六连”“巧七个”“八仙到”“九长久”“十收财”。

“瘦猴精何活丑说错了，快喝酒！”刘胖子突然中断划拳喊道。

“凭什么呀？”瘦猴精立马攥紧拳头瞪圆眼珠道，“刘胖驴少来这套。”

“是你何活丑说错了，”蒋镇长慢条斯理地伸出三个指头说，“第二句，应该三星照，你说成三三圆了。”

“喝！快喝，你这个何活丑！”刘胖子不依不饶，“人家蒋镇长能当上镇长，镇长可不是糊涂人能干的，要不有一套，你何活丑，也能干个镇长了？”

“瞧你鸟样。”何活丑虽然不服，但在众目睽睽之下，还是勉强端起酒杯往嘴里一丢喝了下去。

“再来！看我治你胖驴。”何活丑撸起衣袖、两手各拿一根筷子大声道：“咱三杯一组，分三组三局两胜，改喊虎棒鸡虫令，谁输谁下一组。”说完自个儿在桌上放置三个酒杯，分别斟满了酒。刘胖子一瞧，揶揄道：“你这常败将军，手下败将，谁怕你不成，来就来呗！”

“棒子、棒子、虎！”瘦猴精语音未落，刘胖子喊：“棒子、棒子、棒！”引得众人一致喊道：“何活丑又输了！”

何活丑一脸无奈，端起这组三杯，一一饮下。一连三局竟然都是他输，何活丑喝毕后，顿觉头晕旋转，离开桌子竟然解开裤子，当众在墙角里尿尿，引得大家一片训斥声。

吃完猴脑大餐，余厨师撇下猴尸，又让其徒弟们端上“红烧野生甲鱼”“清蒸大闸蟹”“鲤鱼划水”等大菜。蒋镇长端起酒杯，对着老秋抱拳道：“刚才刘胖子和何主任闹点不愉快，秋老板不要太介意，俺也表示道歉。不过刘胖子和何主任两人经常在一起斗嘴赌狠，但酒过一巡，他们就和好如初，别人不清楚，我蒋某人对他们的情况是一清二楚的，来，为我们相识干一杯！”

“不敢当，不敢当。”老秋自己给自己斟满酒一饮而尽，两人并将酒杯亮个底，相互哈哈一笑。此时储主任也端着酒杯走来，他拍拍老秋肩膀说：“今天蒋镇长给足老哥面子啦，来，我也敬哥哥一杯！”并端酒瓶给老秋斟满，把酒杯交还老秋手上，自己则仰头将一杯白酒喝个底朝天，老秋也赶紧将一杯酒倒入口中，完毕嘴里不停道：“谢谢，非常感谢。”

储主任一连敬了老秋四杯酒，说是加深感情，量要翻倍。完了，他借着酒性，对老秋耳边不断地道：“您老哥要的老鳖已经备好货了，让他太太亲自选购，只只是精品，全是野生的，刚好有888只，非常吉祥的数字，价格还便宜，初次合作按每公斤24.88元，上海市场能卖到每公斤60元，货款是48888元，划到平均每只单价68元。全是八、八、八，一定要发，你老哥可是要发啦！”

“好好，太好了！”老秋一听可乐了，又连喝三杯酒。

“秋大哥，”储主任虽然连喝数杯酒，但头脑仍是异常清晰，思维不乱，看来是个酒场圣人江湖老手，只听见他压低声音在老秋耳畔说，“最好您先出去下，把鳖钱结付了，再来喝酒，因为养鳖人是外地的，等着钱走人呢！您看怎样啊？”

“那，那货也在外面吗？”老秋听清储主任的话，又问，“刚才你说多少来着？”

“一共48888元，”储主任用手做了个八字形说，“全是八，全是八啊！”储主任满嘴酒气，压低声音在老秋耳边道：“到时，您老哥发了财可别忘了我老弟一份啊！”

“那是必须的，必须的！”老秋似乎感到财运飘然降临，不知用什么话形容自己的心境，竟冒出文绉绉的话来。

储主任朝他使了个眼色，趁着屋内闹乱便走出屋去，老秋移动身子，亦尾随储主任出了门。

死鳖，玩完喽

储主任带着老秋出了门，东拐西转，走出招待所大门，老秋一眼看到一辆用拖拉机改装的货车靠在马路边，车上下来一个农民模样的老汉朝着储主任招呼道：“储主任，货色按您的要求，准备好了，都在这，一共888只，不多不少，嘿嘿！”

老汉带着他们转到后车厢，老汉掀开后厢盖，老秋一瞅里面裹着的全是密密麻麻蛰伏着的老鳖，脑海里仿佛一堆铺放层层叠叠的人民币在闪烁，储主任拍拍老秋的肩膀低声说：“老哥哇，不瞒您说，这些货其实是我单位采购时，鳖老板帮我扣秤留下来的，之所以留给您老哥，是俺老弟看您人忠憨，不会出卖人，给您发个小财吧，算俺老弟一份心意，您清下数呗！”

“不数了不数了，谢谢，谢谢储主任，”老秋嘴上说道，“我发了财一定不忘，一定不忘！”

老秋从包里掏出五沓厚厚的纸币，想了想道：“老弟，这里是五万块，就不用找零了，全给你了。”

储主任边收钱边低低地道：“那俺就不客气了，到上海有啥事，打俺电话，我请老哥在上海好好喝个酒，喝酒都由我请客。”说着用手做了个手势，狡诈地说：“都是老哥的钱哦，明白吗？”说完哈哈一笑，老秋跟着干笑了一下。

“老王，”储主任对那个老汉说，“这趟货你直接负责送上海吧。”转脸又对老秋说：“老哥，您将上海地址告诉他，他负责送到，路上您就别烦心了。”

那老汉听后连连点点：“您放心，俺保证将货安全送到上海。”

“储主任，我说你帮我记，”老秋从包里拿出一张纸和笔，有些尴尬地说，“我不会写字。”

“啊，哦，老哥你说呗。”储主任接过纸和笔，认真地看着老秋。

“上海南浦码头十六铺农贸菜场南门，”老秋一字一顿地说，“我上午赶回上海，咱们在那碰头哦。”

“好好，”老汉接过储主任写的纸条，连连点点头说，“我今晚就赶去上海。”

“老王，把这钱捎给俺媳妇。”储主任把一捆钱塞给老王说，“让她送信用社，共五万元。”

“这，这，储主任。”老汉接过钱，双手抖抖地说，“这么多钱，您，您放心不？”

“对你还不放心？”储主任朝他瞪了一眼说，“去吧去吧。”又对老秋说：“老哥，赶紧回去，要不蒋镇长要骂娘了。”

“嗯嗯，”老秋沉吟了一阵，想想说，“储主任啊，我还是坐老王的车去上海吧，这里搭车不方便，尽早到上海处理这批货。”

“你搭俺车去上海？”老汉惊讶问。

“那，那你搭他的车一路上可受得了？”储主任又说，“从这里到上海可是近四百五十公里，路上起码要十几小时哩。”

“我不怕。”老秋转脸问老汉：“搭你车可管？”

“管、管！只要不嫌车挤啦。”老汉有些局促，说，“跑那么远路，俺让俺儿子同车，轮换开车，到上海要有十多个钟头。”继而咳嗽半晌又说：“先把储主任交代的事办了，要走便抓紧走吧。现在出发，估计到上海快天亮哩。”

“走夜路怕不安全吧。”老秋担心说。

“白天开那车给路上交警逮了罚款，俺就白干了，不管不管。”老汉摆摆手说，“俺去上海都走夜路。”

“那好，咱就赶路吧。”老秋应道。

俩人向储主任作别，老汉让老秋坐在他的右侧，驾着车朝远处驶去。

老汉将车驶进一条小巷，找到一幢红砖砌成的二层楼停下，敲门后出来一农妇模样的，老汉将一包钱交给了她，寒暄几句后上了车，发动车后拐了两个弯后又朝庄外驶去。

老秋坐在老汉右侧，颠颠簸簸，路的两边是一排排树，约莫开了一刻钟，瞧见前面路旁站着一个瘦小的大男孩。老汉边召唤边将车停靠过去，那大男孩闷声闷气上了车后排，老汉又开动车子朝上海方向突突驶去。

开了半个小时，天色渐渐暗淡起来，老秋晕晕乎乎地歪头就睡了。老汉一个急刹车传来侧耳的“吱——”一个大倾翻，差点将老秋从车上掀弄出去，老秋被掀出座位，幸好他本能将两手紧紧抓住了座位旁的一个把手，那瘦小的大男孩从后排座掀砸在老秋身上，俩人半晌站不起来。老汉把持不住车的方向，车头重重地撞上路旁的一棵大树，车厢后面的网裹也随着车的惯性冲出一大半，老鳖在里面张牙舞爪啃咬尼龙网。

老汉开门跳下车，朝路中央穿着破衫还在傻笑不已的乞丐破口大骂，那乞丐不紧不慢，从胯下掏出一把雪亮的刀子径直走来，老汉一见吓得后退几步，乞丐见老汉胆小，便把刀子高高举起，边狂笑边朝老汉头上砍来，老汉不顾老秋和他儿子拔腿就跑，乞丐未追上老汉，转身又举着刀子朝车子走来，老秋、大男孩见状慌作一团，便从车上跳下也落荒而逃，乞丐追了一阵，又返回小卡车，他围着这辆车转了一圈，见网裹里一堆老鳖在挣扎，口中喃喃地不知说些什么，用刀子将网裹划了一阵，老鳖从划口处纷纷爬了出来，落在地上，四处爬行，乞丐一见竟忍不住手舞足蹈，唱起歌来。老秋和那个瘦男孩从远处瞅了瞅那个疯乞丐和四处爬行的老鳖，老秋心如刀绞，又气得咬牙切齿，他从地上抓起两块碎石头，对那瘦男孩吼道：“你替老子多拾几块砖头，走！”

那男孩迅速地在地上捡起几块石头，颤抖地跟着老秋朝乞丐方向走去。

同时那老汉不知从哪里也找到一根扁担长的木棍从另一个方向跑了过来。

他们都想狠狠地打那个乞丐。

那正在自我陶醉、胡乱蹦跳的疯乞丐见两侧出现了人，便停下舞，警惕地又举起那把锋利的砍刀，他突然怒吼一声，挥舞着刀子朝着老汉方向奔杀过去，老汉举起木棍砸向乞丐的头，老秋和瘦男孩紧紧追上乞丐，将石头朝乞丐身上扔，老秋的石头砸中疯乞丐的腿，老汉的木棍砸中疯乞丐的肩膀，疯乞丐见寡不敌众，挥舞着刀子，一瘸一拐朝路旁一条臭沟里逃，老秋见疯乞丐逃到臭沟里，并不追打，喝令老汉父子赶紧捉逮老鳖，自己则在车上找到一根绳子修补网裹，但网裹已遭疯乞丐严重划破，无法复原，只是扎出一个小小的洞来，但即便老鳖全捉回来了，也无法全部装入，老秋直叹气，愣着发呆。

老汉、瘦男孩汗流浃背只是捉逮区区几只老鳖，来回捉逮二十多只，其余的老鳖都已逃之夭夭，正当这三人垂头丧气之时，疯乞丐一身臭泥，嘴上又吼又叫又举起刀子追了上来，老汉和老秋也不顾老鳖，慌忙上车发动油门，拼命朝远处驶去。

车开了一刻钟，终于甩开那个疯乞丐，老秋让老汉停下车，下车到后厢里数了数老鳖，损失了一小半老鳖。

“秋老板，看你白白损失这些，俺这趟运费也不向你要了。”老汉幽幽地嘀咕道，“车头撞坏了，左侧灯也坏了，路上如碰上交警还要罚款，唉！”

“都怪这条疯狗！”瘦小伙狠狠地骂道。

“真倒霉！”老秋一拳捶得车厢直晃动。

此时，天际闪过一道电光，紧接着远处发出隐隐又沉沉的雷声，老秋他们觉得又饥饿又闷热，天色彻底黑暗一片，老汉把仅有的右侧车灯开启，俨然是个“独眼龙”，没有光亮，在这个荒无人烟、夹杂着河沟的马路行走是极危险的，搞不好会坠入深沟中。

“油料也不够了，得找个油站加下油。”老汉又叹了一口气说，“俺们抓紧上车走吧，天气很闷，好像快要下雨了。”

“爹，这儿蚊子真多，都被咬死了！”瘦小伙不停地拍打身上的蚊子。

“是呀，天气闷热，蚊子全冒出来了，油还够跑多少路？”老秋上车又问。

“可能跑个二三十公里吧。”老汉发动车子，顿顿说，“记得前方十多公里处有个叫灵和尚加油站的，到那加油。”

说着他又腾出一只手在旁边一个布包里掏出几块大麻饼，取出分给老秋和儿子吃，说：“吃点点心吧，都饿了。”

老秋不客气，接过便狼吞虎咽吃起来，那瘦儿子边吃边拍打身上的蚊子，抱怨说：“车上也很多蚊子，怎么风吹不走啊，你们怎么没被蚊子叮呀？”

“这蚊子就吃你嫩孩子的血，俺老胳膊老腿，蚊子嫌老，也不敢咬呢！”老汉苦中打趣道。

“莫不是那疯乞丐变成蚊子上了车，追你儿子咬呢？”老秋趁机笑道。

“这，这是真的吗？”瘦男孩惊恐地紧紧望着黑压压的荒野靠近老秋，发出颤抖的声音，“这真可怕，好吓人！”说着呜呜哭了起来。

“这不可能，不可能的！”老汉高声劝慰他儿子，“狗仔，别害怕，没那事，秋老板你别吓唬他了，他娘死得早，他胆子小，又是天高地黑的经不起恐吓的！”又说，“咱快到加油站，好好给狗仔压压惊。”

“小伙子胆子怎么这么小，如何跟你爹闯江湖？几只蚊子都把你吓成这熊样了，那哪成啊！”老秋取笑瘦男孩。

“那不是你说蚊子是疯乞丐变的吗？”瘦男孩停住了哭泣说。

“哈哈，骗你的！这是因为天气下雨特别闷，蚊子杂虫就憋得慌，从田地杂草跑出来，就叮人，懂不懂？”老秋边笑边比画说。

“噢噢，是吗？”男孩半信半疑。

“哦，坏了，更麻烦了！”老汉敲打方向盘，发出惊愕的声音。

“咋了？咋回事？”老秋问道。

“老爹，又啥事？”瘦男孩又毛骨悚然问道。

“先到加油站吧。”老汉喃喃道，“到了加油站查看。”

“老兄你怪吓人的，到底又出啥事，你说明白点好不好！”老秋追问道。

“你秋老板以前没做过老鳖生意吧？连基本的常识也不懂！”老汉提高声音说，“老鳖这东西最怕蚊子叮咬，蚊子一叮，老鳖就完了，后面的老鳖怕是全完了，而蚊子就喜欢叮老鳖。”

“啊，这这……”老秋倒吸一口气，“有这事？”

老汉将车开进了灵和尚加油站，他赶紧下车，取了个手电筒打开后车厢，老秋和瘦男孩跟着下了车，老汉用手电筒照了照尼龙网里的老鳖，老秋他们惊恐地发现车厢内许多蚊子在嗡嗡地飞舞，仅有两三只老鳖在挣扎，其余的老鳖一动不动，有许多老鳖已侧翻，伸出五孔的头足。老汉抓了只僵硬的老鳖，在鼻尖闻了闻，发出一阵阵异味，嘴上说了句：“玩完了，玩完了！”

老秋闻此言，瘫坐在地，欲哭无泪，心如死灰。

此时，一阵狂风凭空袭来，伴随着雷电交加，嚓嚓嚓轰！如一颗导弹在上空猛然炸裂，把加油站房屋、车辆、大地都震得瑟瑟发抖，划出一道刺眼闪雪亮的电光，让人能清楚地看到瘦男孩那惊恐万状的脸部以及万物的面目，仅仅几秒，黑暗的天空如万条吞吐，珠大的雨水倾盆而下，老汉老秋他们本能地往加油站躲去，雷电继续肆虐发威，万物受侵袭，大地在颤抖，老秋他们此刻深切感到，任何人在老天的淫威下，都显得如此微不足道，或许细皮微毛一般，闷热、蚊虫瞬间一扫而光，仿佛老天决心要在今夜彻洗世间一切陈旧积淀的污垢，将这世界以雨水浸泡覆没。

此时的老秋心情如同被雨水侵袭一般，万念俱灰，欲哭无泪，他呆呆地望着那车厢，那一堆死去的老鳖，似乎梦魇之境，又真切感受到，财产破损的那种丧命之痛。

雷电继续撕炸，雨珠继续鞭打世界，老秋蹲在地上，蜷缩在屋檐角落里，两眼悲哀而呆滞地望着滂沱大雨，眼睛里不知是泪水还是雨水。

“秋老板，秋老板，”老汉连喊老秋，见老秋并未反应，老汉递给老秋一支烟，老秋半晌才回过神，接过老汉的烟，老汉用打火机为老秋点燃，他自己也点着烟，重重地吸了一口，吐出香香的烟味说，“秋老板，俺给你出个主意不知你想过没？”

“什么主意呀？”老秋毫无表情。

“你可知晓储主任在上海餐饮圈很吃得开的，几家大饭店宾馆大经理都拍他马屁呢。”老汉接着说，“你这桩老鳖货不是他介绍的吗，现在老鳖死了，咋不找找他呢？他准会有办法。”

“他咋帮我呀？”老秋狠抽一口烟悠悠地说。

“这些死老鳖不能扔掉！”老汉说，“俺看你这人还不错，俺建议你先找储主任，跟他说货解决了，跟他分成，这不就减少损失了吗？”

“死老鳖咋卖？”老秋摇摇头。

“嗨，你就这个死脑筋咋做生意？”老汉继续劝说，“死老鳖做红烧、做汤，大厨师只要肯下功夫，说不准味道做的跟活杀老鳖一个味呢，这玩意上了桌，谁知晓是死老鳖。”

“可能吗？哎哟，”老秋将信将疑，但他紧紧握住老汉的手，“你老哥真够朋友，我到时找储主任试试看吧。”

老汉点点头，说：“你这次亏大了，可得想办法缩小损失，相信储主任会帮你的。”

老秋说：“等雨小些，我们继续往上海赶路。”

“没问题，”老汉诚恳地说，“俺吃点苦不算啥。”

雷电渐渐停止了，雨水也渐渐小了不少。没过半个小时，雨终于停了。老汉将油加满后并随他们上了车，朝上海方向驶去。

上海，臻湖茶馆。

老秋恭敬地为储主任倒了壶香喷喷的普洱茶。

“还有多少只？”储主任皱着眉头问。

“数数还有593只。”老秋苦笑一下说，“你……”

“别说了，这个忙我能推吗？下午三四点你到十六铺的四海大饭店七楼找我。”储主任哼一下又说，“你准备6000块现金，再带些你家乡特产吧。”

“那好，那好，”老秋脸上顿时舒展不少，他忙又说，“事成后我一定感谢。”

“还感谢什么呀，”储主任接过话茬说，“你老哥损失够大的，不过……”储主任推了推深度眼镜片，低沉地说，“不过，饭店韩经理那里的打发费用六千块你要意思哦！”

“行啊，行啊，”老秋心底算了算，花过大几千元，起码少损失些，事已至此，谈何退路，他朝储主任点点头，心中充满无可奈何。

下午三点半。

老秋准时赶到四海大饭店，手里拎着一个提包，腋下夹着一个小皮包。他随指引牌找到了电梯，上了七楼见一个女清洁工在打磨大理石，他便问女清洁工经理室在哪。女清洁工用嘴朝里面一“呶”，老秋顺着方向找到了经理室，他用手轻轻地敲了敲门，里面传来“请进”。老秋便推门一看，储主任正与一位风流倜傥的年轻小伙攀谈，正好老秋来了，那个年轻小伙子起身让座。

“您好，请坐吧。”小伙子道。

“这就是我介绍的秋老板秋大哥。这是饭店的吴军经理。”储主任也给老秋介绍道。

老秋边点头示意边将物品放在墙根，自己坐在茶几旁边的沙发上。

“吴经理，长话短说吧。”储主任开门见山地说，“货是差的，不按斤算按只算，共593只，只只大个，按每只28元算吧，就16604块，零头算了，就算吴老弟帮我老哥借的，这一万六千六百元记在我老储身上，分五次在后面消费单加数就是。”

“储主任开了口，还能说半个不字。”吴经理随即问老秋：“秋老板，货在哪？直接把这些死鳖今晚十点后送到南码头二条巷口，有人接货。”他说着将门掩上，又轻轻说道：“记住，不能对外声张，上海卫监部门最近查得特严，如传播出去，不是钱的问题，这可是要蹲大牢的哦，清楚吗？”

“听清楚了吗？”储主任严肃地瞪着老秋。

“清楚清楚，非常清楚！”老秋双手作揖，保证说，“放心放心，我一定守口如瓶的！”

“货到了，你安排一定当晚全部宰杀啊！”储主任对吴军做手势说。

“那当然！”吴经理沉思一下说，“这可是冒着风险的事，不是您储主任，任何人跟我谈此事，即使奉送倒贴，我这里也不可能干的，您知道，我这个店可是国际酒店，传出去还得了，那是国际影响啊！”

“是的是的，有数有数！”储主任边应承边朝老秋咂下嘴，做了个手势轻声道，“票子呢？”老秋心领神会，对储主任伸出六个指头，便将一只皮包交给储主任，又手指指墙根的特产后，退了出去。储主任从包里取出六千元给吴经理，吴经理欲起身拒绝模样，被储主任摁住，吴经理笑笑从中分了一半给储主任，储也不拒绝，顺手塞进自己的内口袋里，两人又聊起其他话题。

话说老秋将死鳖办定后，独自算了一本账，即使储主任帮了大忙，在吴军经理那领取死鳖款16600元，扣去六千元好处费和一千元的礼物，还是净赔了近四万多元，心中闷闷不乐，本想赚个一万两万，这倒好，初次做鳖生意，不仅分文未赚，倒亏了四万多元。他想起两年前干那“氧化锌”蚀了本后人又被逮；一年前听信一湖北佬做“无纺布”，被骗了钱还差点送命；几个月前到南淮倒煤弄得屁滚尿流，简直倒了八辈子霉……如今贩鳖亏成这个样，这次要是给儿子知晓这个老脸往哪搁？回老家向朋友借的债如何还？老秋思来想去自己难过眼前这道坎，他老泪纵横、捶胸顿足，又自己刷了自己正反几番耳光，顿了一下，想想活着没意思，心想不如跳黄埔江死了算，老秋此时万念俱灰，便沿着天目东路朝外滩方向踉跄走去，他知道外滩方向有座西浦大桥，那里行人并不多，而那桥下水深湍急，只要走到桥下往前一跳便很快被江水卷走……老秋脑海里琢磨着被江水卷走后，这江水很冷吗？他的尸体会漂向哪里？借他钱的朋友们知晓他失踪后会不会找老伴、儿子秋峰逼债？……他脑子乱哄哄又一片空白，深一脚浅一脚往前走着，此刻已太阳落山，天气渐渐变得灰暗，各种车辆从身旁不时穿梭而过，他全然不顾，一摇一晃差点撞上身后一辆急驶的出租车，亏那出租车司机反应迅速猛打方向避开了老秋，司机停下车将车窗摇下，探出头操着上海话便骂他，望着那远去的出租车老秋自嘲地笑笑，又向前走去，突然他一脚踩进了一个废弃的窟窿洞，好不容易自个儿挣扎拔出腿，他坐在地上搓着巨烈疼痛的腿，心里又气又愤，此时马路一边亮着霓虹灯的一家叫“上等客”的酒店飘来一阵又一阵诱人的鱼香味，他肚子里叽里咕噜响了，他觉得肚子饿了，但他并不理会，又歇了一会儿他站起身来一瘸一拐继续向西浦大桥方向走去，他艰难地走着走着，突然有人重重地拍了他的肩膀，只听身后一个熟悉而高亢的声音：“哈哈，秋老板，没想到在这遇上你！”

老秋一回头，惊呆了……

阴阳检尺

老秋一回头，原来是他领导顾浩敏，只见顾浩敏笑容可掬地望着他，站在他身后的竟然是他的外侄子胡守志！

“你、你们怎么在这…”老秋望着顾浩敏张着嘴，结结巴巴道。

“哈哈，这么巧！我们是来上海参加一个春季订货会的，正好路经此地，”顾浩敏拍拍老秋肩膀又道：“刚才小胡说，前面一个好像是你，我还不信呢，我追上来一看，果然是你！”

“你怎么跟上顾厂长了？”老秋看着胡守志疑惑道。

“哦，小胡啊，”顾浩敏又道：“小胡自从两年到石门机械学校毕业后，应聘到船厂当技术员，现在是厂长助理，准确讲是我的助手啦！”

“姑父，您的腿？”胡守志看见老秋腿一瘸一拐关切地问道。

“刚才不小心踩上了那窟窿洞，”老秋指着后面不远处，悲切道：“唉！人不顺，干什么都倒霉哇！”

“哦，”顾浩敏听了老秋一声叹息，又观察他上上下下，感觉老秋神色恍惚，察觉他似乎有很大不幸，想想道：“走，我们才到上海，也刚下公交车，肚子已经饿了，一起到那个上等客酒店喝一杯去，咱在酒店慢慢聊呗！”

说着便与小胡扶着老秋回头朝上等客酒店走去。

到了酒店，小胡头脑活，很快向店老板搞到一个小包间，三人坐定，小胡点了些下酒菜，又让服务员送来六瓶啤酒，顾浩敏为老秋斟了一杯，自己斟满一杯，嘴上说道：“兄弟多时不见，三杯后再说话。”于是连斟连喝了三杯，老秋连喝三杯后，心里实在憋不住，伏在桌上竟然捶胸大哭起来，顾浩敏与胡守志面面相觑，扶着老秋惊讶不已。

“老哥哥，刚才我感觉你神态不对，猜想肯定有不顺心的事，”顾浩敏道：“咱既是亲如兄弟，有不顺心的事尽管说出来，我一定全力帮你！”

“你们今番遇不上我，我、我们就阴阳两隔了！”老秋一边哭，一边将倒鳌亏钱不幸的事原原本本，以及准备投黄埔江想一死了之的想法说了一遍。

“哈哈哈……”顾浩敏听后仰头大笑，笑完在桌上猛击一掌，虎着脸厉声道：“秋殿昌！我原来一直将你当大哥，就是敬佩你敢做敢当，拿得起、放得下，是一条有种的好汉！现在我看来你不是一条好汉，而是一个被我瞧不起的懦夫，一个输不起的弱猪！你有何资格当我大哥？！”

顾浩敏这突然的铿锵喝斥声，将老秋怔住了。

“你仅仅为了亏这几万块，竟然就想投江一死了之？你这条命可真不值钱哪！”顾浩敏用筷子敲击桌子又道：“我问你，你倘这样死后，且不谈有人上门到你家要债，你老伴、女儿、儿子怎样看待你？有人问起他们父亲投江而死，他们怎么回答？他们脸面要不要，你想过没？你这种死法谁会同情？只有瞧不起！”

顾浩敏叹了口气，自忖道：“看来我们这趟来上海，不仅参加会议，还救了一条命啰！”

“姑父你这想法也太荒谬了！”胡守志也嘘唏道。

老秋低头不语，惭愧地摇摇头。

“好吧好吧，”顾浩敏又开了一瓶，给老秋、胡守志斟了一杯酒，道：“秋殿昌同志，留得青山在，不怕没柴烧，一切从头再来！干了这杯，我给你介绍一笔生意，只要做细做好，那笔前面倒鳖亏本的，这次就可扳回来了！”

“扳回来？”老秋一听来了劲儿，盯着顾浩敏道：“快说，什么生意？”

“干了这杯……”未等顾浩敏说完，老秋便一口将酒一饮而尽，顾浩敏、胡守志随后干了酒。

“船厂上个月与湛山港务局签了十二条300马力级渔船大订单，”顾浩敏随后跟老秋不急不慢道：“急需采购一批原木材，我照顾你供应13000立方，小胡提供下木材清单，你凭清单前往通西赣江美陵坡林场，找一个叫“赛张飞”的，你要先落实货源及价格，然后告知我价格，价差给你赚，填平你倒鳖亏本的；要是缺采购资金的，预先与船厂供应科签个合同，我先批签一部分预付金。”

“老弟啊，你真是我亲兄弟……”老秋站起身来，一手捧着酒杯，一手用衣袖拭着泪水，哽咽道。

“别这样了，谁让我们是弟兄呢！”顾浩敏一边说，一边将杯中酒饮下，又对胡守志道：“后天你就陪你姑父去通西采购木材”。

两日后，老秋、胡守志各背上行囊，他们依照顾浩敏提供的通西赣江一个叫美陵坡的林场线索，急匆匆走进火车站售票室，几经打听和查看，由于去通西赣江列车坐卧铺票均已售罄，只有站票可售。老秋见售票厅有一个“黄牛”手里攥着几张去通西的卧铺票，不时在东逛西游兜售，便上前询问价格，“黄牛”先伸出两只手指，后又伸出一只手指，老秋不明白意思，“黄牛”便压低声音道：“两千块一张票。”老秋看见卧铺车票原值只有205元一张，“黄牛”报价接近涨了十倍，直摇头；胡守志则对老秋说，此票这个价不可买，万一买的是假票到哪里追索？不如先买站票，上了车再想法补买卧铺或坐辅票。船厂要货时间紧，不能再拖，老秋与胡守志一合计，决定先买了站票再说，于是他们只得排起长队，买得票后急急随着人流上了往通西赣江列车的站台。

上了列车后，老秋和胡守志心凉一大截，列车上全是人，连通道都挤满了人，有的蹲着、有的站着；老秋和胡守志硬是往前直挤，他们挤到车厢接壤处，见下一节车厢似乎人更多，只好不再挪动，老秋擦了一头汗，觉得很累便就地蹲下休息；此时列车启动了，耳朵里传来有节奏的轰隆轰隆的轮毂声，声音越来越快。

“新鲜正宗赣江烧鸡，好吃又便宜啰！”“卖大馍五香蛋哎！”传来嗓杂的叫卖食品童音声，不一会儿，见四个约莫十多岁的男孩和一个十岁样子的女孩各自手腕挽着竹篮，篮子里装着用塑料纸包着的烧鸡，一边高声叫卖，一边娴熟灵活地挤出人群，来到老秋他们面前。

“大伯大哥，正宗赣江烧鸡，买点嘛！”一个十岁上下、带着稚嫩声音的女孩央求道，老秋看了看这可怜兮兮的女孩，似乎动了恻隐之心，便道：“烧鸡怎么卖？”“五块五一只，买两只十块。”女孩大大的眼睛充满感激之情。

老秋便从挎包里掏出一个布包，从布包里抽出一张十元交给了女孩，女孩从竹篮里取出两只烧鸡给了老秋，老秋随手将稍大点的烧鸡甩给胡守志，道：“饿了吧，先啃啃烧鸡。”一个大点的男孩见他二人啃起烧鸡，又推销起馍馍和鸡蛋，老秋摆摆手，孩子们也不纠缠，吆喝着又向下一个车厢挤了过去。

正当老秋胡守志埋头啃吃烧鸡时，突然传来“赖皮赖皮，把烧鸡钱还我！”见这群孩子折转过来，嚷嚷追赶一个两个青壮年，声称讨要烧鸡钱，一个小伙子冲挤到前一车厢，另一个青年钻到老秋身后，那群孩子发现后冲了过来，老秋胡守志驱赶那青年，那青年并不离开，孩子们用空竹篮鞭打那小伙子，揪打成一团，此时两位乘警抡着警棍如影而至，那群孩子迅速躲闪，乘警抓住那小伙子，讯问了一阵，便带走了。

此时列车停靠在一个站台，老秋胡守志从车窗看到两位乘警押着那小伙子及一些乘客下了车，又一群乘客涌上列车，几分钟后列车又启动徐徐前行。

“哇，我的包包不见了！”车厢里突然传来一个女尖叫声！“啊哟哟，我的包划了一个大口子，里面东西没有了！”又听到一个老汉的声音。胡守志听了提醒老秋看看包，老秋一摸包大惊失色，道：“这、这包的拉链划、划开了……”“包里有没有少东西？”胡守志惊道。“包里的布包没有了，这、这咋弄？！”老秋一脸沮丧。“布包里有什么？”胡守志道。“布包里有一万两千块，这、这可是我们这趟出差的盘缠和接交费啊，啊哟哟……”老秋急得跺脚道。

“赶紧报警吧！”旁边一乘客提示道。

“报警有屁用，报也白报，这算这位老先生倒霉！这年头警匪一家，不知道有钓鱼执法，坐地分赃这种事？”另一中年男乘客讪讪在旁又道：“本来就不该有上车推销的，能够上车推销的肯定有当地地头蛇掌控，有潜规则嘛，刚才我一看那伙小孩推销就感觉有名堂，我就离远点了！”

“姑父别急了，我这里还有三千，省点用也够了。”胡守志对老秋安慰道。

“唉，省着省着，还是窖窿等着！霉透了唉！”老秋又气又悔，连连摇头，又道：“那老侄这三千借我吧，回去还你。”

他们下了列车，马不停蹄地转到赣陕长途车站，买到了改乘通往美陵坡的大巴，颠簸着上了路，两人上了车很快睡着了。

约莫开了四个小时，司机叫喊美陵坡到了，老秋拍醒了胡守志。

他们下了车，直奔极为偏僻而很有名声的美陵坡林场。

林场内有一家赣江黑龙湾木材批发部，在林场内规模算最大，场主名叫蒯富，由于长得高大黑粗，故绰号“赛张飞”。此人大字不识几个，为人憨厚、仗义，他虽犷悍，但有个精明会算的媳妇，卖木材计算靠的是他老婆。老秋胡守志到美陵坡来，找的就是“赛张飞”。

“蒯老板，久闻大名啊！”老秋与“赛张飞”一照面便拱手招呼道。

“我……你是……”蒯富不太懂老秋的家乡话，胡守志便上前用普通话翻译一遍，并自行介绍从黄家圩慕名而来，想订购一批约一万三千立方的杉木，梢端规格检尺直径不少于8cm，正负差不得高于5%。“赛张飞” 听懂胡守志表达意思后，操大嗓门道：“没问题，要那么多，但要分两批发货。”边说边拿着卷尺领着他们跑到货场前前后后看了一遍，胡守志和“赛张飞” 对几根杉木丈量了一下，确实超过规格粗度。

“每立方米价格呢？”胡守志问道。

“286块，”蒯富挥手道：“冲着你们从东营大老远来，优惠到底一口价。”

胡守志把价格报给老秋，老秋听后不吱声掉头便走，胡守志只好与“赛张飞” 急急打声招呼便跟上老秋，老秋跑出黑龙湾木材部，朝另一家叫“张氏”的木材部走去，他让胡守志询了价看了货，又紧接着跑了叫“快活林”的木材部，几家跑下来，要么货不够又不好，要么价格高，感觉还是“赛张飞” 那实力强，价格好。两人一合计，又回头找“赛张飞”。

他们又找到“赛张飞”， 老秋对“赛张飞” 称，刚才了解木材价格，有比“赛张飞” 低的，只是人家货不足，价格是否考虑再低些？“赛张飞” 还是听不懂老秋的语言，胡守志又翻译了下，“赛张飞” 听了气得眉毛倒竖，道：“只要提起赛张飞，在美陵坡没有哪家敢与我黑龙湾竞争的。说！你去过哪家，我去找他理论！”说着便拉老秋的手往外拖，他老婆见情势急忙拦住，骂道：“你这驴头，这大哥年纪比你大，只是还个价，你少给我惹事！”

“对对，和气生财，和气生财嘛。”老秋说这话他们听懂了，“赛张飞”

老婆把老秋拉到一边道："我那口子性格固执，他报价从不改口，你第一次来订购木材不了解他，但他报价是不坑人的，在美陵坡我们家价格最低。价格动不了，但我给你两把检尺，你把木材拖回去检数时，就用我给你的尺子量，这尺子是特制的，丈量时就多数来，一万立方大约多出一千立方，这盈数就是净利哦。"说着她跑到办公桌抽屉里取出两把新新的卷尺。老秋看了，疑惑道："刚才我们用这卷尺量数？""赛张飞"老婆听懂老秋意思，笑道："刚才你们量数绝对是正规尺子，不信用你们自己带的尺子再复检嘛，我黑龙湾做木材已有十年了，在美陵坡做的最大！如果造假，谁敢再与我们做卖买？你们看看，我这全国客户都有，大多是七八年以上的老客户呢。"说着她抓了把单子给老秋看。

老秋见了，把胡守志拖到外面，道："老侄，这批木材到船厂后检数由你负责，盈数每立方，我按50给你。"

"假如船厂收料员有自己的尺子检数，不用这检尺咋办？"胡守志道。

"这事由我来处理，"老秋不容胡守志质疑，肯定道："你只管用那检尺。"又补言道："这趟来赣江，不管成不成，我给你两千块奖励。"

"谢谢姑父！"胡守志听后心领神会。

老秋与"赛张飞"又谈论货物交易方式及运输等细节，"赛张飞"同意老秋的交易方式，并一口应承全部包办送货，非常娴熟老道。

在"赛张飞"引领下，老秋用美陵坡公共电话打通给黄家圩港船厂的顾浩敏，顾浩敏对老秋的话非常信任，按照老秋意见，同意预先支付30%货款，发货验数后再付40%货款，余额30%在货到黄家圩船厂验货合格后支付。

按照双方约定，“赛张飞” 立即张罗联系了运输的车辆及船只，老秋负责留置赣江美陵坡监货发货，胡守志则乘车返回船厂收货。一个星期后首批木材运至黄家圩港船厂内，胡守志依照老秋事先交待的与船厂收料员一并检货收货，第一趟木材交易检数就神不知鬼不觉盈出近一千立方，老秋除依顾浩敏每立方米10元服务费，明账赚了13万，暗账又赚了28万，老秋分给胡守志2万元。

老秋在赣江几日，“赛张飞” 夫妇每天好酒好菜招待老秋，加上“赛张飞” 为人豪爽，两人最大共同点就是嗜酒如命，天天喝酒打牌，老秋有点“乐不思蜀”， 与“赛张飞” 结下深厚情谊。木材生意做成了，老秋便告辞“赛张飞” 夫妇，启程返乡，“赛张飞” 夫妇依依不舍送别老秋。老秋上了返程的大巴车，回到老家之后给顾浩敏送了一套价值五万元的红木沙发及桌椅，算是对顾浩敏给予木材生意照顾的答谢，两人关系更为密切。老秋把木材赚来的钱还了债，剩下的钱则沉溺于酗酒和打牌，但没过一段时日，老秋突发脑中风，瘫治不过几日渐渐恢复，后不顾老伴女儿的劝阻，继续酗酒赌博，又再次脑中风复发不治而逝。

老秋辞世的消息传至石门儿子秋峰处，秋峰闻讯万分悲痛，他放下事务，当晚带着助手朱海火急火燎地赶回老家奔丧。

鲍局长加盟

秋峰深夜返回老家，看到父亲仿佛熟睡的遗体，心里充满悲凉，脑海里翻滚着父亲的音容笑貌和各种神情，但眼里却挤不出一滴泪水。母亲边抹泪水边向他叙述父亲去世的情形和时间，长辈们见秋峰回来了，似乎有了主心骨，一位资深老伯主持了深夜会议，大家一致认为次日要为父亲老秋举办盛大的葬礼，并召开追悼大会。老秋的老厂长顾敏浩带着女儿及女婿小宋也来了，秋峰的一帮师兄师弟“座山雕”、毛小利等也来了，船厂工棚蔡段长带着一帮工友以及当地政府、商界约有两百多人参加了秃头秋的追悼大会。

顾敏浩老厂长带着沉痛的心情，环顾四周布满黑绸、鲜花、花圈的灵堂，走到老秋遗体的灵柩前三鞠躬，随后主持了追悼会，他边念悼词边遏制内心的难受，但终究潸然泪下。

他念道："作为秋殿昌同志的老同事、老弟兄，我们失去了一位在复杂的政治经济社会大形势下，敢于赤诚为众、敢于实践冒险，不畏艰难、不惧社会负荷，敢于打破历史旧观念的好同志。他曾建立自己的创业工厂，不仅解决了一部分民工的就业，也为地方财政收入贡献了一定力量，多年来，不仅为黄家圩船厂的发展身先士卒，也在社会改革发展的初级阶段做出了贡献。他以他的身家性命开河建路，他对集体慷慨，为家庭以及周围邻里和睦相处竭尽全力，他疾恶如仇、他乐于施善、他刚正不阿、他坚定信念，他不仅是我的好同事，更是我顾敏浩的好兄长，他的辞世，令我们倍受打击，使我黄家圩在经济发展中失去一个重要的开拓者和重要力量。"

看着顾敏浩声泪俱下的表情和如此高度的评价，大家都深受感染，秋峰及其家属更是泣不成声，呜呜痛哭。老顾念罢，让其长子秋峰上台作答谢词，秋峰缓缓上台后，朝四周的亲友一一鞠躬，他在人群中发现了不断用手绢拭泪的顾萍及她的妈妈，心中突然萌生不可名状的难受，他又看见那饱受沧桑的师父蔡段长，老工友小皮、海狗，还有港口霸头"黑猫子""座山雕"等等，更有已经明显苍老的老大姐甘菊英、祁医生以及朱所长、胡守志等等，一拨拨熟悉而肃穆的脸，秋峰已是多年未见他们了，此时相聚一起，他感慨万千，一时无从说起。他哽噎了一阵，缓缓地说道："各位长辈、各位领导，亲爱的兄弟姐妹、大哥大嫂们，首先我代表全家，代表我的父亲秋殿昌感谢你们的到来，参加我父亲的葬礼。"他边说边一眼瞄见顾萍悄悄地闪人了，但他继续以低沉的声音述说父亲一个又一个生前的闪光故事，引得全场一片叹息。

送走父亲上山下葬后，秋峰向他父亲的亲友们告辞，并带着朱海返回省城石门。

刚回到众成公司后的秋峰，便有贵客造访，原来是石门工业学院的何老师，何处长带着一位戴眼镜、身上散发文人气息的中年男子走进秋峰的办公室。

“秋峰啊，”何老师一见秋峰就介绍旁边的男子，说，“给你介绍一个贵客，他是明都县粮食局的鲍局长。”

“鲍生贤。”那斯文稳重的男子笑吟吟地说，“早听何处长介绍你了，一个无冕之王的新闻记者不干，干这个钢材买卖了，不可思议，也不简单！”

“您好，幸会幸会，鲍局长。”秋峰与那男子握手道，“多多关照，多多帮助！”

“是的，”何老师接话茬说，“太对了，鲍局长就是来帮助你的啦！还不快泡茶啊？”

“哦，瞧我这脑子，你们先坐坐。”秋峰招呼朱海泡茶，自己引他们走进里面的接客室。

他们坐定后，朱海赶紧端上热腾腾的茶杯。

“秋峰，”何老师问道，“听说你卖高线钢筋还不错，如果大批量吃进货源，一个月下来能卖多少？”

“这要看销售价格有无优势，”秋峰回答道，“再一个是看钢号品种规格是什么，如果这两者均有优势，一个月卖三五千吨都不是问题的。”

“你说的优势和钢号品种，能否具体点？”鲍局长问。

“不好意思，有句话当讲不当讲？”秋峰说。

“尽管讲，秋经理。”鲍局长看了看何处长。

“鲍局长，您是粮食局局长怎关心钢材行情啊？”秋峰直言不讳。

“哦，是这样的，”何老师替鲍局长回答说，“鲍局长那里账上有相当足的闲置资金，又有上级下拨的专项资金，还有当地农民的粮食收购款，这些资金可配合你来做钢材生意。”何老师顿了顿说，“但这资金一要确保投放无风险，也就是不能流失；二是动用这资金，需要收取管理费的，也就是鲍局长要有一定回报的，这事可是保密的哦！”

“我们相信你，才找上门的。”鲍局长加重语气对秋峰说，又补一句，“当然，更相信何处长的眼力嘛！”

“哦，原来如此，明白了。”秋峰一下子醒悟了。

“这样吧，”何老师开门见山地说，“秋峰啊，不瞒你说，我和鲍局长就钢材情况做了些前期调研，现在市面上像钢号Q235、Q195的钢材最好卖，每吨价格在3800元至3850元之间，而我们如果大批量在雄钢大户购进，每吨价格是3300元不到，中间差价是500多元一吨。”

“大户名单有吗？”秋峰追问。

“这个吗，”何老师笑笑说，“就要你秋峰配合，与我一起去雄钢公司做工作了。”

“何老师，雄钢那里有关系吗？”秋峰问道。

“何处长当然有关系啦。”鲍局长插话说。

“那太好了！”秋峰拍手说。

“难道你在南淮这么多年，雄钢公司没有熟人？”何老师反问道。

“哦，有啊，”秋峰忽然想起自己有个同学在雄钢任职，便说，“我有个大学同学在雄钢日报社任办公室主任呢。”

“那敢情好啊，”何老师说，“你把公司营业执照带上，我们近期去趟雄钢吧。”

“明天？还是后天去？”秋峰追问。

“嗯，”何老师想了想说，“事不宜迟，明天正好无要紧事，明天上午就去，用我校的桑塔纳车吧，我让驾驶员老杨来接你，早点出发。”

“好！”秋峰、鲍局长异口同声，鲍局长笑着说，“就等你们消息了。”

十天后，石门大旗门储运站。

秋峰、朱海汗流浃背，来回往返收集登记货单，只见车轮滚滚，一辆又一辆满载盘卷钢筋络绎不绝排着长龙驶入偌大的仓储场地，十几个装卸师傅驾着叉车有条不紊地将车上的盘卷钢筋一件件叉起，垒堆成一座座巍然巨大的钢墙，机器隆隆响成一片，场地天空上弥漫着汽油味和一簇簇扬尘，有的载货驾驶员不停地给朱海递上香烟，有的索性给他塞了几包烟，央求他插队卸货，好再赶一趟钢厂提货，秋峰看在眼里，并不阻挡，只是高喊朱海报上收货数量。

而秋峰旁边多了几个闻讯赶来的客户，恳求他卖些钢材，有的竟然朝他口袋里塞红包，死皮赖脸粘着秋峰卖些货。秋峰一边推卸红包，一边闪躲解释：“过几天来谈，今天肯定不行，在入库前上面不允许批销的，请多多包涵，我做不了主，不好意思。”

几个客户硬是不信，纠缠着秋峰，秋峰在朱海的帮助下，终于摆脱这些人，逃出了大旗门储运站，躲进了附近一个农户家里。

20世纪90年代初，计划经济与市场经济并轨的年代，严重的通货膨胀使物资紧缺，有钱难购的矛盾日益突出，不仅是大宗物资的钢材，像民众消费品的摩托车、电视机、洗衣机，以至锅碗瓢盆、柴米油盐，无一不是物价飞涨，而又抢购一空，石门城内市民听说市场的盐将卖空，厂家无一续货，价格新一轮大涨在即，遂动员全家出动，连夜到日用百货店排队购买，据说一户姓许的人家用了三天时间，囤积了近五吨的盐，家里堆得如山，无法摆下，竟租了一个空置的泵站还雇人看管盐。然而过了两个月后，盐不仅没有大涨，还跌价不少，商店的盐像拔不去的野草，越来越多，这个姓许的人家最后将盐无偿赠送左邻又舍，过了保质期的，当尘土一样给清除了，损失可谓不轻。

秋峰只是在纸媒上刊登了几则盘卷钢筋大批量到货消息，但就是封盘不卖，一连十几天办公室闭门不开，许多看到广告的客户及远道而来的客户来访求购，但却找不到人无功而返。

秋峰一则吊足了客户的胃口，而他更预料到钢价不断涨价，拖一天卖就又多赚几百元。

何老师见秋峰毫无动静，有点沉不住气，他找到秋峰，催促他开盘，秋峰又拖了三天，终于选择一个黄道吉日，在三处同时开单销售，在开盘当日，他规定销价在市场基础上每吨不仅让价一百元，而且免费送货上门，有客户来开单自提的，返贴每车运费500元。

如此一来，石门全城业界惊爆开了，全城的客户几乎被众成公司牢牢地“吸”了过来，偌大的大旗门仓储站摆放约有五千吨钢材，秋峰仅用一个礼拜不到的时间便将其销售一空。

秋峰临时雇用十几个人员，装卸人员忙得不可开交，朱海更是来回跑银行送钱，喘不过气，虽然忙得如同打仗，但个个喜笑颜开，从秋峰那里挣到不菲的酬金。

何老师、鲍局长不仅提前收回本金，还在秋峰处按约定分到可观的红利，自然喜不自胜，对秋峰的从商才能刮目相看，感谢之情溢于言表。

初战告捷，秋峰要在石门最好的五星级酒店设宴招待何处长、鲍局长及跟随他的伙计们。

"秋峰啊，"此时已喝得踉踉跄跄的何老师，一边高举着斟得满满的威尼斯干红，一边拉住秋峰的袖子，语无伦次地说，"算、算我开、开了天眼，其、其实啊，老师我早就知晓你是块材料，能、能干，比、比我有出息，来跟老师一块干了它。"

"等等，不带我呀？"正当秋峰举杯喝酒时，后面传来鲍局长的声音，只见鲍局长也举着干红，他拍拍何处长肩膀说，"青出于蓝而胜于蓝，何处长你别小觑秋经理的商业头脑，这回他赚了个盆满钵满啊！"接着他拍拍秋峰的肩膀道："秋经理，你肯定比你老师强，这杯酒，我鲍生贤敬你们师生俩，更感谢秋经理对我们局做了贡献，呵呵呵。"说着便一饮而尽。

"鲍局长，你随我来一下。"秋峰拽了鲍生贤的衣角，低低道。

鲍生贤心中有数地跟着秋峰来到外面走廊，秋峰见两旁无人，立即掏出事先早已准备的鼓鼓的大信封放入鲍生贤口袋里，道："鲍局，我秋峰打了这场漂亮的钢材贸易战，主要是您在幕后支持，这份心意不在何老师和您的公账上，我另外追加给您的一份，这两万您收下吧！”

“谢谢秋老弟，”鲍局长满意地又拍拍秋峰肩膀压低声音说：“哦，喊你秋老弟吧，下笔单子继续合作，可没问题吧？”

“当然当然，”秋峰指指屋里面，低语道，“下次尽量不带何，他贪得无厌。”

“有数有数。”鲍局长听了秋峰的话若有所思，还是点点头道。

“我们进屋吧。”秋峰说完，与鲍回到包间。

“鲍局，”秋峰指着东倒西歪的何老师说，“今天何老师好像喝高了，这有点不像他的特点嘛。”

“什么？你们俩合谋要撇开我？”何老师重重地将玻璃酒杯往桌上一拍，酒杯坏了。

“哪里话，哪里话！”鲍局长忙跑到何老师身边，申辩说，“你看你，酒喝高了吧，我们刚刚开个好头，哪能把你撇了，此事别在酒桌上谈，是不是啊？”

“秋峰，”何老师指着秋峰的脸说，“你说，是不是？你这个毛小子别长大有饭吃了，忘了老娘舅，想发财，可别忘了人家鲍大局长！”

“这话什么意思？谁靠谁呀！”秋峰闻言脸色一沉，坐下把酒杯倒置一放，嘴上咕哝道。

鲍局长及旁边一拨人见状一愣，随后纷纷劝慰何老师与秋峰。

“各位、各位，”鲍局长见这场面因言语走样，陷入尴尬之境，便提高声音说道，“今天秋经理及众成公司经营得法，旗开得胜，在石门这如此奢华的酒店设宴款待大家，这应该是喜事、好事、吉祥事！学生有成，老师自然开心，何老师因为有他引以为豪的学生，兴奋之下多饮几杯，言语并非发自内心，还请秋峰先生多多谅解，师生之情如海，海之博大，有什么不可容纳。今天大家美食尽享，酒已尽头，本人鲍生贤最后一杯，祝愿众成公司在石门钢铁业扬帆远航，在秋经理率领下，运筹帷幄，独占鳌头，也预祝我们再度合作成功，干杯！”鲍局长言罢，又是一饮而尽。

“好，听鲍局长的，干杯！”秋峰和何老师在大家劝导下与鲍局长端起酒杯将酒喝下肚子。

再赴盐都

且说虽然秋峰在何老师撮合下与明都县粮食局鲍生贤局长连续做了三笔单子，生意做得轰轰烈烈，成就他自下海以来挖得的第一桶金。他凭赚来的钱购买了辆刚刚面市的新款红旗牌轿车，还一口气购买了十部时下最流行的中文寻呼机，这个玩意的确管用，只要你佩上它，对方只要输入几句话按数字键传发，你就会听到寻呼机滴滴响起，还发出闪烁光，取出一看便知对方啥意思，不管你到天涯海角，都可随时收到对方信息，对做生意、搞情报、谈对象等等，都方便极了。

秋峰将精美的寻呼机当礼物分别赠送给何老师、鲍局长、朱海、霍元旦等人，他还给老家的毛小皮、顾明浩等邮寄了几部。

自购买了红旗轿车，秋峰一下子迷上了学习驾驶，只要一有空隙，他便让朱海陪他练习驾车，不出三四个月，秋峰凭他的聪资拿到了驾照，可以独自上路驾车了。

秋峰驾着自己挣来的钱购买的红旗牌轿车，心里甭提多开心啦。

但高兴之余，心里仍沉沉压着一块石头令他不无焦灼，这块“石头”便是盐都那个癞皮狗——曹子风！他眼睛一闭，脑海便浮现面目狰狞、满脸横肉的曹胖子，以及那个干瘦而狡诈的老妈子，曹胖子的老情妇，这对死冤家。

“这对遭雷劈的狗男女！”秋峰咬牙切齿，又无奈地叹了一口气。

他隐隐地感觉到，如此不明不白下去，曹胖子这笔货款要回的希望越来越渺茫。他曾听霍元旦、肖武律师透露说：“像他这样赊销货款纠纷案件在各个法院堆积如山，多如牛毛，每年能执行顺利并结案的概率平均竟不到百分之三十，也就是说，大多数拖欠且无法执行的案件都成了石沉大海的‘水泡泡’，或说是‘历史无厘案’而束之高阁。”

“如之奈何？”秋峰一筹莫展，眉头紧锁，躺在长条沙发上，望着天花板发呆。

“呵呵……呵呵……”秋峰闻此傻傻笑声，侧目一看，见朱海在旁抱着一本杂志不断发出憨笑声。

“砰！”秋峰一抬手将一只烟灰瓷缸摔在地上，砸个稀烂，吼道：“笑你妈的头，出去！”一声厉吼，把朱海吓得不轻，连忙窜了出去。

“你这头蠢猪，石门大萝卜一个！”秋峰望着朱海狼狈的背影鄙夷地摇摇头。

“对，把他俩弄来，或许有戏！”秋峰突然想起老同事叶斌、李岚，但转念又叹道，“但不知他俩可有时间呢？”

“喂，您哪一位？我是秋峰！”秋峰电话直挂南淮经济日报社，又道，“我找机动部的叶斌。”

“哎呀呀，你终于冒出来啦！”话筒里传来十分惊讶而又熟悉的女中音，“真是秋兄吗？我是李岚，我们想死你了，你好吗？”

“可以，还可以。”秋峰一听是李岚，不由会心一笑，“这么巧，是李岚啊，电话一接就是你。怎么样，报社工作顺利吗？叶斌你们还在机动部吗？”

“秋兄啊，自你离开报社后，报社人事变化可大了。”李岚顿了一下说，“现在的人你可能大部分不认得了，人事频繁变动，叶斌已不在报社，调回省档案馆了，我现在在编辑二部做编辑，真是巧，我正准备打电话问他一些事，就接到了你的电话。”

“我也挺想你们的，叶斌那里能联系上吗？”秋峰问道。

“能，能啊，我一定尽快让他跟你通话！”李岚又顿了几分钟，缓缓地问，“秋兄，我们听说你下海经商了，可挖了不少黄金吧，发了财可别忘了回肥城济济贫哦！哦，对了你什么时候带上你的那一半来肥城看看我们呢？也让我们领略下风采啊。”

“那一半，哪一半啊？”秋峰反问道。

“你别明知故问，故弄玄虚啦。”话筒中李岚朗朗的声音中夹杂急促的呼吸声，秋峰仿佛闻到她醉人的香水味，脑海里浮现她弄姿作态，手不断撸起她一头烫发的情景。说句心里话，在秋峰眼中，李岚虽谈不上靓丽迷人的漂亮师妹，但却有着一般小伙不可招架的亲近媚劲，只要她喜欢或有好感的男人，她便会使出浑身解数，主动搭讪，由于太过“放浪形骸”，性格偏内向的秋峰自然望而生畏，往往显得避之不及，借故脱身。

“秋兄，说实话，我们都很关心你。”李岚和颜悦色地说，“你在花花世界的石门不会还是单身贵族吧？”

“唉，咱说高高不了，说低低不去，不伦不类，加上整天瞎忙乎，哪家良家女人能瞧上我这个二等公民？早呐，咱别谈这个了。”秋峰清清嗓子又说道，“我今天打电话来，一则问候下你们，想叙叙旧，二则我在石门遇到些事，想请你们过来帮帮我。”

“啥事？”李岚听完抑制不住地兴奋，但又急切问道，“你快告诉我，遇到啥不顺事，我和叶斌一定会过来帮你的。”

“说来话长……”秋峰想想说，“电话通长了不好，你让叶斌与我通个电话呗！”

“我会让叶斌尽快和你通话的。”李岚说，“你把电话号码报一下吧。”

“记我寻呼号码吧，这样我随时可接到信息。”说着，秋峰将寻呼机号码给李岚报了一遍。

三天后的上午，叶斌、李岚依照秋峰留的地址，专程赴石门市找到了秋峰。

“是这样……”，秋峰把与曹子风钢材买卖交易的前前后后，发生欠账、赖账的来龙去脉详述一通还叙述朱海盐都挨揍情景后，引起叶斌、李岚义愤填膺、咬牙切齿的痛恨。

“秋兄，你知道我们干新闻这一行的，就喜欢专啃瘌痢头、干扬善惩恶、打抱不平之事！你说吧，你要我们怎么做？”叶斌拍拍桌子说。

“我和叶斌既然大老远来了，就想助秋兄一臂之力，你别客套，只要治服那个曹赖皮，我们一定全力以赴！”李岚说道。

“那好，我就直言不讳了！”秋峰把肖武律师的想法结合自己的计谋向他们一一叙述了一遍。

“这样做恐怕……”李岚闻此陷入沉思，犹豫不决说，“那律师怎么出这样的主意呢？”

“恐怕什么？”叶斌盯着李岚，秋峰、朱海也瞧着她。

“这样做恐怕游离于合法与非法边界线，弄不好会被被告方倒打一耙！”李岚思忖着又神色坚定地说：“目前也只好这样搏了，只要帮秋兄度过这个难关，虽然谈不上赴汤蹈火，但就是再苦再累，我和叶斌都愿意帮你！”

“报社那头工作……”秋峰笑哈哈地看着李岚。

“正巧，报社这段时间改版，在休整阶段，我也调休了假，出来正好散心，又能帮秋兄办点事，哦，如果这事办成，说不准多了个新闻题材呢。”未等李岚说完，秋峰、叶斌、朱海都哈哈笑了起来。

“那，我们今天准备好，明天开赴盐都？”秋峰用征询的目光望着大家。

“开赴盐都！”叶斌、李岚同时抓住秋峰的手。

“不等我啊？不能漏掉我！”朱海赶紧也抓了秋峰的手，大声说，“我负责引路开车！”

四人相觑，又哈哈笑成一片。

秋峰见此，又如此这般地部署行动方案，叶斌、李岚、朱海细细听着，连连点头……

旅社闹鬼

金秋九月，秋高气爽，云淡风轻，满目金色，又是一个秋色盎然的季节。虽然大地仍残留并未驱散的寒流，但随着晨曦的一缕缕、不断升腾并肆意灼烧的火焰，从层层氤氲中冲出万丈光芒，使混混沌沌的寰宇一下子变得朗朗爽爽。历来喧嚣的省城像往常一样，早早地掀开她那热气腾腾的面目，只要天色一亮，大街上便开始嘈杂起来，满眼是车水马龙，滚滚红尘。高楼大厦披上红灿灿的光芒，神色匆匆的人们开始各赴岗位，准备开始新的工作。飞鸟、走兽、蝴蝶……气候的舒适，纵使它们都忙碌寻觅各自所需，但万物和谐并存。然而不难发现，这个有着七百九十余万常住人口的超大型城市每天都在上演一出出悲欢离合、千姿百态的人间怆伤与喜剧，又像在诉说一个个扑朔迷离的故事。

潜伏商圈 七二

在通往盐都的国道302高速公路上，一辆新款的红旗轿车，载着秋峰等几位年轻人正朝着盐都方向急驶而去。

盐都，曾令秋峰、朱海不堪回首的伤心之地，他们居然从容不迫，驱车到达这块土地上。

根据秋峰的三个“三”的行动部署，即第一个“三”为三天结束第一轮“战斗”。第二个“三”为三个小组，即秋峰、朱海在靠傍湖旅馆对面街道上伪装“菜农”卖菜，也就是“地面侦查组”，朱海接到通知，随时驾车跟踪，在此之前，要换租当地的车辆，以防对方见车生异，此为“第一组”。李岚事先按秋峰提供的“名片”等道具，以南淮省大西洋保险股份有限公司的工作人员的身份，求租傍湖旅馆的包房，以盐都办事处名义对曹子风进行暗访，设法窃取其有关商业资讯，此为第二的“间谍组”。叶斌则充当四处找工作的失业青年，手捧一大摞个人简历，毛遂自荐，主动向曹子风发出“求职攻势”，伺机找出有效的内部机密。最后一个“三”，他们布置了“上门”“门外”及“街上”三个布点，其中“界面上”守候的秋峰、朱海只要得到叶斌发出的寻呼讯息，即随时驾车盯上“特务”。纵使再狡猾的曹赖皮都无法隐遁，为了不被其识出破绽，尤其秋峰、朱海始终不能露面，要做到“严防死守”而又“频频出击”。

黄昏时分，李岚入住了傍湖饭店，办完登记手续后，推开房门，李岚惊诧地发现一只受到惊吓的老鼠竟然从房门口窜入床底下，李岚“哇”地惊叫一声。她住的房间竟然与苏晋建筑材料有限公司只有一墙之隔，苏晋公司是201室，而她入住的是203室，她瞥见那201室半掩着门，并从门内飘出浓浓烟味，里面有好几个人在说着话，李岚不由得被浓烟呛了，她手捂着鼻子，开门进了203室。

入室坐定后，寻思此时行动显然不是时机，她掏出寻呼机给秋峰发出一行文字：“目标201室里有许多人，咋办？”不一会儿，她的寻呼机响起滴滴声，李岚开机一看秋峰发来：“暂勿惊扰，待明上午按令行动，今晚好生休息哦。”李岚见此复拨：“遵命，好生休息！”

秋风那头，他、叶斌和朱海找到了一家叫瀚文文印社的地方，他们抓紧制作什么“保险征询表”“求职自荐书”“名片”等，忙乎一个多小时后，叶斌复查一遍说“行了”，秋峰付了账，三人便收拾物品出了瀚文文印社。

夜幕降临，盐都的夜似乎要比省会城市清净许多，但大街上灯光闪烁，稀稀落落有车辆、骑车行人从他们身旁穿梭。

“找个地方吃东西吧，有些饿了。”朱海嚷道。

“对，找定地方把李岚喊来一起用餐。”秋峰说道。

他们在街上东逛西晃终于找到了一家“仙界淮扬菜馆”，秋峰定了一个小包间，给李岚发出酒店地址，过了一刻钟后，李岚便乘着叫租的三轮车到了“仙界淮扬菜馆”。

四人坐定后，秋峰点了李岚爱吃的“青椒牛柳”“红烧排骨”“水煮干丝”，叶斌对朱海打趣道：“秋老板现在重色轻友了，看来吃的没我们俩的份了。”

“是否我俩回避下，当人家什么电灯泡呀。”朱海说完便拖着叶斌往外走，却被秋峰一把抓住。

“给我坐下！”秋峰瞥了下朱海说，“朱海胡说什么，不是海吃胡喝的时候，咱还得讨论明天的安排和方案呢。”然后又翻着菜谱对叶斌笑嘻嘻说：“我知晓叶斌喜欢一道徽菜‘臭鳜鱼’，但这菜谱没那菜，我替你换个吃法，来个松鼠鳜鱼怎样，尝尝盐都的风味，如何？”

“秋兄，今晚可不能海吃，还没到庆功祝贺的时候呢。”叶斌看着朱海、李岚说。

“是啊”，李岚也对秋峰挥挥手道，“等这事尘埃落定时，好好庆贺下，现在八字不见一撇，早呐！”

“好吧，就这么多了！”秋峰放下菜谱对大家说，“吃饱睡足，明天准备一场高强度的歼灭战！”

“哎，我说秋哥，”李岚托着两腮似乎抱怨道，“人家姑娘可是第一次独居人生地不熟的那个小旅社，今天一入住，你们猜发生什么啦？”

“发生什么啦？”秋峰、叶斌、朱海异口同声问。

“我刚推开门，发现一只大大的老鼠几乎从我脚跟窜入了床底下，哇，吓死我了！”李岚说着露出一脸惊恐，嗔怪地说，“秋哥、叶斌，求求你们，我今晚不住那家旅社了，你们哪个换我住那吧。”李岚说完，大家一时无语，沉默良久。

“那不行！”叶斌站起身，打破尴尬，用手捶着桌子说，“李岚，你我这番来石门，从石门到盐都，都是说定协助这项任务，这是一次严肃的承诺，不能言而无信，事而无果！李岚，你想，如果你中途变卦，所有设计的方案就得全部否定，你说换谁，我们之间怎么换？再说时间也不容我们改变方案，你说房间里有一只老鼠，这算什么事？我看你的胆子还不如小鼠，我认为：方案不能改！”

“我……”李岚被叶斌一副斩钉截铁、断然拒绝的口吻驳得哑口无言，禁不住眼泪夺眶而出。

“嗯！”秋峰拿出一张纸巾递给李岚拭泪，用缓和气氛的语气说，“叶斌你坐下，这事改变方案，时间还来得及。”

“怎么做？”叶斌坐定后看着秋峰。

“你和李岚得换个岗位，你今晚调住傍湖旅店就可以了，你看呢？”秋峰笑吟吟地看着叶斌，又说，“我看你怕不怕那只老鼠，只要不怕，一切不影响方案的执行和效果。”

“那只小老鼠有什么可怕！”叶斌满脸不在乎地说，“唉，还是男女有别，娘们就是娘们，胆小如鼠，还不如鼠！”

叶斌话音未落，秋峰、朱海哈哈大笑起来，李岚也跟着不好意思地笑了起来。

说话间，伙计端菜上桌。

“来，大家吃吧，为了明天不误事，今晚不喝啤酒了，事情告成，我请兄弟们好好喝一顿。”秋峰挥挥手说。

“那是那是，今晚肯定不能喝酒，吃饭！”叶斌说着示意下，大家举筷夹菜便吃。

夜幕下的盐都，有别样的韵味，宽敞的马路上虽偶有车来车往，行人稀疏，几盏霓虹灯时亮时暗，但要比省会城市石门宁静多了，而到了后半夜，整个城市仿佛凝固，变成一潭死水。

傍湖旅店的灯还亮着，就在李岚刚办完退住手续匆匆离开后，又一个小伙子背着包风尘仆仆赶来登记入住，接待入住的中年妇女拿着小伙子身份证，对照小伙子看了下，狐疑地嘀咕道："怎么又是南淮来的，再迟些关门不接客了，算你走运。"

"多少钱一晚，就我一人。"叶斌问。

"58元，不还价！"妇女眼皮不抬地说，"小伙子住不住？我要关门了。"

"住、住。"叶斌掏出钱放在柜台上。

"楼上203，刚打扫过的。"妇女收钱后指着旁边楼梯还礼貌地说，"从这上去，晚安！"

叶斌道声："谢谢！晚安！"便朝着昏暗灯光下不算宽的楼梯走去，叶斌发现这楼梯是用木头做的，走上去发出咚咚的响声，感觉整个屋子都震动起来。

"走路轻点！"下面传来那妇女冷冷的声音。

"哦，对不起！"叶斌回应道，他走在楼上暗漆漆的走廊里，似乎有走进太平间的景象，心想怪不得李岚极不愿住这家旅社，这里确实让人有些发怵，他又想：李岚、秋峰一再说的曹无赖的公司就在二楼，203室隔壁？他下意识地从裤袋里掏出一只打火机，划着后用火照了照门头，只见一块已锈迹斑斑的铜匾挂在墙上，他轻轻念道："盐都市苏晋建筑材料有限公司。"旁边门头则印着201字样，叶斌点点头，哼了一声，掉头取着门卡钥匙，抬头看见203室便开了门，屋里漆黑一片，他又划着打火机，四周望了望，看见墙角上开关插座，便将手中的门卡放置槽口内，屋内电灯亮了，在灯亮一刹那，叶斌一眼瞥见一只硕大的老鼠从床上枕头下窜出，一溜烟闪入床底下，叶斌吃了一惊，随即弯身俯视床底，他掀开被单，用打火机照看一阵，见床底什么都没有，只是厚厚的一层尘埃，尘埃明显有清晰可辨的不同大小爪印，叶斌断定：此屋内一定不止一只老鼠，但他四周查看一阵，竟未见一只老鼠！

“这鼠有啥可怕的？！”叶斌冷静了一下，自言自语地说。他放置好自己的背包，关上了房门。一阵内急，他首先跑到洗手间，将所有灯开亮，便对着便桶解裤小解，正当他小解时，忽见一只老鼠从他面前的一块磨损的天花板缝里钻了出来，老鼠凶恶的目光正好与他对视了一下，叶斌禁不住“啊！”后退了一步，老鼠从上面摔落下来，老鼠“吱”的一声，从他脚上爬起，便一闪消逝。叶斌收起裤子，追查一阵，屋内并未再发现老鼠。

“妈的！这盐都莫非鼠都，哪来如此的鼠胆？！”叶斌跑出房间，走到楼梯边喊道：“店老板、店老板！”

“啥事？”那个掌柜的老妇女很不情愿地从里面露出头问，“深更半夜的叫嚷什么？啥事？”

“这屋里有老鼠，怎么睡？！”叶斌辩道。

“有老鼠不正常吗？我还以为有啥呢，大惊小怪的！”那妇女拿着电柄手电筒，披着上衣上了楼来，嘴上还不停地唠叨道，“就你这个客人难伺候，真不想住，退房便是，又不求你入住。”

叶斌带着她进203房间，老妇女用手电筒在屋里四周床底下每个角落照了一遍，并未发现老鼠迹象。

“哪有老鼠，是你眼睛花了吧？”老妇女摇摇头，丢了句话，“你白天可能受惊吓了吧，疑神疑鬼的，这么晚了不许再叫嚷了，其他客人都在睡觉，再叫嚷，我不让你住店了。”

叶斌被老妇人奚落一阵，愣愣地把房间门关上，心想，今晚不住这店回去岂不是让李岚讥笑，再说交办任务要紧呢。

他觉得累了，跑到卫生间洗了洗手，也不洗澡，便躺在床上，竖起耳朵细细听听，也未见老鼠的动静。

“睡吧，明天还要起早呢。”他自言自语，便起身将所有灯一一熄灭，不脱衣服，盖上被子便闭目睡觉。

刚一灭灯，他便感觉到起码三四只小动物呼呼爬上他盖的被子，有只已踩上他的胸口间，直奔他的头部，用锋利的牙齿啃咬他的耳朵，他感到毛茸茸的东西俯贴到他的脸上。

“哇塞！”叶斌一个猛子翻身跳起，这几只老鼠便迅速四散而逃。他开了灯光后，并未看见一只老鼠，感觉心脏扑通扑通跳，叶斌坐在椅子上，喘着粗气，狠狠拍了下桌子，“这鬼旅店，哪是人住的，难道，这家旅店每个房间都有老鼠吗？”“应该不会吧。”他自问自答，摇摇头心想，今晚灯就不关了，看这老鼠还敢爬上床，睡吧。

他又爬上床，眼睛半开半闭，时间长了，他懵懵地闭上眼睛。就在他半睡半醒之间，他依稀感觉到有沉沉的，似乎有孩子般体重的东西爬到他的身上，并发出嗤丝丝的刺耳尖叫声响。

叶斌大吃一惊地睁开眼睛一看，他清楚地看见一条小碗口粗的大蟒蛇上半个身子已横伏在床上，蛇的口中紧紧咬着一只垂死挣扎的半只老鼠，显然这条蟒蛇刚刚捕捉到老鼠，且是在他的床上发生的。

叶斌吓得不轻，但他不敢大声喊叫，他颤抖的两手下意识从腰间抽出皮带，他想如果大蟒蛇要攻击他，他就用皮带抽打，他缓缓地向左侧移身子，只见大蟒蛇并未理他，咬住老鼠也慢慢地下了床，叶斌清晰地看见大蟒蛇口中的老鼠一点点地被吞了下去，便慢悠悠地朝屋里一拐角处爬去，它朝天花板顶垂下的花窗帘游去，不一会儿蛇就不见踪影了。

叶斌看得真真切切，目瞪口呆，屋里一片寂静，再也听不见老鼠的声音。

叶斌心里害怕极了，他不敢在此屋待下去，害怕那只大蟒蛇再出现，他拉开房门，见外面一片漆黑，隐约听见隔壁的201室传来有节奏的鼾声，瞧瞧空无一人的黑走廊，他突然发现那垂下的花窗帘的拐角处下面瑟瑟抖动，叶斌头脑嗡地一下，他抓起床上的背包如逃命一般冲出门外下了楼，楼下有老头睡在大门前，他顾不得老头，上前便抽开了门闩，冲到街上。

此时，已是午夜三更，大街上也空空荡荡，只见几盏昏暗的路灯发出点寒光，巷弄里袭来一阵冷冷的寒风，吹乱他的头发，他更感觉孑然一身，甚是凄凉。

叶斌东瞧西望，两眼茫然，只是双手抱着身子，不断地向前深一脚浅一脚地大步走着，走着走着，一脚踩到一个黑乎乎的东西，“呜哇！”黑乎乎的东西突然尖叫一声，瞬间闪了，他吓得蹦跳起来，定神一想，原来是只流浪黑猫。

叶斌继续向前走着，见前面约三十米处有一户人家的灯亮着，他便朝这户人家走去，等他靠近这户人家便听见屋里传出婴儿的啼哭声，门口有一对石狮子立坐在台阶两侧，他便放下背包，蹲坐在台阶上，把背包移到膝盖上，他摇摇头，自言自语道："李岚啊李岚，这夜的苦我代你受了，秋峰啊秋峰，欠你多年的情分，今儿算是还清了，盐都啊盐都，你这鬼地方，老子今生今世再也不会光顾了！唉，老子今夜难道就这样流落街头？"

又一阵结结实实的寒风袭来，他此刻感到寒冷，便紧紧地抱着身体，他感到又寒又饥又困，又是恐惧。

"咳咳！啊欠！"突然不远处传来咳嗽声，接连又打了个喷嚏。叶斌循着声音望去，只见离地约五六十米距离有两个人影在烧点炉子。

"这么晚还烧炉？"叶斌不解地想着，又隔了十分钟，那烧炉地方飘来一阵诱人口水的香味，强烈的好闻香味刺激着他，叶斌站起身便朝那一闪一闪的火炉走去。

叶斌走近一看，原来是一对老夫妻正在炉前的大铁锅里炸油条，老妇人正在一只小饭桌上和面杆杖，老头儿则忙着用两根粗筷在热腾腾的油锅中夹炸油条，溢发出喷香浓郁的味道。"大伯伯，炸油条呢。"叶斌礼貌地说。他们望了望叶斌，突然站在跟前，一副垂涎欲滴的馋样，那老头用浓浓的盐都地方方言和蔼地说："小伙子，看你饿了吧？哝，拿两根吃吧。"

叶斌从口袋里掏了掏，并未掏出钱来。

"算了算了，吃去吧！"老头笑了笑，"不拿钱，不拿钱。"

叶斌听这话，愣了一下，感激地望了老头一眼，迫不及待地大口啃嚼油条，不一会儿，两根油条下了肚。

“小伙子，这么早睡不着，怕是跟家里闹架了吧？”老头又笑吟吟地问。

“没、没，”叶斌摇摇头，还是贪婪地望着黄灿灿的油条，说，“大伯伯，你们这么早做油条，真辛苦啊。”

“唉，不苦哪成，”老头叹了一口气说，“每天早晨四五点那工地要来取两大箩筐油条，还有菜市场那边两大箩筐，不早点做活，哪能来得及呀。哦，再来两根吧。”老头又递给叶斌两根油条。

“哦，不不，我给钱。”叶斌又掏口袋仍未掏出钱来。

“算了算了，吃了再说。”老头一边慷慨地说，一边忙碌着抓着面坠子下油锅。

“谢谢，谢谢大伯伯。”叶斌接过油条便狼吞虎咽起来。

“大伯伯，这油条炸得真好吃，可能是我今生吃的最好的油条了。”叶斌一边香喷喷地啃咬油条，一边恭维着老头。

“可能是你饿的缘故。”老头说，“听口音，你不是本地人，从哪里来的啊？来盐都出差吧？”

“大伯伯，”叶斌顿了顿说，“我是从南淮来的，来盐都找工作。”

“哦”，老头看了看叶斌，说，“看你像个大学生，好像城里人吧，怎么跑到盐都来找工作呢？盐都有熟人吗？”

“盐都没熟人，只是听人说盐都是个建筑之乡，我大学学的建筑专业，想在盐都某个建筑材料公司做做擅长的工作。”叶斌趁机向老头套近乎说，“大伯伯，看您二老夫妇人挺好的，是否知晓盐都哪家建筑公司缺人，或者有招人的吗？”

“哦，小伙子出来找工作的，”慈祥的老妇人插嘴说，“过会儿有菜市场的黄婆子来取油条，她那老情人曹老板是这有名的老工头，盐都建筑公司哪家不认识曹老板，老头等黄婆子来了问问她就是了。”

叶斌一听“曹老板”顿时心里鼓了下，此“曹老板”莫非彼“曹老板”？他赶紧又在背包里翻了下，终于掏出两张十元的纸币，放在老头饭桌上，说：“大伯伯，这是吃油条的钱。”

“哪有那么多，多了多了。”老头见叶斌付了钱，却把两张纸币推了推，示意他收回去，又说，“小伙子，看你来盐都找工作，还没挣钱，省点用，把钱收回去，等那黄婆子来了，我帮你问问工作的事。”

“谢谢大伯伯，谢大伯母，”叶斌感激不已说，“你们长辈人太好了，我不知用什么报答。”

“报什么答？”老头放下油夹筷，认真地说，“俺和俺老伴做好事从不谈回报的。”

“是啊，做点好事也快三十年了。唉！”老头说完，叹了一口气。

见老头叹气，叶斌更觉得其中蹊跷，追问：“大伯做好事为何叹气呀？”

“小伙子有所不知啊。”老头还是叹而不语。

叶斌穷追不舍问：“大伯能否说来听听？”

“小伙子，说来话长，简单地跟你说吧。”老头边干活边告诉他，他们老夫妇历经磨难的故事。

原来这对老夫妇膝下至今无子女，年轻的时候他老伴曾有三个月的身孕，一次夜里与朋友看露天电影回家途中，不慎跌落一个长满杂草的地窖中，看见窖内一条大蟒蛇，老夫妻见蛇大惊，便惊慌失措，大呼救命，经路人共同救起时，老妇莫名其妙地肚子渐渐变瘪了。老夫妇四处求医，经几家医院诊断，竟都查不出“既有身孕却不娩而消失”之究竟。老汉郁郁寡欢，一次听村里老者劝说去趟省会石门一寺庙烧炷高香。那日，烧香拜佛，善男信女，络绎不绝，老汉带着老伴在茫茫人群中艰难前行，却被一老和尚叫唤，喊了半晌，老汉和老伴在人群中被和尚再三指划找着。老和尚让他俩跟他步入后殿堂厅，老汉不无狐疑。

老和尚和颜悦色地让他们坐定，张口便道：“你妻肚上有个印记，原本有个俊朗无比的男儿，被一个扁脸寡妇抢夺而去，幸好此寡妇尚在百里之内，但需住寺庙三百六十五日，超度七七四十九节，用尽佛光方可把儿从寡妇手中赎回。但是，你夫妇一定逢席必素，逢人必恭，逢事必善，如此逢凶必夷，如一日不遵，必延一载，重新计算日辰，再者行市又遇妖孽，存有不确气数，或若遇见巫婆，顺签你妻之貌，故经常以食油烧炸，可炸素食，可供年纪二十至三十男儿享用，最好系属蛇又遇蛇的小伙子，如此往复，久数载，亲生男儿或将不期而至，令你家破镜重圆。

“故此，小伙子，数十年来，俺老夫妻一天都不曾放弃追寻俺儿地努力着啊。”老汉说着，又有些伤感，用衣角拭了拭自己的眼角，似乎此事刚刚发生一样。

“有托寺庙长老谏言，俺俩老夫妻跑遍大江南北，至今尚未遇到这样的男孩呢。”老汉又道。

听了老者之言，叶斌大为吃惊，他暗想自己也恰好属蛇，而恰恰在旅店遇见大蟒蛇，此老头所言莫非跟自己有关联？他又想，那老妇所言黄婆子是否与“曹老赖”有关联？不管如何，这肯定是条重要线索。

想到这，本来的睡意顿时全消了。

“大伯！”叶斌打断老者滔滔不绝的话，“我跟你说，我就是属蛇，几个钟头前遇到一条大蟒蛇！”

“你、你、你说的是真的吗？”老者放下大夹筷，两位老人用惊异的目光望着他。

“嗯。”叶斌坚定地点点头说，“我不骗你们，真的，骗人不得好死！”

“啊，啊……”老头看看叶斌，嘴张着合不拢，他又让他老伴走到叶斌面前，双手紧紧抓住他的手，又重复问道。

“大伯，没错，千真万确！”叶斌毫不犹豫地回答说，他透过后面红红的烧炉，隐隐约约看见那老者似乎不像农村的老农，倒有几分像老知识分子的模样，只是前额多了几道深深的皱纹，还有嘴上两撇八字胡，头上戴着狗皮帽，人显得十分精神矍铄，老者紧紧握着他的手，遒劲有力，十分沉稳而又亲切。

“小伙子，你今天别走，”老者激动地说，“等天亮了，到俺家吃饭，咱好好聊聊！”

“嗯嗯，”叶斌想想客套地说，“不耽误你们做油条，天快亮了再说吧，我得先找个地方睡一觉，我今晚还没合眼呢。”

“走，跟我走，到我家去睡觉，我家有床有被。”老头不由分说抓住叶斌的手拖住就走，又说，“就在前面不远。”回头又交代他老伴说，“你照看下摊位，我带小伙子去去就来。”那老伴“嗯”了一声，低头忙她手中的活。

叶斌被老头拖着，直往黑暗中不远处的一个拐角大步走去，叶斌没办法，只得跟着那老者向前走去。

非常之夜

再说秋峰那头。

李岚因惧怕傍湖旅店，死活要跟着秋峰、朱海，其实此时夜已深，由于计划临时变更，李岚一个年轻女子，不能和他们住一个房间，秋峰让朱海在所下榻的宾馆前台申请增加一个房间，朱海嗯声出去后，房间里只留下秋峰、李岚一对孤男寡女，一时两人有些局促、沉默，还是李岚先打开话匣子。

“秋哥哥，又见到你，很开心呦。”李岚似乎比秋峰主动而健谈，这几年报社的锻炼，显得成熟许多，她那乌黑而炙热的眸子扑闪闪地盯着面前心仪已久的兄长，在她眼里秋峰就是“高富帅”，一直以来，秋峰就像天空中飘忽不定的风筝，今儿终于掉到了地面，掉在她的手中，可以任意地端详、把握：“你想不想你的小师妹啊，人家可想你啦。”说着她便向秋峰身边挪近一步，房间里很静，秋峰明显听到李岚心脏在狂热地跳动，她身上淡雅的芬芳以及她的呼吸似乎要将他融为一体，她那一对高高耸起的乳房和发育得很丰满的臀部，在微微颤抖着。

秋峰被她如此直白坦率的口吻和愈发成熟的撩人的样子折服，他不知与她仅仅分别一年的时间，她竟从一个不谙世事、情窦初开的黄毛丫头蜕变成如此老道、富有母性的知性女人，娇而不艳，温情脉脉，恰到好处。

李岚轻盈盈地握住秋峰的手，秋峰感觉一阵痉挛，下意识地缩回手，支吾地说："朱、朱海马上回来，别让人看见。"

"秋经理，"李岚咯咯笑出声，她用手理了下披肩长发，像个大姐姐似的笑得前仰后翻，"啧啧，秋记者变成秋老板，我还以为当了老板，会老奸巨猾，老谋深算，没想到还是那个羞涩的一介书生，没变，咯咯，没变……"边疯笑边拍打秋峰的肩膀，冷不防朝秋峰脸上亲吻一口，秋峰顿时如电击颤了一下，正在此时床头电话响了起来，秋峰接过电话传来朱海的声音："秋经理，这宾馆已没房间了，我出去再找一下！"便挂了机，李岚闻此又咯咯地笑了起来。秋峰被李岚的一阵疯言疯行搞得如梦如幻不知所措，嘴上连连道："打住，打住，你跟我说说报社现在的情况吧。"

"嗨，报社的情况？"李岚终于停住了疯笑，顿了一会儿说，"秋峰哥，是否出去走走，我跟你好好汇报，怎样？"

"哪能谈汇报二字，随便聊聊呗。"秋峰无意对着房间的镜子照了一下，见脸上清晰的一块红唇印，不觉心猿意马，脸唰地红了。

但他仍故作镇静地对掩面而乐的李岚道："走，咱出去走走吧。"

“唉，不回敬一个呀？”李岚止住了笑，用期待的目光望着秋峰，见秋峰无动于衷，有些许失望地叹了一口气，道，“唉，榆木疙瘩，走吧，转转去。”

他们各穿了件衣服出了门，秋峰随手将房门关上，他们见宾馆左前方有一块偌大的荷池，便朝着荷池方向走去。

此时，秋峰看看腕表，已是午夜一点，整个世界仿佛已被冷冻，出奇的宁静，只有一阵阵微风袭来，吹得树叶发出一丁儿的沙响声，还有几只不知名的虫儿不时鸣叫，一轮被云层遮掩一半的月亮肃穆地照耀大地万物，随着云层漂移，月光忽明忽暗。虽有些柔柔的月光，但池内还是暗乎乎的，天气不算太好，月亮光线并不太明亮，凭人的肉眼无法辨认这里的环境。午夜空气湿润而阴冷，估计温度在10℃左右，李岚穿上一件薄风衣，并紧紧掖住，秋峰笑笑帮她掖了掖，道：“前天这里刚下了场秋雨，立秋后，一场秋雨一场凉，夜里温度就更低了，你可别被秋风吹成林黛玉哦。”

“那你就是贾宝玉咯？”李岚又咯咯笑道。

秋峰嘿嘿地憨笑，他又若有所思问道：“都说知识分子生来又酸又臭，在一起不容易共事，时间久了就会惹是生非，现在报社里人事还是那么复杂吗？工资涨了没有啊？”

“奴婢先禀报下后面的问题吧。”李岚顿了下装作丫鬟禀主子状的动作，又让老实的秋峰谦逊一阵。

“才涨了些啊，不过在你大老板眼里不就是小菜一碟啦！”李岚透过月光看见秋峰那俊朗的脸庞，两道拧紧的剑眉，细声柔语地说：“上个月我拿到工资单一看，让我开心了好几天，你猜涨了多少？”

“涨二涨三？还是翻倍？”秋峰饶有兴趣道。

“涨三，百分之三十呢！”李岚兴奋地道，“你想想，在报社耕耘三年了，前几次涨一不得了，这回涨三，我都不敢想。嗨，明天我要请你和朱海撮一顿。秋老板见笑了吧，肯定心想这点薪水，还穷大方的，但人家是一片心意，诚心诚意的哦。”

“哦哦，你这薪水比我在报社干时算是突飞猛进啦！”秋峰不无感慨地说：“你这栏目在报社算中层、上层？”秋峰站在一块石头上蹲下身来问。

“这个吗？应该算是中层上点了。”李岚自信满满。

“绝对的骨干！”秋峰赞道，“真是士别三日当刮目相看啊。”又道，“报社人事变化大吧，哎，我问你，蔡光当总编了吧？他好吗？说真的，我挺想念他的，想抽个时间去趟肥城看看他。”

“看他？”李岚惊讶地看着秋峰。

“是啊，没有他哪有我秋峰今天的风光，你应该知晓的。”秋峰感慨道。

“你，你难道不知道他的情况？”李岚又追了一句。

“不知道，他怎么了？”秋峰疑惑道。

“他，他死了……”李岚忧伤地说着，眼泪稀里哗啦掉了下来。

“啊，这是真的？”李岚话一出口，秋峰如五雷轰顶，他愣呆一阵，从地上猛拔出几棵草摔在地上，捂住脸颤抖着嘴巴，眼泪禁不住夺眶而出，失声道，“我的恩师啊。”

“李岚，告诉我，蔡光怎么死的？”秋峰悲切问道。

“蔡总他身体强壮，但死得好惨啊。”李岚抹了抹脸上的泪水，娓娓道来，“一个多月前的一天，蔡总像往常一样骑着自行车送他儿子小蔡广上学返回单位，途中，在肥城的六里墩的十字路口不小心撞上一个没盖上的窨井，在他跌倒时，被一辆疾驶而来的大货车后车厢撞上，大货车勾住他的后脖子处的衣服，他被拖了几百米远，又遭另一辆侧面而来的汽车再次撞击致死，时间短短几分钟……”

两人一阵嘘唏，沉默良久，李岚又悠悠地说：“当我们得知消息后，蔡总遗体已转至殡仪馆，见他头部已被削掉一半，惨不忍睹啊！”

“真是人有旦夕祸福，天有不测风云，蔡总好端端的，唉！”秋峰叹息道，“李岚，蔡总如此死法是否有前世因果一说，这令人不能接受啊。”

李岚惊讶地望着秋峰，嗫嚅地道：“你认为是他前世造孽今世报应？”

“这，这难以解释，但我在几天前无意阅读书中一则裁缝缝头的故事，心生疑惑，感觉事由蹊跷。”秋峰有些惆怅道。

“快讲来听听。”李岚催促道。

秋峰皱了皱眉头，说了句“生死报应终有时，裁缝报省之仇。”他在淡淡的月色下显得有些老成而睿智，他缓缓地叙述一则民间故事：

说的是明末清初，盗贼横行，世道极不太平。

杭州城外有一座村庄，名叫周家堰，村民专事蚕桑，还产丝绸，比较富庶，周家堰里有一个手艺极好的裁缝叫周宏，平日里专门为达官贵人裁制袍服。

这天，周宏正在铺子里缝制一件丝绸马褂，他的儿子刚被送去县城的私塾读书，他想，那些富家子弟都有马褂，可不能让儿子在同窗面前丢了面子，突然，村口传来一阵撕心裂肺的惨叫，周宏打开窗户一望，顿时手足冰凉，原来一伙蒙面山贼杀进了村子里。

山贼挨家挨户洗劫，他们握着寒光闪闪的兵刃，见一个杀一个，不留任何一个活口。大惊之下，周宏急忙扔下手中的针线，拔腿要从后门逃走，可是，他被一把冰凉的钢刀挡在了胸口。

一群山贼闯进了裁缝铺，一个全身黑衣，头绑黑巾的头目手提一把七孔大砍刀架在周宏的脖子上，凶恶地道："这村里手艺最好的裁缝就是你？"

周宏脸色煞白，点了点头。

黑衣头目朝门外喝道："抬上来！"几个山贼就抬着一具无头尸来到了门前，那头目又从包袱里提出一颗血淋淋的人头，小心翼翼地放在桌子上，说："这是我大哥，被官兵追杀砍断了头颅，现在，你给我把他的头和身子缝起来！"

黑衣头目冷冷地说："我大哥要厚葬，怎么能让他身首异处！"

周宏吓得六神无主，颤声道："我，我只会缝衣服，不会、不会缝、缝人头……"

"你缝不缝？"黑衣头目厉声道，"你要是不缝，就让你身首异处！"说完，他挥起大砍刀，一刀劈碎旁边的木椅子。

周宏淌着淋漓大汗，战战兢兢道："我缝、我缝……"他深知今天凶多吉少，想起还在县城读私塾的儿子，定了定神，从桌子下的两个簸箕里胡乱抓起一把东西，拿在手心。

几个山贼将那具无头尸体抬上了桌子，周宏咬紧牙，颤抖地拿起针线，一针一线地将那人头与尸体缝了起来，黑衣头目带着手下一群贼洗劫其他村舍，只留下一个山贼看守他。

周宏的双手沾满了鲜血，趁看守的山贼不注意，假装在旁边的马褂上抹血，偷偷写下了血字。

两炷香过去，桌子上的人头与尸体已经缝好了，粗一打量，尸体竟如从未断头一般。

黑衣头目洗劫一番返回了裁缝铺子，他命人抬走尸体，一边举起大砍刀，一边狞笑地对周宏说：“你的手艺不错啊……”周宏忙跪倒在地，拜手说：“求大爷放我一命，我儿子尚年幼，妻子早年过世，若我死了，儿子便成了可怜的孤儿了。”

周宏话音未落，黑衣头目大刀一挥，他已身首异处，倒在血泊之中。

黑衣头目对着周宏的尸体冷笑道：“虽然你很可怜，可大爷干完这一票就金盆洗手了，只有死人才不会报官！”说完，他带领一众手下，抬着他大哥的尸体和大批金银珠宝逃往深山。

春去秋来，十年过去了，已经天下太平，这年新春，杭州城外的县令刘禾上任，声称一定要侦破十年前的杭州城外全村老少被杀的周家堰血案。

听了刘县令的豪言，老百姓却纷纷摇头，前后几任县令都扬言侦破血案，解老百姓心头之恨，但没有一任兑现诺言。十年悠悠，所有的线索都断了，要想找到凶手，真如瞎子跑夜路，难上加难。

可刘县令却不理会老百姓的传言，命衙役们在当年周家堰方圆几十里范围走访，寻找有槐树与榕树长在一起的树林，如发现有此树林，而且榕树的躯干有一人合抱大小，就马上报告。

衙役们私下抱怨：这血案是没法破了，刘县令新官上任，为博个好名声，却不顾手下人累死累活。

不过，在刘县令一再严令下，衙役们忙活了半个月，一共找到了十五片槐树与榕树合长的树林，而其中一人合抱大小的榕树，竟然有五处。

这天清晨，刘县令带着年轻的师爷，与一众衙役打扮成进山砍柴的樵夫，悄悄地沿着山路，马不停蹄地赶去那五片小树林。

他们气喘吁吁地来到其中一处，站在了一棵一人合抱大小的榕树跟前，那榕树与槐树并合长在一起，刘县令问："师爷，这榕树可有十年的树龄？"师爷只有二十多岁，虽有书卷气，却显得很老成，他摇着扇子，望了望四周的地势，捻须道："此地是阴面山坡，阳光很少照到树林里，地势低矮，土地贫瘠，这榕树应该有十七八年的树龄。"

刘县令喝道："来人，给我锯开这树，数数桩上的年轮！"

几个衙役扛着大锯，一拉一扯地锯了起来，不一会儿，大榕树轰地倒下了。一个衙役对树桩一连数了好几遍，高声道："回大人，这树的年轮不多不少正好十八圈。"

刘县令笑了，对师爷说："高见，你再挑挑，要想破周家堰血案，这里的树可一定要挑准！"

衙役们心中暗暗不爽："这破案的法子可真邪门，要一棵棵树锯开看，未免太儿戏了！但他们不敢得罪县令，只得从命。"

他们在山里转来转去，师爷在先前选定的那五片小树林里看了又看，望望那些槐树和榕树，不断地摇摇头叹气。

他们走累了，就在山腰的亭子里歇息，其中一个衙役忍不住抱怨道："大人，我们这些大老爷们儿，平日里干的都是抓犯人擒强贼的活，咋来这里当砍树的樵夫了啊？"

刘县令不紧不慢地道："这案子本官心里有数，师爷，现在还没找到那棵大榕树，是不是记错了？"

师爷拱手道："大人，小人肯定没记错，这槐树与榕树合长的树林，本来就不多，我们还需四处搜寻，以免有漏网之鱼。"言毕，师爷摇着折扇，在亭子里四处张望，突然他收起折扇，指着远处的一座寺庙，唤来衙役问道："那是什么地方？那里榕树可有去探过？"

原来，半山腰处还有一处古庙，后院有一棵大榕树，郁郁葱葱，衙役赶紧说："那是一座荒庙，虽然也有榕槐共生，可那榕树两人合抱都有余，太粗壮了，所以我等就没禀报县爷。"

"院子向阳，地势高，土地肥沃，而且还生长于……"师爷口中念念有词，挥手引领衙役们，朝那座古庙奔去。

他们来到古庙后院，只见古庙破败不堪，人际罕见，后院处的这棵有两人合抱的大榕树长于水井的旁边，雄伟苍劲，树枝横生，而院子里还有一颗碗口粗的槐树。

师爷围着榕树、槐树一看再看，又对榕树树下的一个瓦砾神坛琢磨良久后对刘县令拱手道："大人，这榕树与槐树合长在一起，先前那棵榕树虽然有一人合抱大小，可地势阴凉，土地贫瘠，非要十八年光景方能长成。而这里，阳光充足，水肥充裕，十年光景，榕树就长到了两人合抱，再过几天，清明节就到了，请大人来此树下祭拜，衙役须跟踪其行踪，十日之内，血案必破！”

于是，刘县令吩咐师爷带众衙役在这庙里盯梢。

清明节后的一天，已经盯梢许久的师爷及一众衙役发现来树下祭拜的是本县有名的大财主叫柳二胖，又两日后，刘县令带一众衙役从柳宅中逮住柳二胖，径直押送衙门。

杭州城内，老百姓听说十年前的周家堰血案开审，纷纷赶来看热闹，只见柳二胖身着绫罗绸缎，跪在堂下。

刘县令一拍惊堂木，喝道：“柳二胖，你可知罪？”

柳二胖一脸惊恐：“大人，小民一向安于生意，平时行善积德，哪来的罪行，小民冤枉啊！”

刘县令喝道：“那我问你，你可知道十年前周家堰全村上下五十二条人命的血案？”

柳二胖张大嘴巴：“大人，这血案小人倒是听说过，可与小人有何关联？小人从未去过周家堰啊！”

刘县令眉头一挑道：“哼，那本官问你，清明节你可曾去了郊外的一座荒庙祭祀？说！”

柳二胖愣了一下，点头道：“是的，小人有先人埋在东郊荒庙，故清明节带家眷祭祀一番，不知犯了何罪？小人平日里心地善良，连蚂蚁也不忍踩死一只，大人新官上任，可能还不知道小人平日里最喜欢行善积德，这是小人数年来救济平民的清单。”

此语一出，围观的老百姓喧哗起来，很多老百姓确受过他的恩惠，纷纷为他打抱不平，口喊冤枉好人。

刘县令脸色不变，喝道：“堂下肃静！有三件事请柳二胖回答：一、你祭祀的地方，是不是在那座长有槐树与榕树的东郊荒庙之中？二、那榕树下摆的神坛是不是你所设立？三、清明节来祭拜那神坛的，连你在内，是否前后共有十三人？说！”

柳二胖磕头道：“大人，小人确实去过那荒庙祭拜，神坛也确是小人所立，可是，我只知道自己清明节前往荒庙祭拜，却不知其他人也去荒庙祭拜，十三人之事，小人也确实不知。”

刘县令又放下惊堂木，道：“传当年周家堰血案的原告！”

柳二胖一脸茫然，却见一个年轻人快步走到堂下，跪倒在地，朗声道：“在下周铭清，自幼父母双亡，全村上下五十二人惨遭山贼屠杀，未留下一个活口，唯有小人在县城读私塾，幸免于难。”

年轻人正是刘县令的师爷，柳二胖顿时傻了眼，暗想难怪刘县令说有把握破案，原来这师爷就是周家堰的。

刘县令正色问道：“周铭清，你有何证据控告当年的凶手？”

周铭清从怀里掏出一块褐色的布，悲戚道：“我父亲是周家堰有名的裁缝，手艺精湛，此乃他临死前所写下的马褂血书，当年的血案发生后，我回家收殓父亲，发现父亲遗体下的马褂，此马褂本是为小人缝制，每次睹褂，小人悲伤不已……”

周铭清抹了抹眼泪，朗声念起了血书：“吾儿，匪首尸乃我缝，父知必死，山贼全为蒙面……”

刘县令插言问：“山贼既然蒙面，你如何控告凶手？若是诬告，虽是师爷，本官照样严惩不贷！”

周铭清道：“大人，且听我言，我父亲的血书还写着：山贼全为蒙面，父藏一把槐树榕树种子于那尸首缝接处，贼尸已近腐臭，必葬于附近，寻槐树榕树共生之处，贼匪颇有义气，如往此树下祭拜葬者，必乃杀父仇人。”

周铭清一字一句念完，他指着柳二胖突然厉声道：“自从烧杀抢掠后，你等同伙已悄悄隐藏身份，做起了生意，还伪善做人，欺世盗名，可是，每逢清明节，你等同伙前往那树下祭拜当年的匪首，只是你怎么也想不到，那槐树榕树共生出，乃是你等同伙当年所杀裁缝和五十余条生命的线索！”

柳二胖闻言脸色苍白，却还是磕头喊冤：“冤枉啊大人，那是供奉我祖上，我是一个本分商人，有当时官府记录为证！”

柳二胖想了想说：“大人，倘若这血书是真的，为何要等到十年后才来抓捕凶手？小人对众多疑点不解，堂下老百姓也一定会为小人鸣不平，小人私下揣测，是不是官府为了破案立功，胡乱抓捕充数？”一时间堂下百姓群情激昂。

“本官侦破此案不是为了功名，而是为了给当年五十余条人命报仇雪恨！”刘县令脸色严峻，问道：“周铭清，你为何十年之后才起诉被告？！”

周铭清缓缓道来：“大人，贼人颇有义气，此地风俗五年一大祭，唯有五年或十年之时，贼人方会聚集祭拜，其实，官府在血案发生后就开始找合长的槐树和榕树，可树苗弱小，并不醒目，寻遍不到，为了不打草惊蛇，当时官府并未对外透露此事。”

“那五年之后，槐树和榕树已经长成，为何不在当时破案？”刘县令又问。

周铭清说：“五年后，槐树与榕树确实长大，小人考取功名返乡，其实在案发后第六年就注意到槐树与榕树所在的东郊荒庙，只是在第六年、第七年到第九年间，小人暗自查访，并未遇见有人前去东郊荒庙祭拜，直到第十年，也就是大人上任的第一年，小人发现东郊荒庙的槐树下有人立下了神坛，小人思量此时正好是十年的大祭，特故意引领大人去荒庙。”

刘县令听完，对堂下百姓说：“血案之所以十年后告破，皆因贼人太小心谨慎！来人，给我抬上这荒庙里的槐树与榕树！”十几个衙役气喘吁吁地抬上了两截躯干，一截是槐树，一截是榕树。

刘县令问衙役头头：“你们可有数过这槐树与榕树的年轮？”

衙役头头拱手报：“禀告大人，不多不少，每棵树的年轮刚好是十圈。”

刘县令威严地望着脸色惨白的柳二胖大声喝道：“来人，将参加祭祀的十二人押上来！”

大堂上，众衙役押入了一群戴着镣铐的囚犯，众百姓数数正好十二人，他们个个垂头丧气，面露惊恐！围观的老百姓惊讶地议论起来，这里有他们平日认识的刘掌柜、李老板、赵掌柜，全是城里有家业的财主富民。

刘县令道：“这十二人已供出了当年杀戮平民百姓的血案发生经过，清明时节，本官派出官兵跟踪前去东郊荒庙祭拜的这群凶徒，便进行逐个逮捕，逐个审讯，使当年血案真相水落石出！柳二胖，你可是周家堰有名望的大善人当然要谨慎对待！”说完刘县令扔下一纸卷宗，又道：“这是他们已经签字画押的供词，你好好看清楚，当年你是主犯的证据已是铁证如山，你有什么冤枉吗？！”

听了刘县令一番言辞，柳二胖立刻瘫倒在地，他如鸡啄米般地连连磕头：“求大人饶小人一命，当年的罪行实属饥寒交迫，走投无路才铤而走险，而现在小人已脱胎换骨，一直以来竭尽良心，救济贫困，已全力造福一方，已赎救罪过，今愿让出全部家产，良田千亩，黄金万两赎一条狗命。”

周铭清怒火中烧道：“你若活命，当年周家堰五十二条人命的冤魂又到哪里得到安息，沉冤怎能昭雪？！”

刘县令扔下一支判签，一字一顿大声厉声说道：“十年前周家堰血案已告破，本官判定这十三个凶犯斩首，报知官府后立刻执行！”

此道是：“十年生死两茫茫，古庙大树师爷狼；阴阳两端自天定，血案终破谢上苍！”

……

李岚目不转睛地望着秋峰，听着他那荡气回肠的故事和声情并茂的讲述，沉入遐思。又一阵凉飕飕的秋风袭来，使两人并无丝毫睡意，好像身旁朦胧、错落有致的树梢、假山石都在聆听秋峰的故事。

“滴滴……”秋峰掏出寻呼机一看，两行文字闪烁着：“秋经理，并无租到空房，我已返回宾馆房间，朱海。”

“咦，今天盐都咋回事，竟然租不到房屋？”秋峰奇怪地说道。

“哦，我在盐都街道上看几块横幅，这几天全省教育师资培训系统在这里开大会，宾馆房间紧张，恐怕就是这个原因。”李岚突然醒悟到。

“怪不得，原来是这样啊！”秋峰才反应过来，又犯难道，“那我们今晚怎么办呢？”

“挤着睡呗！”李岚随口说道。

“挤着睡？”秋峰张着嘴，惊讶地看着李岚，“这、这……”

“咯咯咯……”李岚掩着嘴笑得前仰后翻，过了一会儿认真地说，“你瞪着看我干什么？你和朱海睡一床，我一个人睡，不好吗？”

“男、男女合住一房？”秋峰愣愣地望着李岚，“这合适吗？”

“人家大姑娘都不害羞，你一个大男人还像个小姑娘，都什么年代了啊！”李岚说着又咯咯地捧腹大笑起来。

“走，不早了，别让朱海久等了。”李岚居然像个大姐姐似的，伸出手将蹲在地上的秋峰拉了起来。

两人悠悠地往回走，此时月亮忽明忽暗，不远处传来狗吠声。

“月光如流水一般，静静地泻在这一片叶子和花上，薄薄的轻雾浮起在荷塘里；叶子和花仿佛在牛乳中洗过一样，又像笼着轻纱的梦，虽然是满月，天上却有一层淡淡的云，所以不能朗照……”未等李岚继续，秋峰接过话茬，背诵起来：“但我以为这恰到好处，当然酣眠固不可少，小睡也别有风味，月光是隔了树照过来的，峭愣愣如鬼一般，弯弯的杨柳稀疏的倩影，却又像是画在荷叶上。”

“这是大文学家朱自清的《荷塘月色》！”秋峰感慨地说，“好一篇朗朗上口的散文，很有诗意的。”

“这么多年你还能背诵这篇大作，不简单啊。”李岚一脸敬仰，然又东瞧西望一阵，说，“你念道峭愣愣如鬼一般，我胆小，你别吓我了，快走吧！”

“呵呵，是被朱自清老先生吓住了吧！”秋峰诙谐地嘲弄道，又想想道，“不知叶斌今晚怎样，听你说起那旅店老鼠成灾，他不会今夜被一群老鼠抬走吧。”

“啊……”李岚发出惊恐叫声，紧紧依偎在秋峰怀里，瑟瑟发抖，秋峰好生纳闷，便问道，“怎么啦？咋回事？”

李岚朝黑暗的旮旯处用手指了指，声音恐怖地道：“你、你瞧，那边坐着一个穿戴白衣白褂的人在瞧着我们，他、他站起身来了，快走！”

秋峰顺着她的手指的方向望去，确见一个高大而魁梧的穿戴白衣褂的人，不声不响徐徐晃动，他蓦地一惊，拉着李岚的手落荒而逃，两人边逃边朝背后那穿白褂的人影望去，似乎那白褂人迅速跟着追来，两人心跳加速，秋峰感觉每根头发都战栗起来，没命地朝有灯光的宾馆服务大厅奔去。李岚扑通跌倒在地，秋峰随即拉她起来，两人跌跌爬爬、大汗淋漓地跑到宾馆大门，而此时夜已深更，大门已被保安人员锁上了，秋峰使劲地拍打大门，敲打声惊动了服务员，便过来诧异地开了门，秋峰、李岚失魂落魄地进了门。

服务员惊愕地望着他们，问啥事，两人气喘吁吁但不说话，用手比画一下，服务员问哪个房间的，秋峰掏出房卡，让服务员送他们去房间，服务员便带他们来到住宿的房间，久久苦等的朱海见秋峰、李岚如此狼狈不堪的样子，也顿生疑惑，李岚断断续续地说了句：“遇、遇到鬼了……”

秋峰做了拦手动作，他不让她再说，结结巴巴道：“别、别提这个了，睡觉，明天还有正经事……”

李岚不再说了，朱海满腹狐疑地望着他俩。

夜已三更，这三人显得筋疲力尽，也不解衣洗澡，昏昏沉沉各躺一处呼噜呼噜地和衣而睡。

仅仅是冰山一角

叶斌被哔哔长音从睡梦中惊醒，他揉揉眼睛翻过身从床边裤袋里掏出寻呼机，机上显现：“叶斌，我已到傍湖旅店，准备上楼，你准备好了吗？”

叶斌阅毕，再一看时间，已是上午八点二十分，“不得了了！”腾地从床上跳了下来。

“这是什么地方？”他环顾一下陌生屋内的周围，喃喃自语，他一边使劲儿地追忆昨晚的一幕幕情景，一边穿着衣服。

“吱……”门开了，进来的是慈眉善目的花甲老者，叶斌一看是昨晚炸油条的大伯，后面跟着一位瘦瘦的抽着烟的老阿姨。

“俺在隔壁听见你起床的声音，就进门了。”老者笑眯眯地问，“小伙子你已经睡了五个钟头了，睡得好吗？”

“很好很好，谢谢大伯！”叶斌连连道谢。

“哦，小伙子，俺跟你介绍一位大姐，她是俺盐都有名的女能人，早晨她收油条正缺人手帮忙，听俺说了你，她让我带她来先见见你呢。”老者边说边指指正在抽烟的瘦老妇，瘦老妇见到叶斌便露出一嘴的黄牙，笑笑便问道：“哦，小伙子，听老张说你是个大学生，想在盐都找家建筑公司工作？这事包在俺老娘身上了，不过干建筑这个行当可是挺苦的呦。”

“我，我不怕吃苦。”叶斌犹豫一下说道。

“只要不怕吃苦就行！”瘦老妇弹弹烟灰又道，“小伙子，先帮俺搬下油条到工地，今儿个就给你介绍工作，怎样啊？”

“小伙子，你得感谢黄大姐呀！”老者道。

“谢谢黄大姐。”叶斌朝瘦妇人鞠了一躬。

“好好，你洗把脸后跟俺走吧。”姓黄的妇人微微一笑。

叶斌“哦”了一声，跟着老者草草洗了把脸，洗脸间，他掏出寻呼机，给李岚回了信：“我已掌握一个线索，先去下工地等候我的消息，叶斌。”然后便跟着黄妇人一路小跑，他们走到老者的油条加工棚，黄妇人示意叶斌帮她装满两大筐的油条，装上了一辆三轮车，黄妇人用一块大毛巾将筐内油条罩盖上完后，叶斌试骑了下三轮车，觉得好使，便蹬上了三轮车，按照黄妇人的指引，叶斌朝指的方向骑去。

他们左转右拐，穿过一片村庄田地，约莫骑了半个钟头，叶斌看到眼前偌大的建筑工地，老远就看到竖立的几个大塔吊，四周用简易的砖墙砌好，涂上白色的乳胶漆，墙上一排红彤彤的大字：“为盐都人民造福，铸造盐都电信精品工程”，落款为一排小字，“中国西南建设集团盐都市分公司宣”。

“快到了，回头还有一趟要拉。”黄妇人对叶斌说，“俺每天早晨几乎要往这工地送三趟油条，工地有二百号工人，他们每天的早餐是俺包下的，这些工人个个都是饿鬼，一个人一顿要吃五六根油条，光油条就一千几百根，还有稀饭和榨菜，你别小看这小本买卖，有好多人都抢着来做，但不是吹的，俺老娘还是有绝招的，谁能竞争过俺！告诉你小伙子，这早餐一个月下来，哼，你这些大学生一年工资未必抵上俺一个月赚的！”

“黄大姐”，叶斌好奇地问道，“您有啥绝招，能做成这油条生意呢？”

“嘿嘿嘿，小伙子，就告诉你你也不懂这个门道的。”黄妇人得意而神秘地笑了笑，又道，“这年头，哪个老板、领导是正经的？不是贪吃腥的猫？俺只是投其所需，略施小计，啊，嘿嘿嘿……”

“我、我听不懂，黄大姐能说个明白吗？”叶斌仍要砸破砂锅问到底，他头一次蹬这个三轮车，又骑了近四十分钟，已经汗流浃背，气喘吁吁了。

“哎，不瞒你说，那个姓胡的老总是个好色鬼，一到盐都来就要找有姿色的女人，而且玩过几次就要换新的，哪怕是二手货。俺这里家里的男人常年不回家的留守女人有的是，俺只是搭个桥，男有钱、女有意，那姓胡的老总现今乖乖地听俺老娘的……嘿嘿！”

黄妇人突然跳下三轮车，道：“小伙子，到了，俺进去喊人来搬。”说完便朝一处边门走去。

不一会儿，出来两个厨师模样的人，一人一筐将油条搬进门。

叶斌在外等了十几分钟，只听见门内黄妇人的喊声：“小伙子，快进来！

车放到那边门去。”

叶斌进了边门，见足有一个足球场大小的大坑，坑内有数十个钢筋扎成的笼柱，几十个工人在坑内忙碌着，三部塔吊垂下一捆捆已加工过的钢筋，几个戴着头盔、手持对讲机的人在指挥卸货，叶斌随着黄妇人的叫喊声望去，有一条沿坑用方块石头铺成的弯曲小路，他便沿着小路通向几十米远的临时搭建的几幢二层的活动板房走去，见那四幢板房围成四合院，院内见黄妇人和三个人围着圆形石桌而坐，正在吃刚送来的油条和热腾腾的豆浆。

“这便是俺介绍的大学生。”黄妇人对一个正低头吃着油条的胖墩墩的大汉说道，“小伙子，这是俺说的西南建设集团的胡总。”

“胡总好！”叶斌弯下腰，礼貌地致敬道。

“这个小伙子跟你什么关系？”胡总对黄妇人问道，“他学的什么专业？”

“哦，是远房亲戚。”黄妇人朝叶斌使了个眼色，叶斌应道：“工民建专业。”

“远房亲戚？”旁边一个更为肥胖的人给黄妇人一支烟，自己则点着后说，“怎么没听你说过有个大学生的远房亲戚，你又在哪张罗些闲事啊。”

“你就别打岔了，胡总都没你那么啰唆！”黄妇人朝大胖子瞪了一眼，转而对胡总和蔼地道：“给姐姐个面子，俺已答应人家了，嗯？”

“工民建专业？嗯嗯，还行。我说黄姐，你就当西南集团半个家啰，我要的货色……”胡总一脸坏笑地望着黄妇人。

黄妇人心领神会地笑笑道：“已给你弄好新货啦，今晚随我瞅瞅去……”

“干货，还是鲜货啊？”胡总发出一阵淫笑声。

“鲜货鲜货，这次真保证绝对的鲜货！”黄妇人拍着胸脯道。

“哈哈哈……”胡总满意地点点头道，“好吧，叫小伙子先到公司办个登记吧，找李科长，就说是我安排的。”

“小伙子，听见了吗，先去公司登记。”黄妇人随即把西南的公司地址一一报给叶斌，旁边一位胡总随从模样的人站起身说：“走吧，既然胡总发话了，我就带你去跑一趟吧。”

“谢谢，谢谢胡总！”叶斌又转身对黄妇人鞠躬道：“谢阿姨！”说完便跟着那随从出了边门，朝不远处停放的一辆桑塔纳轿车走去。

叶斌坐上轿车，那随从开了二十多分钟，在沿江道218号的一幢大楼前停住，叶斌一见好气派的大楼，足有二十多层，大楼外面的墙均为汉白玉铺贴，门前有几十级台阶，两侧竖着一堆石麒麟，迎面的大理石的台碑上刻着：盐都市建设大厦。

随从下了车，对叶斌说：“下来吧，跟我到十八楼的公司人事科。”

他们步上台阶，上了大楼电梯，不一会儿，到了十八楼，迎面墙上镶着金灿灿的大字：中国西南建设集团盐都市分公司欢迎您，在射灯照衬下，显得熠熠生辉。

随从带着叶斌朝走廊深处走去。

809室，一块科室牌“人事科”。

随从敲了敲门，一位姑娘开了门。

“李科长，”随从朝坐在里面的男子说道，“胡总让一位大学生来做个登记，他是学工民建专业的，胡总说登记后由他安排工作岗位。”

“哦，又来一位学工民建的，”李科长对一位姑娘交代道，“小郭，你登记下吧。”

那姓郭的姑娘客气地说：“来这边，请坐。”

叶斌坐了过去。

“毕业证书？身份证？以及本人的履历表？”姑娘问道。

“这个，除了身份证，其他没带来。”叶斌嗫嚅道。

“没有本人资料咋登记？”姑娘又道，“回去取了再来登记吧。”

“好好，这次来盐都太匆忙了，很抱歉！”叶斌道。

“咋搞的，你应聘连本人资料都不带。”随从摇摇头又道，“我送你回去拿吧。”

“那麻烦送我到车站吧，谢谢了！”叶斌道。

叶斌跟着随从下了楼，随从开车把叶斌送到盐都长途车站，把他放下车，独自开车走了。

叶斌下车后即给李岚发了消息：“有急事，找电话通个话。”不一会儿，叶斌收到李岚复信：“请回电0781-8320128。”叶斌发现不远处有电话亭，随即朝一处公共电话亭走去，拿起电话拨打过去。

“喂，李岚吗？”

“你在哪？我们都急死了！”电话那头传来李岚的声音。

“我发现了一条重要线索，我现在在长途车站附近！”叶斌急切道。

“什么情况？秋峰在旁，他要同你通话！”李岚把电话交给了秋峰。

“叶斌，什么情况？”秋峰问道。

“秋峰，听我细细说。”叶斌接着将昨晚到刚才去盐都建设大厦的情况简明扼要地说了遍。然后道，“依我分析，那个中国西南建设集团盐都分公司与曹老赖公司关系非同一般，在采取诉讼财产执行冻结时，该西南公司是否可以作为承担实体债务清偿代还义务人？”

“这个嘛……”秋峰沉吟一会儿，说，“叶斌，你做得非常棒，这是重大线索，我们马上到长途车站来找你，我先与肖武律师通个长途沟通一下！”

“好，我等你们！”叶斌放下电话，感到无比欣慰，但又感到发现的这仅仅是冰山一角。

窃取情报

秋峰得悉叶斌的所见所闻，心里分外高兴，他立马拨电话给石门的肖武律师，经半个小时等待，肖武律师终于反拨电话过来。

“秋站长，遇到什么问题？”肖律师通了电话即问。秋峰将在盐都之行的情况原原本本说了遍。

“秋峰啊，你这笔货款债务纠纷真是山重水复疑无路，柳暗花明又一村啊！”肖律师说，“你们现在要做的是摸清并掌握曹无赖公司与西南公司发生债务的真凭实据，也就是有账面往来的证据，没有证据，仅靠怀疑是不行的。故进一步找出他们之间的债权债务，也就是西南公司欠付曹无赖公司的货款是多少。有了这个，就打我电话，我24小时可保持联系！”

秋峰放下电话，喃喃地说：“真凭实据？债权债务？”

李岚一脸无奈，说："哪能弄到这些资料啊？"

"让叶斌在西南公司潜伏下来，他不是已应聘接上头了吗？"朱海插言道。

"对！对对，"秋峰连连点头，道，"咱们赶紧去长途车站与叶斌接头。看来要改变原来的行动方案了，当下得讨论一下步如何开展。"

一个多小时后，秋峰他们终于在盐都长途车站的一个茶座与叶斌会面了。

经过一番热烈的讨论，秋峰拍拍叶斌肩膀，道："看来希望、重担都落到了你的身上，叶斌，再听听你的想法呢。"

"我的想法就是我没有工民建专业的大学文凭。"叶斌一再强调，"我反复说了，没有这个敲门砖，如何进入西南公司？"

叶斌此言一出，大家都沉闷不语，似乎气氛凝固了。

"我有个办法，不知行不行？"朱海开口打破沉闷。

"什么办法？你快说啊。"李岚欣喜地抓住朱海的手。

"我认识一个办假证的，出点钱办个假文凭，怎样？"朱海这话一出，大家面面相觑，不知道说什么好。

"那只有这样了。"叶斌认真地看着秋峰。

"朱海，办这个假证需要多长时间？"秋峰问。

"我与这个人联系下。"朱海说完便跑出去打电话了。

约半个小时，朱海折了回来，他伸出两个指头说："两天，两天给证，但需要叶斌照片一张。"

"我刚好有一张。"叶斌从包里掏出一张照片来。

“那我得去趟石门，赶乘早班车，两天后返回盐都。”朱海接过叶斌的照片，便急急告辞赶车去了。

两日后，朱海带着叶斌的假证匆匆返回盐都。叶斌按策划好的方案，让黄妇人带他谒见了胖子胡总，胡总见年青的叶斌脑袋很灵光，便让他做了自己的见习秘书，胡到哪都带上叶斌，数日后，西南集团公司盐都分公司管理层全认识了叶斌，叶斌到公司哪个部门，哪个部门都对他恭敬几分，也不设防。叶斌每天的行动秋峰都一清二楚。

通过十多天的卧底工作，他掌握了西南公司很多工作要领，但始终不能与公司核心的财务部门接触，但是叶斌想要的机会终于来了。

一日，胖子胡总把叶斌喊到自己的办公室，给他一沓发票单子，要他去财务报销费用。叶斌嘴上遵命，心里暗暗庆幸机会来了。

叶斌喊上李岚一并前往，他们路上想了些对策，便奉命来到建设大厦十八楼最里端的财务管理科，财务只有一老一小，会计在埋头做账，叶斌与一位中年女出纳没话找话地攀谈起来。老会计见小伙子很能干，问他身边的李岚是否是女朋友，叶斌点点头，李岚见叶斌与那老会计聊得正欢，便佯装欣赏桌上摆的一棵松树盆景，偷偷瞄桌上的几沓财务凭证，叶斌则以身体掩挡老会计视线，以便李岚有充分的时间偷窃账本。李岚看着看着，发现有几张写的密密麻麻的纸夹在账册里，便稍稍用手夹抽出来，她一眼看见中间名单里有“盐都苏晋建筑材料公司”字样，她心一动，将那页纸悄悄地收入自己的包袱。随后，她用手拽了拽叶斌的衣角，使了个眼色，叶斌心领神会，与老会计客套一番，称胡总另有任务安排，便带着战战兢兢的李岚若无其事地离开下了楼。

“简直像个小偷啊！”李岚心脏怦怦跳个不停，心有余悸地说，“情报到手了，你看。”

“很好！”叶斌接过一看，账单中出现的盐都苏晋建筑材料有限公司名下显示“应付款项”有197万多，兴奋地拍了下大腿说，“这回得让秋峰好好请我们吃一顿啦！”

“但我吓死了，这是平生第一次干这个事啊！”李岚捂着心脏说。

他俩迅速地下了楼，与在附近一处弄堂久候的秋峰、朱海会了面。

“我的秋大人啊，这回你可要好好犒赏犒赏李岚小姐啦！”叶斌见了面开口就嚷嚷，“她可是立了大功！”

“你俩都厉害，都要犒赏！”秋峰又道，“怎样，搞定？”

“你看这个，”李岚将那页纸交给秋峰，又按住胸口说，“为了这个可把我吓坏了！”

秋峰取过纸一看，高兴地把李岚、叶斌来了个拥抱，开心地说：“真是功夫不负有心人，你俩好样的呀！”

大家的兴奋之情溢于言表。

“我马上与肖武律师联系，”秋峰对朱海说，“快，快发消息，我要与他通话！”

朱海赶紧取出寻呼机，飞快地拨着字码，说：“已发了！”

“走，找电话亭去！”秋峰带着他们四处寻找电话亭。

“肖律师来信了，让我们给他打电话。”朱海取出寻呼机看了下道。

他们行走了约十分钟，终于在大街上找到了电话亭。秋峰便上前拨起电话号码。

“肖武律师吗？我是秋峰。”秋峰拨通电话道。

“我是肖武，秋经理请讲。”肖武声音。

秋峰随即将他们在盐都已成功获取苏晋公司与西南公司存有债权债务重大线索和证据的事情说了一遍。

“好哇，你们可真是做特工的料啊！”肖武赞叹道，“但是，这仅仅是个进展，还谈不上成功哦，离成功还远呢。”

“那，下一步？”秋峰不解道。

“下一步，是我的事啦。”肖武沉吟下又道，“下面请法院主审法官做债务调查，法官出差和调查费用，你可准备下啰。”

“需要多少钱？”秋峰问道。

“先拿个三万元吧，”肖武律师道，“不够的话，我再跟你说。”

“那好吧。”秋峰不假思索道：“我身边正好有三万元现金，你能否把法官带来，我在盐都等你们。”

“好，确定后等我通知吧。”肖武把电话挂了。

秋峰放下电话后，在后面听得真真切切的李岚愤愤地道：“这什么世道，人民法院在调查案情中还需当事人出调查费？”

“莫非那狗屁律师从中搞什么鬼？”叶斌亦表示质疑，“妈的，一要就是三万元，这费用老子要干三年才能挣到啊。”

“不行！”李岚道，“我们是否应该去趟石门，去法院询个明白，不能任凭那肖武律师的摆布！”

“是啊是啊，我也觉得不对头！”朱海也觉得愤愤不平。

“你们别说话，听我说，首先感谢你们的意见！”秋峰大声道，“但是！事情并非你们想象中那么简单。一方面，律师和法官都是脚和鞋的关系，即便其中有猫腻，也都是彼此谅解彼此促进，如果真揭露了，换了个法官或律师，新的互助关系会重新组合。再说你这样做了，谁敢与这样的商人打交道、办真事，哪个法官、律师都会敬而远之，他们会按章办事，但绝不会尽力，会打擦边球地尽心办案，如此拖延时间办案，案子会不了了之的。另一方面，我这个货款纠纷经不起久拖，时间一拖，我们的努力便是付诸东流了，损失更大啊，时间对我们来说就是金钱，有这个时间，我又把失去的金钱挣回来了，何必争这个理呢？”

听了秋峰一番“真理”，李岚、叶斌、朱海噎住了，大家一片沉默。

“秋峰说的是有道理。”叶斌打破沉寂说，“不能按我们这帮书呆子的思想逻辑办事。”

正在此时，朱海的寻呼机响了，朱海看了下说：“肖武律师带法官共三人马上启程，他们来盐都了，让我们把盐都的地址告知他。”

“发给他，我们在盐都京国宾馆等他们。”秋峰果断地道。

“咦，”李岚不解地问，“你尚没申请诉讼，法官怎可能马上展开诉讼调查？不对劲啊。”

“呵呵”，秋峰笑了下，认真地说，“你又不懂了吧，这叫诉前调查，也可叫诉前保全，律师提前提交材料后，法官有权进行立案进行调查，后面措施多哩，你这个记者可有素材积累了啊！”

“哦，是这样啊。”李岚似乎明白了许多，黑黑的眼眸灿然一亮，“这趟盐都之行让我学了不少，回去可以写部小说了。”

“新闻记者改行当作家了啊。”秋峰打趣道，大家都笑了。

“我说叶斌……”秋峰拍拍叶斌的肩膀，道：“你还得继续潜伏西南集团，继续与那个老会计打好交道。你向单位请示病假，完了我给你弥补所有薪酬，这个忙得帮下去，怎么样？还有李岚，要不然半途而废了。”

“既然来了，我不会半途而废，放心，这个忙我帮到底！”叶斌坚定地表了态。

“我也是，送佛送到西！”李岚一脸严肃道。

“太感谢你们了！”秋峰又情不自禁地张臂拥抱了叶斌、李岚，“我的好兄弟！”朱海在旁见此也深受感动，叶斌学军人敬了个军礼，走了。

风云突变

盐都京国宾馆五楼508房间。

当日下午三点，肖武律师带了两个石门城南区人民法官，按提供的地址，他们找到了秋峰。

“没想到你们如此神速就到了。”秋峰惊讶道，并赶紧上前与他们一一握手。

“我们听肖律师介绍你一个知识分子下海经商不久，便陷入骗款陷阱，很不容易啊，我们也深受感动，故此特事特办，不快不行啊！”为首的一位戴着眼镜的中年法官握着秋峰的手笑笑说。

“给你介绍一下。”肖武指着戴眼镜的法官道，“这位是石门市城南法院孟齐山法官，还有年轻的小孙书记员，叫孙石。”

潜伏商圈 二一八

“哦，听说你们已有重要线索，说来听听。”孟法官开门见山问道。

秋峰边让李岚泡水端茶，边将苏晋公司和西南集团公司的情况一一做了简要的描述，并拿出一张纸，交给了孟法官。

“这可是重要证据。”肖武律师喝了一口水道，“事不宜迟，孟法官我们马上赶往西南集团做证据调查。”

“肖律师，且慢。”孟法官面露难色想了想说，“按法院地域管辖，应当先去当地法院登记协助方可前往西南集团调查，否则人家企业可以拒绝调查取证。”

“也是也是，孟法官说得对！”肖武转念，又拍拍秋峰肩膀，轻轻说：“出去谈下。”

秋峰马上随肖武出了房间，来到走廊。

“钱呢？”肖武摊摊手，轻轻地说，“不交钱，如何展开工作呢？”

“哦”，秋峰进了房间拿出用报纸包好的一捆钱交给了肖武。肖武从提包里取出早已准备好的收据交给了秋峰，同时把一包钱打开数了数，点点头把钱放在提包里。

肖武进了房间，对孟法官点点头，说：“可以了，我们马上去盐都京中区法院办理登记，争取下午搞定就去西南集团。秋经理啊，孟大法官手上有堆积如山的案宗，这次亲自来盐都可是看在你这个特殊商人的分上，十分不易啊，但孟法官时间紧迫，得全力配合好，争取一天半解决好证据调查，明晚要返回石门的。”

“是的，明晚一定要返回石门的。”孟法官一脸严肃道，“你们在这等候，我们马上就走！”

肖武等一行在盐都京中区法院终于办理完登记手续，又接到秋峰信息。

肖武一行人马不停蹄赶往盐都建设大厦十八楼，在楼下与等候已久的秋峰、李岚一起上了电梯，很快到了西南公司集团盐都分公司电梯口，碰上了一群正等着下电梯的几个人，为首一个胖墩墩的梳着锃亮大背头的大汉，后面跟着低头不语的叶斌，秋峰见了佯装毫不认识，秋峰刹那间明白那大汉是何角色，遂悄悄告知肖武律师，肖武马上领会，好颜悦色道：“请问您是西南集团的胡总胡张扬吗？”

“你们是？”胡张扬有些茫然。

“胡总，我们是石门来的法官。”孟法官随即亮出证件，客气地说，“我们有案件想有劳您做个澄清。”

“石门法官？什么事？”胡张扬一听眉头紧锁，但满不在乎。

“哦”，孟法官又掏出一张“协助执行通知书”说，“这是京中区法院刚开具的协助执行通知书，您看下。”

胡张扬取出一看，皱了皱眉头对身后随从说：“你们先下工地吧，我接待下客人。”身旁的随从“哦”了一声便下了电梯，叶斌也跟着走了。

胡张扬把孟法官一行带到会议室，让办公室的人给他们泡了茶，坐了下来。

“什么事？对不起，我只能接待你们十分钟，我马上要去签约一份重要合同。”胡张扬坐定后一副霸王大腕的姿态，轻描淡写地道。

“谢谢胡总百忙中给我们宝贵的十分钟接待时间！”孟法官不卑不亢道，

“但我们只想占用胡总五分钟时间即可，要不了十分钟，小孙，做记录。”

小孙书记员立刻铺纸记录。

“我请胡总回答三个问题。”孟法官慢条斯理道，“贵公司与苏晋公司有无经济往来，目前苏晋公司有多少货款未支付？”

“哪个苏晋公司？”胡张扬似乎想不起，摆摆手道，“不好意思，跟我们合作的企业太多了。”

“曹子风的苏晋公司！”孟法官提示道。

“曹子风您认识吗？”肖武插言道。

“哦，是他啊，但他公司名称有好几个，我哪知道他多少底细。”胡张扬又道。

“我只问胡总，曹子风与您公司有无经济来往？目前贵公司欠付苏晋公司货款有多少？”

“有，应该有来往吧，至今欠付货款得由我公司材料部门统计，我哪知晓那么多。”胡张扬摆摆手，有些不耐烦道，“还有什么事？”

“胡总太忙，是不是让贵公司材料部门或者财务部门人员接待并回答我们的问题。”孟法官道。

“这……”胡张扬沉吟道，“请问法官，你们说这些事与我公司有何关联？我有义务回答这些问题吗？如果问到曹子风的账目，你们可直接找他啊。”

“胡总”，孟法官脸色一阴道，“法院办案自有法定程序，而不是您所认为的随心所欲，希望您配合我们下，本来很简单，搞得复杂了，以至于超过您给的接待时间，我们是卖“咸鱼”的，有的是时间，这次不超过十分钟可以，但下次来我们可以奉陪您十个小时，十天不够，十个月都可以。相信胡总您不会因小失大吧。”

“好吧”，胡张扬听了，顿时服了软道，“我让财务张科长配合你们吧。”随即把财务那个女的张科长喊了过来。

“可以，您在我的纸上签个字，您可以先走了。”孟法官把小孙写的“询问笔录”推到胡张扬面前。

胡张扬无可奈何地签了字，便起身招呼下走了。

“您是西南建设集团公司盐都财务科科长吗？”孟法官开始发问。

“是的。”张科长答道。

“您贵姓？叫什么名字？”

“我姓张，叫张秀兰。”

“在西南集团盐都分公司工作多久了？”

“在盐都分公司财务科长这个位置上已有五年了。”

“苏晋建筑材料公司目前有多少的应付账款？”

“大概有近200万元吧。”

“我们要的是翔实的数据，您回办公室查个清楚再回答好吗？账目复印一份。”孟法官用嘴示意了下。

张科长起身便朝自己办公室走去，孟法官对秋峰使了个眼色，秋峰立即跟了过去。

不一会儿，张科长抱着账本折了回来，对孟法官道：“扣除前天支付的30

万元，至今尚有一共198.50万元。”同时将复印件递交孟法官。

“哦，”孟法官让小孙将数据记下，又让张科长在复印件上签了字，又让她在笔录上签了字。

肖武见那女的张科长签了字，对孟法官耳语说：“马上给她下协助执行通知书，可以提前干吗？”

“不行，为时尚早！”孟法官低声说，“一定让秋峰的众成公司先起诉苏晋公司，在苏晋公司无力偿还货款、无力履行还款义务的情况下，这才能对有债务关联的第三方下达协助执行裁定书。否则我们会承担违反民事诉讼法风险的。”

肖武听后点点头，孟法官见事已办定，起身对张科长道谢，并收起包告辞。

张科长送孟法官一行下了电梯，孟法官一行下了电梯，刚出了盐都建设大厦大门几步，便被气势汹汹的十余名戴墨镜、身穿黑衣褂的匪徒截住，这群匪徒有的手持大砍刀，有的掏出匕首或木棍，不由分说将孟法官一行押至大厦后楼处。为首的是光头、满脸横肉的家伙，冲上来便一把揪住孟法官的衣领，厉声地命令：“你他娘的，把资料给老子交出来，要不然，哼哼……”说着便掏出一把亮闪闪的匕首顶住孟法官胸口道：“老子送你上西天！”

秋峰一见，正是那个曹子风，心里惊道：“完了，这回麻烦了！”

孟法官见突如其来的凶神恶煞的人和这阵势，心想此时抵抗无疑是死路一条，于是他举起了双手，对小孙道：“小孙，把包里的资料全上缴。”

小孙吓愣住了，在他抖抖地缴包时，被一个高个凶徒“啪啪啪”连扇三记大耳光，一把夺过提包。喝道："小兔崽子，不想活啦！"便将提包用刀子划开，将包里一摞的资料全部取出，交给曹子风，提包则摔在地上，道："老大看看。"

曹子风猛然发现了秋峰和朱海，冷笑道："你们两个小子又来盐都送死了，等会儿看老子如何收拾你们。"说完将有胡张扬签字和张科长签字的资料一一撕碎，弯下身拾起那个划破的包，把其他资料则塞进包内，交还了孟法官，指着秋峰和朱海，命令道："留下这两个小子，其他的赶紧滚！"

正当孟法官、肖武律师、孙书记员及李岚想撤离，又听到曹子风喝令："慢着，给我检查下他们的包，看看有无录音机、照相机，发现全部砸掉。"

匪徒们纷纷抢下肖武他们的包，将拉链打开查看一番，其中一个匪徒在李岚的包里发现了正在工作的录音机，便在太阳下瞧了瞧，冷笑一声，狠狠地往大楼墙根砸去，"啪！"已是一地碎片。

又一个匪徒在秋峰包里检查出一部相机和一部微型录音机，交给曹子风，曹子风不由分说，用足猛力将这两个玩意砸个粉碎。

"留下这两个小子，其他人快滚！"曹子风指着秋峰、朱海吼道。

孟法官迟疑一下，挥手道："走！"

孟法官他们迅速向街上逃去。

秋峰、朱海两人则被这群匪徒扭推，分别上了两辆门口停放着的大面包和吉普车，匪徒们纷纷上了车，车子发动后朝一条不知名的街道上飞奔驶去。

秋峰被手持匕首、砍刀的匪徒夹拥中间毫无反抗之力，头脑一片空白，另一车上的朱海也是如此，他垂头丧气，惊恐不已。

秋峰不知他们要将自己劫持到何处，想怎么处置，他又不敢开口问。正当他浮想如何救赎生命，两个匪徒将一块黑布蒙住他的眼睛，他什么都看不见，只听见一个匪徒在请示曹子风：“老大，到了山窑口这俩人如何处理？”曹子风哼了一下说：“扔进枯井！”

秋峰听了，不由地大喊：“曹老板，我放弃所有债务，我们前世无仇，今生无仇，你为何要害我性命呀？曹爷，曹爷您高抬贵手哇！”

“曹太爷，曹太爷，饶命啊！”朱海也哭嚎道。

“小子，”曹子风冷笑道，“只要你写份声明，老子放了你，不伤你性命。”

“我写我写，车停下我就写。”秋峰道。

“我也写，我也写！求曹爷爷饶命！”朱海声泪俱下道。

“那好，”曹子风想了想，半晌，他对司机低声喝道，“停车吧！”

车在路边缓缓停下，匪徒把给秋峰眼睛上的黑布取下。

一匪徒将一张纸、一支笔放在秋峰面前，曹子风道：“我说，你按我说的写，不老实，把你扔进枯井，听清楚了吗？”

“听见！听见！”秋峰、朱海感激不尽道。

“声明！”曹子风想了想道，“兹由盐都苏晋建筑材料公司原欠我公司钢材货款一百〇五万元，现已结清，并因我公司暂缺现金周转，向苏晋公司临时借用五十万元，承诺在十五天内归还。如逾期不还承担一切责任。落款为你们的众成公司，日期写二〇〇三年九月十九日，声明人，经办人签名。”

秋峰按此写好交给曹子风，曹子风细细看后，满意地点点头，喝道："签字！"秋峰认真签上自己的名字，曹子风又喊来朱海在声明上签字，见他们都很老实做了，对匪徒们挥挥手道："把这俩小子给放了！"

盐都突围

秋峰、朱海听到曹子风一声“放人”，犹如大赦，遂落荒而逃。

曹子风见秋峰、朱海失魂落魄逃离的背影，向两张字据单吹了一口气，洋洋得意地对身旁的众喽啰道：“为了这点事，要是真背上两条命案当杀手，不值得了！吓唬吓唬他们，你们说呢？！中国法律规定杀人偿命的喔，为了钱不能命都不要啊，呵呵呵……”

“可这俩小子吓得屁滚尿流，曹太爷，饶命哇，饶命哇！哈哈哈……”一个喽啰学着朱海的口音哈哈笑道。

秋峰、朱海慌不择路朝有房子的方向奔跑，他们不时回头望一下曹子风一伙是否追上来。

“我、我们往哪个方向跑？”朱海上气不接下气地说。

“不说话，往、往有房子的方向，到、到时问人，我、我们直接去公安局，不、不能去车站！”秋峰气喘吁吁道。

“为、为什么？”朱海边跑边望着秋峰。

“曹、曹无赖会后悔放了我、我们，他、他们会更、更加疯狂追杀我、我们的。”秋峰又道，“赶紧与李、李岚他们取得联系，这样我、我们的安全就能增加些保障！”

“还、还有我们分开跑，你朝有人的地方跑，问公安派出所在哪？就往派出所跑，听清了吗？”秋峰又道。

“明白了！”朱海撒腿朝另一方向跑去，他回头一望，果不其然，曹子风带一拨匪徒狂追而来，秋峰一见曹子风等追了上来，则与朱海不同方向飞奔而逃。

秋峰逃至一处矮屋，见屋内全是养殖的鸡，吓得鸡群又飞又跳，他见无处可藏，赶紧撤离，又翻墙跳进一户人家的庭院内，两条恶犬朝他飞奔过来，秋峰急忙抄起旁边一根树枝拼命抽打。“天啊！”未及秋峰反应过来，一条恶犬已咬住他的鞋子，另一条大犬一蹦数尺高，朝他脖子咬来，秋峰双手颤抖地抱住头。

正在千钧一发之际，传来一声“大虎、二虎！”两条恶犬闻声摇着尾巴退了回去，秋峰瘫坐在地上，喘着粗气，只见一前一后两位老者走了过来。

“这后院并没路，你怎么跑到院里？你是干什么的？”前面老者问道。

“大伯，我是从石门来盐都讨债的，没想到欠债的人居然派人追杀我，求求大伯救救我啊！”秋峰指着外面号哭道。

“还有这种事？”老者一听愤愤不平又道，“收债不成收性命？没王法啦！追杀你的人在哪？”

“在、在院子外面呐。”秋峰双手作揖道。

院外传来“咚咚”的急促脚步声和人的声音，老者信了。他对后面的另一老者道：“‘老郝人’，你带这小伙子到里面避一避，俺来对付这帮坏蛋！”

“这世道乱了，还有欠债的收拾收债的事？”“老郝人”道，“小伙子，你跟俺来。”

秋峰跟着“老郝人”匆匆而去。

“扑通”“扑通”从墙上连翻进几个长头发的和光头的。

为首的是曹子风，笑嘻嘻问老者：“老哥哥，刚才翻墙进来的小伙子呢？”

“没看到，俺在喂鸡食呢。”老者不屑地摇摇头，又呵斥道，“你们翻墙闯人家院子，谁给你们这个权力的？快给俺滚出去！”

“他胡说，刚才还听见他跟那个小伙子说话呢！”一秃头指着老者嚷道。

“呦嘿嘿，”曹子风收起笑脸，露出一脸杀气，“老家伙，别敬酒不吃，吃罚酒，你今天不交出那孩子，就别怪我曹爷爷不客气了！”遂转脸对手下下令：“给老子搜人！”

正当众匪徒直闯院内，老者大喝一声：“大虎二虎，出来！”

话音刚落，两条大狼犬从院内腾地冲出，依老者手指的曹子风方向直扑过去，曹子风猝不及防，被两条恶犬围住上下撕咬，他挥舞阻挡，无济于事，瞬间被犬撕裂上衣、裤子，腿上、胳臂无不咬伤，“哇呀，救命呀！”众匪徒想上来救他，但挥舞下都不敢再救，其中一匪徒也被大虎咬伤，拔腿逃跑，曹子风被犬咬倒在地，大喊：“大哥大哥，救我，我不敢、我不敢啦！求求啦！救命呀！”

眼看曹子风性命危在旦夕，老者一声呵斥：“大虎二虎下来！”

闻此喝令，两条恶犬这才松开了口，缓缓退出院子。

曹子风浑身发抖哭嚎着。

“你滚不滚？”老者双手叉腰，瞪着眼睛问道。

“我、我滚，我滚。”曹子风双手作揖，狼狈不堪。

“快扶我起来，赶紧离开，不然狼狗又要咬人了！”

众匪徒急忙上前将曹子风扶起，架着他一瘸一拐朝院外走去。

老者以及院内的秋峰、“老郝人”目睹曹子风一伙渐行渐远，秋峰尤为痛快。

“别以为这样就太平无事了，他们会报复的，”“老郝人”忧心忡忡道，“俺太了解这个曹邪头了！”

“小伙子你赶紧走吧，赶紧离开盐都。”老者道。“二位前辈，我、我不认路，从哪里走？”秋峰对二位老者相救之恩感激不尽，连连道谢。

“小伙子，等俺干儿子回来，俺让他带你离开盐都！”“老郝人”又道，“俺这就给他打电话去。”

不一会儿，“老郝人”回到院子说：“俺干儿子半个小时就到，等会儿。”

此时，传来狼狗一声狂吠。

秋峰顺着狼狗狂吠的方向望去，只见三个人在紧追一个人，从荒野的稻田的西北方向朝院子而来，秋峰细一看，被追赶的正是朱海，于是他对老者急切地说道：“前面被追的那个小伙子是我一起来盐都讨债的同事，大伯伯一定救他，后面的人则是曹邪头的人。”

“等前面那个小伙子进堤坝了，俺们就放狗咬后面这个狗日的，放心！”老者同时对两条恶犬作了下手势道。

眼看朱海一路狂奔，愈来愈近，秋峰迎上去大喊：“朱海，这边来！”

朱海一怔，于是大步朝秋峰处奔来。

后面追奔的匪徒已不足50米，老头喊了一声：“大虎二虎，上！”

两条恶犬如箭一般，朝三个匪徒飞扑而去，大虎扑上第一个匪徒，匪徒被扑倒在地。紧接着二虎扑上第二个匪徒，锋利的爪子将那家伙的衣服撕扒下来，一口咬住他的胳臂，匪徒“妈呀！”一声惨叫，不断地挣脱，又无法挣脱，只有招架，哪有还手之力，另一匪徒吓得拔腿就逃，被大虎发现追扑冲去，“救命啊，救命啊！”匪徒边逃边喊。

“大虎二虎，回头！”老者怕狗真咬死他们，于是喝令让它们撤回，匪徒们趁机溜之大吉。

朱海一见秋峰用袖子不断拭擦满头大汗，不解地道：“你、你在这稳坐泰山？”

“多亏这二位老者热心相助。”秋峰指着老者感激道。

“俺干儿子来了。”这时“老郝人”喊道。

秋峰、朱海循着“老郝人”指的方向望去，一辆飞速而来的骑车人越来越近，他们不由得异口同声喊道："叶斌？！"

只见骑着自行车的叶斌戛然停在他们面前，他们三人激动地拥抱在一起。

"咦，你们怎么认识？""老郝人"吃惊地望着他们三人。

"叶斌，你在这有干爸啊，怎不早告诉我啊？"秋峰亦奇怪道。

"呵呵，"叶斌手一摊道，"还不是托你秋兄的福啊。"又对"老郝人"道："这是我的两个大学同学。"

"哦，也是也是，"秋峰终于明白过来，由衷感叹道，"老弟的公关社交能力，啧啧，佩服、佩服啊！"

"俺说呀，"老者关切地道，"你们还是早点离开这，离开盐都，这里不是久留之地，曹邪头可能还会过来的，快走吧！"

"我的秋大老板，"叶斌靠近秋峰耳边低声道，"李岚手头的资料一件不少，被曹子风撕毁的都是复印件；肖武、孟法官他们已掌握了西南集团胡张扬团伙大量的犯罪证据，现返回石门途中，他们要求我们尽快撤离盐都，你的一百几十万贷款就别愁没着落啦！"

"嗯，胡张扬、曹子风太猖獗了，法律一定要严惩他们！"秋峰狠狠地道，又问，"李岚呢？"

"她在去石门的途中，与肖武他们一起呢！"叶斌答道。

"我们咋走呢？"秋峰问。

"这你就别管了，由我和干爸负责护送了！"叶斌用嘴努努"老郝人"，两人相觑一笑。

"老郝人"走过来，道："叶斌，你的车咋没到啊？"

“到咧，瞧！”叶斌用手指着院子门口一辆早已等候的红旗牌轿车说道，“这是西南集团胡张扬的汤司机，现在跟我关系处得不错，我跟他说带我干爸去东潭看风湿病，到了东潭再转乘去石门的班车，不能直接去盐都汽车站，那里恐怕会碰上曹子风的团伙，须绕个弯道这样保险些。”

“叶斌想得周到，按他的意思办！”“老郝人”赞道。

“走，秋峰、朱海我们坐后排，我干爸坐前排。”叶斌道。

叶斌跑到红旗车，对正在抽烟的驾驶员说：“汤师傅，送我们去东潭吧，再加上我两个同学搭车到东潭，够坐吗？”

“够坐，够坐，挤一挤呗。”汤司机下车热情地开了车门。

叶斌让老者坐上副驾驶座，自己与秋峰、朱海坐上了后排。汤司机发动车，直往东潭驶去。

车子开了不到二十里，汤司机的寻呼机响了，他取出寻呼机一看，道：“不好，胡总要我赶紧回公司，说有要紧事需要用车。”说着他徐徐地将车停到马路边，秋峰拍了下叶斌肩膀，使了个眼色，递了一沓钱给叶斌，叶斌心领神会地接过钱，对汤司机道：“汤师傅，这点辛苦费，今天务必先去东潭，那边已约好医生，是个专家，好不容易才约上，耽误了很麻烦的，你给胡总回个信，正好车子出了点小故障，要延误约一个钟头。”

“那我先回个再说吧，”汤司机接过钱犹疑地道。汤司机又道：“你我好朋友，就帮你这回吧。”说着又重新驾车向东潭驶去。

过了几分钟，汤司机的寻呼机又响了，他一手握着方向盘，一手取出寻呼机一看，只见屏幕闪烁两行字：“小汤，你把车靠一边，我和胡总就在你车后，黄妇人。”

汤司机朝倒车镜一看，果然发现一辆北京吉普紧贴车后，开着双闪灯，“嘟嘟”按着喇叭。

“不好，胡张扬、黄妇人跟在后面，这下惨了！这下怎么办？！”汤司机发出哭腔。

“啊？怎么这么倒霉！”叶斌也束手无策，朱海则连连叹息。

“伯伯，怎么办？”秋峰拍了拍老者的肩膀。

“慌什么！你们两个都把头躬下去！”老者又道，“有我在，你们怕什么？！小汤把车停在路边，叶斌和我下车，我来对付他们，叶斌，你就说借车送我去趟东潭看病！”于是对叶斌面授权宜，叶斌连连点头。

汤司机缓缓将车停在路边，叶斌和老者开门下了车，朝停下的北京吉普走去。

“叶斌！”胡张扬把车窗玻璃摇下来，指着老者对叶斌喊道，“你们带这老头干什么去？”

“胡总，不好意思啊！”叶斌满脸堆笑，拱着手道，“这是我爸，他得了一种急性肝炎，情急之下我迫不得已请汤师傅帮忙赶紧送东潭医院看病，汤师傅害怕您批评，不敢下车，都是我的错，胡总。”

胡张扬听了叶斌的话，又看看老者病恹恹的脸，对黄妇人嘀咕道：“急性肝炎，这病会传染的！”

见老者向他们走近，胡张扬急促大喊：“别让他靠近，别让他靠近！快开车、快开车！”

司机听了胡张扬的指令，又发动了车子，胡张扬对叶斌喊道：“回来让小汤好好把车消一下毒，快去快回！”

说完，北京吉普掉头朝另外方向驶去。

世外桃源

秋峰他们终于离开盐都，辗转东潭回到已近一周未归的石门市，与李岚、肖武、霍元旦等“会师”。

李岚见秋峰、叶斌百感交集，情不自禁又是拥抱又是抹泪，真的有劫后余生的感同身受。

“材料呢？”秋峰迫不及待地问李岚。

“都在我这儿呢。”肖武笑吟吟道。

“你眼里就是钱、材料……”李岚轻声嗔怪道，“一个不懂人情的冷血动物！”

“哦，李记者有些不开心啦，”肖武笑呵呵道，“秋老板这回应该好好答谢李美女，没有人家死活保全证据材料，你秋老板就竹篮子打水一场空，一场白忙啦！”

“我请大家吃饭！”秋峰歉逊地道，“好好答谢大家，答谢帮忙我的李妹妹、叶弟弟，太感谢了！”

“安排在哪儿呢？”叶斌道。

“安排在哪儿呢？”秋峰看着肖武思忖道。

“我有个好地方，去不去？”肖武道。

“好地方当然去，快说哪里？”秋峰催道。

“城南有个叫世外桃源的地方，开车过去大概半个多小时，那里风景优雅，空气清新，且菜肴十分鲜美。”

“好，就去那！”秋峰遂转身对朱海道，“朱海赶紧替我备车，去世外桃源。”

朱海不一会儿唤来一辆商务出租车。

肖武坐前座带路，他们依次坐后排座，车子发动便朝城南开去。

约半个小时后，车子开进一个规模不算大的公园门口，从如绽放着的巨大孔雀翅翼似的一道拱门开了进去。

进入拱门沿一条只容一辆车的单行道行驶不到五百米，迎面看到用水泥浆与石头垒成的突兀的夔龙铁门，漆黑漆黑的，有阴森森奇形怪状的石头墙，排排黑压压松树衬托，几只乌鸦发出瘆人的尖叫，如果夜间独自来此，一定让人不寒而栗，十分怵人。

“这地方怎么让人感觉到有些恐怖啊？！”李岚嘀咕道。

“怕吗？后面就不一样啦！”肖武戏谑道。果然车过了夔门，后面却是一片桃花盛开，在熹微的阳光照耀下，树影婆娑，花卉显得婀娜多姿，一群轻盈的蝴蝶在花丛中翩翩起舞，你赶我逐，自然是另一番盎然景色。车再向前行驶不足百米，见一道半悬空中的用竹子编成的竹墙上涂着用红色金箔嵌入其间的四个大字：世外桃源。

“嗯，这才有些味道！”秋峰不禁赞道。

“哇，好漂亮！”李岚叹道，“果不其然的世外桃源，但不知里面怎样？”

他们拉开车窗，被眼前的美景所镇住了，只见错落有致的毛竹别墅群，别具一格的小桥流水，袅袅升起的炊烟，空中飞舞的白鹤，昂首蹒跚而行的孔雀，以及竹亭里一群群围坐在一起打牌的男男女女，小孩欢快地追逐嬉闹，交织出一帧城内无法比拟的美好的民俗动画图，既显幽静又不乏古板，既显热闹又不乏喧嚣，国人一贯喜好的不堪粗俗，在这却不显现，而这里人们体现的如英国绅士般的风度，令秋峰一行陡然感悟，环境改变人的说法似乎在这得到了检验。

“你们知道不？过了恐惧的夔门展现我们眼前的是另一番太平盛世的景象。”肖武道。

“为何？”秋峰、李岚异口同声道。

“因为啊，人在生与死之间是灰暗而可怕的，而过了生死坎，却是天上人间了，这就是所谓的世外桃源！”肖武道。

“下车喽，左边有个停车场，停车费凭消费单免收的！”肖武道。车刚停稳，一个着工作服的中年男子拉开车门，对着驾驶员嚷道：“下车、下车！”

肖武夹起公文包对大家指着方向道：“右前方那座竹楼叫凤凰台，我一朋友开设的，已预留了包间，价格还公道，就去那里吧，如果没关系的话，今天周末不会有空席的！你们看，哪座竹楼有空席啊？！”

“好好，去凤凰台！”秋峰应和道。

“哇！好个凤凰台！”李岚一边朝不远处的凤凰台看去，一边赞叹道，“这，这简直就像做梦，梦里的世外桃源啊！”

“没想到城南还有这么好的去处，我也是头回来这。”秋峰感触道。

“做新闻的人不该如此封闭啊！”叶斌补言道。

“我是已被淘汰的新闻人了，”秋峰对李岚自我调侃道，“我一个被铜钱埋过的商人，眼里只有钱、钱、钱！”

“你看凤凰台这首诗，你还记得吗？”李岚道。

“当然记得，这是在俺金陵所创作赋诗的，”秋峰学着皖北话念了起来，“凤凰台上凤凰游，凤去台空江自流，吴宫花草埋幽径，晋代衣冠……”

“成古丘。”李岚听秋峰语塞，随即接下念道，“三山半落青天外，二水中分自鹭洲；总为浮云能蔽日，长安不见使人愁！”

“横批：登金陵凤凰台！诗的原创人，当代酒鬼叶斌。”叶斌高声附和道。

“你真成酒鬼了，可预见酒仙李白了，小心外面夔门外李白的鬼魂在等候你切磋诗艺呢！”秋峰一句话把叶斌惊得一脸刷白。

“哈哈，快走快走，在这可别乱说鬼话哦！”肖武边笑边打趣道。

他们沿着柚木铺成的小道往凤凰台竹楼走去。

一位女生迎上来，引着他们上了竹楼，见外面几个包厢坐满了人，便径直朝最里面的“逸仙阁”走去，肖武等大伙坐定后，说他知道这里行情由他点菜，秋峰见空隙间拽了下李岚出了门，步入一块足有二十多平方米的空旷的山峦远眺，几近黄昏的城郊烟波浩渺，是那么美丽动人，一轮失去威力而温情的红日将山山水水、世间万物通通染上红颜色，天上两排归一的雁队渐行渐远，氤氲弥漫的山野在柔和的阳光照耀下，显得神秘而富有诗意，离秋峰、李岚不足百米处是一泓碧绿的天然山湖，岸边有三三两两的垂钓者耐心地围坐在波光粼粼的清湖边的竹棚里，悠然自得地瞄视着水里的动静，不时提起竹竿但未见有鱼上钩，两条可爱的家犬来回奔跑，并没发出讨厌的吠声。再向前远眺，足有千米之处是一座蜿蜒起伏的山头，这里的山头比起威武的黄山、泰山等实在不算高，最高的恐怕不足一百米，但细细品味觉得另有一番情趣，诚如一个个含羞的、亭亭玉立的妙龄少女，在草色荡漾、风和日丽、翠绕珠围间轻歌曼舞，彰显旖旎风采，柔情万种，美不胜收。重峦叠嶂的山头山腰布满不知名的古树、郁郁葱葱，这里常年气温比城里要低好几度，特别盛夏是个避暑好去处，这里虽称不上名胜古迹，与国内大山名川无以争雄，但倒是不施粉黛的小家碧玉，宛如碧月羞花、冰洁彻骨，令人不忍染指的处女地。

“开饭啦，两位！”背后传来叶斌的喊声，把秋峰、李岚从陶醉山水画卷中扰醒，“你们赋诗作文有的是时间啊。”

“去你的，谁赋诗作文啦！”李岚推了叶斌一把，使叶斌一个趔趄，差点跌倒。

大家呵呵笑了起来。

“看来今天找的地方没让大家失望吧？按秋老板要求对大家盐都之行压压惊噢。”肖武指着已上桌的热腾腾一盘菜道，“来尝尝这里的风味特色，啤酒桂花鸭，这可是世外桃源必点的一道名菜！”

说着肖武先用筷子和手给李岚挖了一块，接着又给秋峰递上一块，说：“尝尝怎样？”

“好吃好吃！”李岚边啃边赞美道。

“不错不错，”秋峰吃了一口，也伸出大拇指道，“南淮好像没这道菜吧？我想去后厨取取经，回家自己学着做。”

“这里不会让你学的，学会了谁还来这消费？”肖武边吃边说。

“这道菜让店家帮我准备五份打包，我要给你们人手一份带回去。”秋峰又道，“尤其给李岚、叶斌带回南淮老家，给家里人分享尝尝石门地方不同的风味。”

“此事我帮你代劳呗。秋老板还是谈谈正事，明儿赶紧去法院申请立案吧，我还为证据是否不足、石门法院有无管辖权立案担心呢。”肖武道。

“咦，担心这个？”秋峰放下筷子，不解地问，“你不是说证据材料都差不多齐了吗？”

“材料是齐了，但是你们在合同里约定的诉讼管辖地不明确！”肖武看着秋峰道，“是甲方所在地？还是乙方所在地？”他又顿了下说，“明儿找孟法官协商去，听他什么意见，你秋老板可要出面哦。”

“如果城南法院孟法官不受理，还得去盐都法院申请，到盐都去打官司，那秋老板你就累了，你是清楚的哦。”肖武又道。

“这倒是，”秋峰道，“无论如何要在石门城南法院立案，肖律师神通广大，我相信你能搞定。”

“你别把我当成肖神仙啦，我没那么牛啊！”肖武想了又道，“最好你先单独找孟法官商量下，你懂的。”

“好吧，我明天上午就去他单位。”秋峰道。

“不，”肖武又道，“今晚就去，去他家里找他。”

“他家里？”秋峰为难道，“他家地址你有吗？”

“有！”肖武夹上鸭腿边啃边道，“吃完我告诉你。”又道，“你可准备好，要单独哦！懂不懂？”

“我懂我懂！”秋峰道。

竹篮打水

宴毕，当晚李岚、叶斌与秋峰作别乘车回南淮。

秋峰怎么也留不住他们，只是给他们每人精心准备一份丰富的石门土特产相赠，遂依依惜别。

秋峰当然懂肖武话里什么意思，他跑到石门的精英大商场，买了四条中华烟、四瓶茅台酒及购物卡，按照肖武提供的地址，打了辆出租车，找到了孟齐山的家，这是一个老小区的四楼。

“砰砰、砰砰砰！”秋峰用手轻轻敲着防盗门。

“谁呀？”里屋传来沉沉的男中音，秋峰一听是孟齐山法官的声音，门开了，他看见孟齐山穿了套花格子的睡袍。

“孟法官，”秋峰清了清嗓音说，“我是石门物资站秋峰，来向您请教些事的。”

“哦，是你，这么晚了来私人家里请教不妥的，明儿去我单位吧，啊！”孟齐山似乎不近人情，下了逐客令。

“孟法官，我大老远来趟不容易，就打扰您几分钟，行吗？”秋峰手里拎着东西恳求道。

“不妥不妥，你请回吧！”孟齐山坚决要关门。

“啊呦，人家说了大老远来不容易，你就是大木鱼！”里屋传来抢话的女人声音，说完，门就被强行拉开了。“不好意思，进来进来。”秋峰一见便知道是孟齐山的老婆，她笑吟吟地把秋峰引进屋，孟齐山不作声了，摇摇头坐在沙发上不动。

“秋经理来我家谈事可以，但谈完事东西请带回！”孟齐山一本正经说道。

“这……”未等秋峰开口，孟齐山老婆就数落孟齐山来，“你这个大木鱼，人家一片盛情，怎么这么无礼呢，你当上法官，还不靠我吗？”又对秋峰客气道：“你坐你坐，我给你泡茶去！”说完便转到厨房里去了。

“嗯，”孟齐山道，“说吧，找我什么事？”

“孟法官，您是知道的，我为那笔骗欠的钢材款吃尽千辛万苦了，就指望您能帮扶我这个受害者了，不到万不得已，我是不会贸然上门求救的啊！”秋峰双手拱求道。

“盐都的曹无赖一伙确实可恶，他们已涉嫌多项违法犯罪，一是非法采取暴力伤害、非法肆意搜身执法人员；二是涉嫌有社会黑邪势力组织，称霸一方，破坏社会公共秩序和暴力干预招投标市场经济组织，敲诈勒索；三是利用签订经济合同行诈骗犯罪！对上次盐都发生的所见所闻，我已准备将案件材料通过法院领导及案审会正式移交省公安厅刑侦局。”孟齐山转念一想，又问秋峰，“但是，如果案件移送公安厅，曹无赖一伙被抓问罪，他们坐了牢，估计你秋峰这一百多万货款就泡汤了呀。”

“那那那……”秋峰一听急了，道，“孟法官，能否等我这货款收到，再把曹无赖一伙移送公安？而且，我这个民事案立案在先，这一百几十万可是救命钱啊！”

“是啊，我也在为你着想呢，要不然我早办理完移送手续了。但据现在情况看来，他是个皮包公司，你告他，他没有偿还能力，也没用啊，法院查封不到他财产也是没办法啊！”

“我们已经有了替曹无赖还债的第三方关系人，且有完全履行还债能力的法人单位，证据及手续我们都弄到了。”秋峰道。

“哦？证据有吗？带来了？”孟齐山问道。

“带了。”秋峰从背包里掏出一打资料。

孟齐山接过一看，眉头皱了起来：“这恐怕不行，这单位在盐都，我们可能没有审理管辖权呢。”

“您再仔细往下看。”秋峰盯着孟齐山的脸道。

“嗯，这发送钢材的工地在石门吗？”孟齐山又问。

“在石门。”秋峰肯定地道，“从头到尾都是我亲自操办送货的，工程地址就在城南永辉巷的通讯大厦工地。”

“这应该可行，”孟齐山又沉思道，“但得问下立案庭的钱庭长，这并不是一定可以在归属地审案的，这里面的债务当事人均不在石门，很难说的。”

“拜托您了，”秋峰哭丧地道，“这笔欠款关系到我及我全家是否家破人亡啊，如果追不到款，我就玩完了……”

“你先把材料带回，明天上午带上到我单位来，好吧，”孟齐山把材料退还秋峰，又道，“你律师请了没？其他诉讼书要准备好。”

“请了，还是肖武律师。”秋峰道。

“哦，是他没问题的。”孟齐山起身道，“秋经理，就这样吧，东西请带走吧。”

“这些不成敬意，”秋峰诚恳道，“以后还找您的麻烦事多着呢。”

“好了好了，我帮你说情吧，”孟齐山老婆过来打圆场道，“老孟，你就别难为人家了，人家一片诚心，做企业的是很不容易的，你是公职人员，帮私企也是一种造化呢！”

“谢谢，谢谢！我就告辞了，不好意思，嫂子！”秋峰边说边退出门去。

“再见！”孟齐山老婆收下秋峰的礼物，招手相送秋峰，秋峰下楼去，孟齐山见此不再言语。

次日上午九时许，秋峰按照约定与肖武来到城南人民法院门口，与孟齐山见了面。

孟齐山在肖武耳边嘀咕一阵，肖武遂跑到秋峰跟前，说：“这个案子比较麻烦，管辖权地并不在城南法院，如果城南法院立了案，立案庭法官要担风险的。”

“那怎么办呢？”秋峰急道。

“给立案庭钱庭长弄两条烟、四斤碧螺春茶来。”肖武又道，“打官司哪有不疏通关系的，要么叫什么官司呢。”

“行吧，哦哦。”秋峰闻言明白了几分，立马跑了出去。

一个多小时后，秋峰提着烟、茶重新来到法院门口，找到肖武律师。肖武一见秋峰如此大摇大摆手提礼品连声责备他不懂事，不懂伪装礼品，并用自己身子挡住人们视线，找到一处蔽身处，用准备好的大布袋套住香烟和茶，让秋峰先回避后，自己拎着朝法院后门走去。

半个小时后，秋峰的寻呼机接到肖武的一条信息：搞定，速到法院三楼317房间。

秋峰立即进了法院大门，直奔317房间，推门进去，只见肖武与孟齐山和另两个法官在谈论。

“秋经理，”孟齐山对秋峰道，“你的案子已经立案，接下来，你带我们去盐都查封西南建设集团的账户，你有没该公司有的银行账户和账号？”

“没有，没有这个。”秋峰摇摇头。

“那就这样办吧，”肖武插话道，“你开个证明，我们先到省人民银行查询西南公司的银行开户情况，然后再查封！”

“只有这样，”孟齐山道，“我马上办证明，今天上午一定把此事搞定！”不出十分钟孟齐山便从庭长室取回“证明”，他对肖武、秋峰说：“赶紧去省人民银行，开警车去，这样到那里速度快一些。”

秋峰坐上孟齐山的警车，一路连闯几个红灯，果真不到十分钟便到省人民银行办公楼下。

孟齐山找了马路一个空车位停车后，三人急急跑到人民银行查询中心柜台，向服务经理出示法院文书。

半个小时后，他们终于在柜台取到“西南建设集团公司盐都分公司”开户银行的资料。

“这就好办了，”孟齐山道，“凭这个我们可以下手了。明天一早奔盐都！”

“明天上午七点我们准时到法院门口？”肖武道。

“尽量再早点，路上还有三个多小时呢！”孟齐山道，“争取当晚回到石门，因我还有急事处理。”

“可以，早上六点行不行？”肖武道。

“就这么定了，六点准时。”孟齐山是军人出身，做事毫不含糊。

“没问题，我们六点准时赶到！”秋峰道。

次日五点五十许，天渐渐破晓，淡青色天空镶嵌几颗残星，整个大地依然朦胧难辨轮廓，空气里笼罩着灰色的轻纱。秋峰在法院门口不停地来回走动，东张西望就不见肖武、孟齐山，他顺着苍穹深吸一口气，此时天渐渐变亮了，路边的车子、行人多了起来，他顿了顿又看看手表，时间已是六点零五分。

“秋经理，不好意思，迟了几分钟！”孟齐山不知从哪里钻出来，站到秋峰旁边，又问，“肖武呢？”秋峰摇摇头，孟齐山又道，“快上车，孙书记员开的车。”

秋峰一看，孙石驾着警车，秋峰赶紧开了后车门钻了进去。

“我来了。”只见气喘吁吁的肖武从马路对面奔了过来。

他们全部上了车，孟齐山下令道：“开车！”

车子很快出了城门，向盐都驰去。

上午九点半左右，警车已顺利到达一条叫清泉路上的工商银行门口，孙石书记员找了停车场将车停下，他们下了车，直奔银行柜台，柜台一位女营业员正照镜子，另一位涂口红，显然才上班，还没进入上班状态，对前来办案的孟齐山他们并未在意。

“同志，我们是石门来的法官，这是我们的证件，请协助查下这个公司的银行账户情况。”孟齐山举起证件对照镜子的女营业员道。

“法官？法官有什么了不起，等等吧。”女营业员瞥了一眼继续在镜子前端详自己的头发、脸部。

“现在是上班时间，还梳妆打扮？”孟齐山不客气道，“请你抓紧些！”

“真烦！”女营业员斜视孟齐山一眼，没好气地嘀咕道，“把证件、材料拿来！”

孟齐山把证件、材料从窗口沿小凹槽递了进去。

“你们要查西南建设集团公司的账户啊？”女营业员看了几遍后问道。

“是的！”孟齐山正色道。

“查大企业的账户要向领导反映，经同意后才能查询的。”女营业员漫不经心地道，边说边把资料退还给孟齐山。

“你们银行有这个规定？”孟齐山道。

“当然有规定了！”女营业员白了孟齐山一眼，道，“我得向领导请示下，你等着！”说着便又重新向孟齐山要回证件、手续，离开柜台，朝里面走去。

孟齐山他们站在柜台前等了近二十分钟未见女营业员出来，秋峰、肖武开始着急了。

“这女的搞什么鬼，怎么还没请示好？”肖武愤愤道。

“莫非她与西南公司通气？”秋峰一脸狐疑。

“再等等，看她怎么说。”孟齐山道。

又过了几分钟，女营业员终于回来了，她把证件及手续从凹槽处塞了出来道：“对不起，我们领导说了，你们要查，要先到盐都市人民法院或市计经委做个登记，开好证明才能查询。”

“这是你们银行的规定？还是盐都地方的规定？”孟齐山一脸愠色。

“简直岂有此理，盐都这鬼地方瞎搞！”肖武愤愤不平道。

“这是盐都市人民政府最近下的招商引资和保护营商环境的文件精神，我们地方银行只有执行的份！”那女营业员笑嘻嘻解释道，又不屑一顾拿起小镜子左顾右盼，嘴上哼着邓丽君的“甜蜜蜜”曲调来，“……好像花儿开在春风里，你的笑容这样熟悉，啊，在梦里……”

“走，去盐都法院，”孟齐山拾起证件，手一挥，出了银行门。

孟齐山他们坐上车，直接开到盐都市人民法院门口。

孟齐山让孙石、秋峰在车上等着，他和肖武两人上了台阶，朝法院大门走去。

大概过了四十多分钟，秋峰看见孟齐山、肖武俩人从法院大门出来，回到车上。

孟齐山扬了扬盐都法院开具的证明道：“再去那家银行，看看他们银行还有什么辩解的。”

“盐都这个地方鬼不鬼，还有这套程序，头回听说。”肖武还在气呼呼。

“中国‘地大物博’，各地地方政策都有各自为政的倾向，”孟齐山感慨道，“尤其近些年来各地为招商引资，所谓体现政绩，并且开展GDP竞赛后，为保障纳税大户、大企业，都制定了地方保护，所以盐都搞这套也不足为怪，我们法院近期审理外地经济纠纷案中就发现像盐都类似的地方保护政策，有些欠债的被执行的案子根本无法进行下去，现在打官司，打赢可以，要钱难呐！”

“这样下去，法院公信力会越来越差！”肖武叹息道。

“这不是我们这些人所能左右的局面，”孟齐山拍拍秋峰的手说，“希望老弟行好运，就看老天庇不庇护你啦！”

“靠运气？”秋峰，“我看还得靠你们啊！”

孟齐山苦笑摇摇头。

不到二十分钟，车子又停靠在那家工商银行门口。

秋峰跟着孟齐山、肖武走进工商银行那个柜台，柜台前已排起了前来办理业务的群众，孟齐山只好问警卫人员：“银行行长办公室在哪？我们是法院的。”

警卫人员把他们领到里面的行长室，孟齐山见一位正在接待客户的矮胖男性模样的行长，遂递上证件，客气地道：“我们是石城法院的法官，前来贵行办理企业开户查询及依法冻结的事，希望行长给予帮忙配合。”

矮胖行长接过证件一怔，问道："你们是不是上午已来过查询的法官？"

"是的。"孟齐山答道。

"你们有没有去办市里的批复证照？"矮胖行长问道。

"办来了。"孟齐山递上证明又道。

"哦，这个……"矮胖行长起了身，道，"你们跟我去柜台查询吧。"

孟齐山他们跟着行长转到原来那个柜台。

"小梦倩，"行长把材料递给了那女营业员道，"你查下西南建设集团的账户情况，手续办来了。"

那女营业员接过行长的手续，便按了几下键盘，打开那账户余额说："这家账上还有一百多元。"

"一百多元？"孟齐山复述了一遍，秋峰听了心里凉了一大截。

"你们查封不查封？"矮胖行长问。

"请你把这家公司今天往来的账目全部打开我看看！"孟齐山凝重道。

"这……"那女营业员看看行长的脸。

随着女营业员打开屏幕，数据全部显示出来。

"今天上午最高存款一千多万，怎么现在一百多块？怎么回事？！"孟齐山盯着矮胖行长追问，他的眼光如锋芒利剑直抵矮胖行长的内心。

"请给个合理的解释，否则这事没完！"

肖武也死死盯住那矮胖行长，道："看看，就在我们去盐都法院办理证明的一个小时内，就有六笔划出款项，现在只剩一百多元分明就是蓄意抽逃资金！"

“请你把这组数据给我打印出来！”孟齐山对女营业员厉声命令道。

“你们法官讲不讲道理？”胖矮行长双手一摊，辩解道，“人家公司存取款自由，我们银行哪有权力不让他们的资金出账，你们法院懂法的，请你们出示下银行在什么情况下可以控制客户资金出账的法规法条？你们提供给我看看呀，有吗？！”

孟齐山、肖武听到矮胖行长一嚷，面面相觑，真不知道用什么话来堵他的嘴，只好悻悻地退出银行。

他们退出银行，来到车子旁，商议下一步如何行动，孟齐山问秋峰，此公司账上仅有一百多元，查封不查封？秋峰思忖了一下，坚决地点点头：“封！”

“这账上只有一百多元，查封有何意义？”肖武道。

“封！”秋峰还是斩钉截铁道，“查封了，一则挫挫那胖行长的锐气，可以让西南集团的胡张扬对曹无赖施加压力，二则万一那西南公司哪笔工程款拨付此账户，岂不是守株待兔，歪打正着！再说我们来盐都不容易，不能空手！”

“秋经理言之有理，查封吧！”孟齐山想了想赞同秋峰的观点。

于是他们又返回银行，还是办理了查封手续，让矮胖行长乖乖地签字盖章，孟齐山他们办完手续后离开银行，按人民银行的线索，又匆忙跑到一家华夏银行，自然不出所料，西南公司在这华夏银行的账户上也是空空如也，账上仅有十元，但还是依秋峰所求，把财产冻结查封了。

“岂非竹篮打水？”孟齐山无奈地摇摇头，一声叹息。查封完毕，孟齐山一行驾车回程，由于此行并未查封有结果，大家心情并不舒坦，一路上大家沉默寡言，十分沉寂地返回石门。

集资抢购

返回石门后，秋峰再次征询孟齐山，下面的工作该如何做？孟齐山、肖武则相告秋峰，只要摸清西南集团公司的真实有效账户，以及曹无赖任何一个账户均可随时向法院报告，他们确保接到报告后立即上报，并随时和秋峰取得联系，实施再一次的查封行动。

草长莺飞，时光荏苒，转眼又两个月过去了，从炎炎盛夏到秋高气爽只像横穿一个公园那样快。

石门初秋的早晨，这天虽然不是阳光明媚，但秋日的气候还是暖洋洋的沁人心脾，昨夜的秋雨彻底洗去空气中的尘埃，鳞次栉比的大厦，一排排法国梧桐都似乎精神许多，马路两侧的花草如刚刚洗过的少女头发一样，又软又松，湿润润的，让过往的车辆、司机、行人都忍不住多看一眼，惠风和畅，立秋后的早晨远比那恼人的盛夏不一样，人们工作节奏快了一大截。

华康饭店二楼长包房众成公司，秋峰、朱海像往常一样早早来公司开始打扫卫生，朱海负责走廊卫生和外屋接待室的卫生，包括打开水，秋峰负责里屋办公室的卫生，包括抹桌擦凳，他俩早已分了工，谁做不到位或偷懒，这一天俩人的生活费由谁支付，虽然不是死规硬矩，但他们早已恪守信用，并且形成了默契，当然朱海主动承揽大部分活，因为秋峰毕竟是老板，生意上的事全靠秋峰打理。这天秋峰忙活完后，坐在沙发上随手拿起刚刚送过来的《石门晨报》，头版竖排的标题吸引他的目光，其标题是：贯彻中央行动纲领，落实两会呼声提案（副），我市揭开旧城改造三部曲序幕（主）。

该报道称：城市将坚决贯彻中共中央、国务院及省委省政府关于进一步理清思路，以前所未有的政治决心，狠抓两个文明建设，尤其物质文明的开拓创建，党委政府以推动改革开放为主线，落实新一轮的经济建设，敢啃硬骨头，破除政治旧思想、实施双轮驱动，以前未所有的决心狠抓城市、农村的基本建设与大力改造，实施更加积极的财政政策、财政投入，以扩大内需促进产业升级、社会再就业，根据市委市政府刚刚闭幕的两会会议精神，以及广大人大代表、政协委员的呼声，市委市政府提出关于实施基本设施改造，三年三大半的旧城改造的总体方案，经市规划建筑设计院与上海城市建设设计院专家学者的长达一年多的反复论证，现已定案并具备实施条件，利用三年时间，一年一大步完成第一轮的城市建设战略，实施“三高一补”。破解难题，要求开好头，实施全市绕城交通与市内隧道全面贯通，确保有序进行，高效高要求并揭开城市功能建设、城市改造及基本设施建设的战略序幕。

市委书记贾刚要求……

秋峰阅罢这篇头版头条，顿觉热血奔涌，又陷入沉思，突然他一拍大腿，大喝一声：“好！好！”

“秋老板有什么好事啦？”朱海放下拖把莫名地问。

“朱海、朱海，大旗门储运站还有多少货？另外在门口挂上‘今日休息’的牌子，今天不接单了，马上跟我出发！”秋峰不容置疑道。

“出发？到哪去？”朱海一脸疑惑。“跟我找石门工业学院的何老师何处长！”秋峰站起身，不容置疑道，“走！”

“秋经理啊，昨天你不是说要把大旗门储运站的货全部卖光后带我去南淮玩两天吗？”朱海一脸错愕，显然心里不甚情愿。

“把两盒六安瓜片茶带上！现在形势大变，去南淮的事暂放一放，办事要紧！”秋峰边说边拾包袱，然后出了门，朱海只好迅速锁上门，跟秋峰下了楼梯。

“什么形势大变？”朱海竭力紧跟秋峰的步伐，不解道。

“跟你说这个，怕你听不懂，”秋峰走路一直这个样，如旋风似的快，但想想怕伤害朱海自尊心，解释道，“知道吗？石门要启动新一轮基本建设了，且这次动作甚大，市委市政府要砸一千个亿投入绕城公路、档案馆所、地下隧道等建设，你想想看，一千个亿是什么规模啊，这可是再建一个城市啊！”

“一千个亿？你从报上得知这个消息的吗？这与我们会有啥关系啊？”

“你这呆子！这与我们这一行关系可大啦，”秋峰疾步来到后院停车场取出钥匙开了红旗轿车的车门，随即发动了车，嘴上说道，“城市搞建设要靠什么？还不是钢材水泥！这下钢材水泥需求可大了，恐怕价格也跟着上涨，这时候我们赶紧想办法囤积些钢材，如果我们去南淮几天，不去搞资源，等我们回石门后，钢材价格可能就上涨了，这损失够咱俩玩几趟美国啊。”

“哎，啧啧，乖乖隆地咚！”朱海连连惊叹，但他心里确实佩服秋峰有不一样的前瞻性，隐隐感觉秋峰是块企业家的材料，跟他干大有前途，不由地说道，“怪不得，怪不得！”

他们一路闲聊，很快便到了石门工业学院，找到了基建处的何处长。

“秋峰啊，哪阵风把你给刮来啦？”见秋峰手上拿了两盒六安瓜片茶叶，何处长一脸欢喜，一把握住秋峰的手，嘴向里面接待室一努，“到里面坐，你可是无事不登三宝殿哟。”

“是的，何处长，”秋峰跟着何处长进了接待室，对后面的朱海摆摆手，“你在车上等我吧。”

待秋峰落座后，何处长边给秋峰泡了杯茶，边问道：“说吧，找我什么事？”

“何处长，我想近期内囤积些螺纹钢、线材，找您帮忙……”未等秋峰说完，何处长追问道，“怎么？你那里销售很猛，要货人多？”

“倒也不是很猛。”秋峰如实道。

“钢材销售没下家，你搞什么囤货啊？”何处长不解地看着秋峰。

“何处长，”秋峰拿出今天《石门晨报》递给何处长，道，“实话告诉您吧，我感觉到钢材价格要大涨，您看看今日的头版头条吧。”

何处长接过报纸，托着下巴看了一阵，思索了一阵一字一顿道：“你依据石门搞基本建设，判断钢材价格要涨？”

“是的，”秋峰肯定自己地分析道，“现在赶紧下手还来得及，如下手迟了商机稍纵即逝啊！”又补充道，“我决定我在大旗门储运站尚存的不到五百吨的货暂时挂单不卖了！”

“哦，你改行后，思想真快啊！”何处长不由地夸赞道，“一个活跃社交的新闻记者到一名敏锐行情的商人，这个角色转换可不是一般人能做到的，秋峰，你是个奇特的商人啊！”

“过奖，”秋峰盯着何处长的方脸道，“何处长，您帮我与鲍生贤局长再牵个线，我每月每吨提留五十块，按老规矩，您另留二十。”

“这个好形势，秋峰你不考虑特事特办，恐怕……”何处长此言一出，秋峰心里就明白其意，他不用考虑，立即伸出两个指头道：“何处长，再加二十吧，您看……”

何处长在室内来回徘徊一阵后，伸了个八字形指头，抿着嘴开了口：“四十是不是少了点，八十，怎样？”

“行！”秋峰想了下，心里虽然骂了下何处长的贪婪，但还是开了口。

“好吧，你等下我拨个电话。”何处长见秋峰答应了，随即走出了接待室，不一会儿何处长折了回来，脸上露出笑颜，一屁股坐在秋峰旁道，“秋峰，鲍生贤下午就来我处，他答应给三百万元的钢材，算算按现价三千六百八每吨，核算共815吨。”他掰着手指推算道：“按八十每吨，共六万五千二百块，你这次要先把这个数给我，不怕你笑，老师我手头正缺点，家里在搞装修呢。”

“这没问题，”秋峰点点头道，“但等鲍生贤那款下到账后办吧。”

“他那五十，按以前规矩完了再结付吗？”秋峰道。

“哦，这次不行！”何处长口气一点也没余地道，“鲍不会答应的，你做不到，他不会下账的，电话里他一再强调这一点！”

“好吧。”秋峰顿了下，还是点头答应道。

下午三时许，秋峰从他的大黑包取出一沓沓崭新的钞票交给何处，约半个小时，秋峰在何处长的撮合下，与匆匆而来的鲍生贤见了面，三人寒暄了一阵后，在何处长书面答应担保后，当日下班前，鲍生贤便让会计转款到秋峰指定的公司账上，与此同时秋峰迅速将每吨五十元，合计40750元，返转至鲍生贤指定的账户上。

次日一早，秋峰带着朱海直奔全国著名的雄山钢铁集团，简称“雄钢”。

圆滑的精明谷

雄钢距离石门不足五十公里，车程仅一个小时左右。

雄山钢铁集团公司是我国特大型钢铁联合企业，位于长江之滨，地理位置优越，产品覆盖板材、型材、长材等十余品种，在职职工达到近七万人，年产各类钢材1500万吨，产品远销世界100多个国家及国内各地，实现年销售近1000亿，集团利润达到20亿元，是个名副其实、遐迩闻名的十里钢城，是人们眼中的“巨无霸”企业。

雄钢销售公司长材部经理谷建明是秋峰在南淮当记者时通过一次在雄钢采访活动结识的，此人是上海人，年龄三十五六，长得瘦小而肤白，常年带着一副金丝眼镜，板寸头发，说话慢条斯理，给人以知识分子形象，做事作风十分精明缜密，人称“精明谷”。秋峰来雄钢要资源自然会想到他，他手握长材批货的大权，每年在他手上批的货不下200万吨，且每年以15%递增，也是雄钢领导层倍加赏识的十大虎将中的一员。

由于事出匆忙，秋峰也未及时与他联系，他带朱海到了偌大的雄钢，无法一时找到谷建明，便只好先到雄钢厂南大门询问门警，门警让他们通过内部电话先联系销售公司，如此折腾半天后，终于与谷建明通上电话。

“谷大经理，我是南淮经济时报的秋峰，还记得吗？”秋峰在电话里十分礼节地自报家门。

“哦哦，想起来了，是大名鼎鼎的秋记者啊，又到雄钢找新闻素材啊？”谷建明也还以礼貌。

“这次专程来看你的，我现在在你们雄钢南大门的传达室，有事找您当面聊，可否接见下，此次专程来访，多有打扰，望谷大经理给个面子啊。”秋峰如此真挚地道。

“您太客气了，我马上来南大门！”谷建明放下电话，让办公室的助手小丁开来了一辆夏利车把他送到南大门。

谷建明见了秋峰，双方先客套一番，然后跟门警人员打了招呼，开了大门，热情地给秋峰引路，直奔他们办公室。

谷建明把秋峰、朱海带到接待室，让办公室秘书为秋峰、朱海泡了杯毛峰茶，递了支香烟，并为秋峰点了火，双方抽了一口烟后，秋峰先开了口。

“谷大经理，今天特来求购一批螺纹钢、线材，”秋峰取出一张银行汇票，开门见山道，“这是刚办的400万，希望谷大经理帮忙给个大户批发价，这个忙你要帮哦。”

“秋大记者什么时候改行了？”谷建明眼睛直勾勾地望着秋峰。

“哦，兄弟你以后别喊我秋大记者啦，叫我秋老板也可以啊，”秋峰呵呵一笑道，“我改了行做钢材，不就替你跑腿啦，咱们以后关系不就更亲近了吗？”又回答道，“改行这事说来话长，是去年底才决定弃文从商的，以后还望谷大经理多多关照哦！”

“啧啧，从商这条路有风险，不好干啊！”谷建明叹息道，“围绕雄钢做钢材买卖的生意人很多，有许多老板吃不准行情进购钢材导致亏损破产倒下的不在少数，秋兄你放着这么好的职业不好好干，却做钢材商人，这条路不像你们文人想象得那么简单，并非做钢材能发财，即使有的赚了钱，但几次下来赚的钱很多是贴了进去，最终做不下去而破了产，我谷建明看了太多不幸的事了，真为这些老板感到惋惜啊，秋记者。”谷建明又改口道：“哦不，喊你秋老板了，你这一大笔款项从哪来的？你可别被外面的信息假象冲昏头，这可不是好玩的，弄不好会倾家荡产啊！”

“谢谢谷大经理善意提醒，”秋峰口气凝重地道，“但请谷大经理不必担心，我是铁着心做这笔买卖了，这款项是我从朋友处借的，销售螺纹钢、线材我已做了好几笔了，我有销售渠道，不怕吃亏上当，但请谷大经理帮我批个优惠价就行了，这次做成后，后面我会经常麻烦你，自愿当你的搬运工，不嫌弃吧？”

“哪里哪里，你这太谦虚了！”谷建明爽朗地一笑，又正色道，“报出你公司名称，如果不是我集团的代理商，是不可享受批发价的，这是一；其二当前货还不一定有现货，得排队取货，现在排号的代理商一般都要十天以后才能取货，最长的可能排到一个月后呢。”

“螺纹钢、线材都如此紧俏吗？要是一个月后提货黄花菜都凉了啊。”秋峰一听心里凉了一大截。

“是哦，”谷建明又笑吟吟道，“你不了解雄钢的行情？秋老板持哪个公司名义来批货啊？我查查是否是雄钢的代理商？”

“石门众成。”秋峰补言道，“目前还不是雄钢代理商，您不必查了。”

“那如何批货？”谷建明双手一摊，无可奈何地摇摇头。

秋峰一听急得团团转，朱海则摇摇头，感到空气一下子凝固了。

“秋大记者下海可不是闹着玩的啊！”谷建明虽然嘴上劝说，但看着他们急成猴似的，也一时不知如何安慰他们。过了半晌，谷建明突然一拍大腿说道，“哎，别急，我想起来有个陕西老板，有办法了！”

“谷经理，您有办法了？”秋峰上前抓住谷建明的手，如同抓住救命稻草一般，声音几近颤抖道。

“前天，有一个北方姓余的老板跟咱雄钢定了正好500万的货，也恰恰是螺纹钢，但他们昨天给我打电话要求退单，要不我给你牵牵头，问那余老板同不同意……”未等谷建明说完，秋峰紧紧抓住他的手，连声道：“请您赶紧帮我牵头，事成一定重谢！”

“你们先坐会儿，我马上与余老板联系。”谷建明眉头皱了下，又道，“但不能保证此事一定成功，我会尽最大的努力，且等我消息吧。”说完便出了门，到他自己办公室去了。

秋峰见谷建明出了门，双手搓了又搓，不停地来回徘徊，朱海嘴上唠叨道："但愿他能搞定，老天保佑了。"正在秋峰、朱海如热锅上的蚂蚁乱转时，门砰地推开了，谷建明喜出望外地闯了进来，嘴上欢喜道："好好，你们运气真好，余老板答应了，他正巧还在雄钢办事，不一会儿他过来，你们面谈吧。"

"那太好啦！"朱海闻讯一蹦。秋峰紧紧握住谷建明的手，激动地说道："今儿个我请你和余老板吃大餐，无论如何赏个面子！"

"哎，等事办成了再说。"谷建明谦逊道，"你们先别这样，坐下坐下，等那余老板来了，装作无所谓的表情，一切我来安排，听我的。"

"好好。"秋峰朝朱海使了个眼色道，"我们不说话，全听谷经理的。"

等了约二十分钟，助手小丁带着一个黝黑壮汉进了屋。

"余老板没回陕西啊，我还以为你离开雄钢了呢。"谷建明见黑壮汉一进门便迎上递烟，又道，"来，跟你介绍下，这两位是石城来的老板，你昨天打我电话后，我心里一直记着，今上午我帮你终于找到一家托盘的，否则你退单了，预订款没有一两个月是退不了的，你知晓雄钢的办事规矩的，国营单位手续多，效率也低。"

"哦哦，呵呵，我姓余，多余的余。"余老板与秋峰、朱海一一握了手，非常谦逊地自我介绍道，"就叫我余陕西，陕西人，或者喊我多余人吧，专做雄钢长材生意。"说着连忙从包里掏出三包红塔山香烟，每人分发一包，笑的像个滑稽演员似的，脸上堆满道道横肉。

"你不多余，你的钱多余！"谷建明开玩笑道，然后又朝助手小丁努努嘴道，"你先带秋老板他们回避下。"

小丁领会领导意图，对秋峰、朱海道："两位请到我办公室，请！"

"好！"秋峰、朱海立马响应，跟着小丁出去了。

谷建明见他们一走，便将门轻轻关上。

"余老板，"谷建明压低声音道，"为了帮你忙，我做通石门这两位年轻人的思想工作，紧急凑了四百万现款来托你的盘，款他们带来了，但他们要求你余老板承担斥资手续及利息费，你看如何处理？"

余老板听后沉思了一会儿，道："我每吨让十块钱作为这些费用，如何？"

"1500吨？"谷建明掰手指算了算，摇摇头道，"1500吨不到点，就一万五，可能不成，听他们讲，凑现款光花费手续就近五万块，余老板还是多考虑考虑吧！"

"那，那就按三十吧，"余老板又想了一会儿，无奈地说道，"这样算算有四万五了，再多也不成啊！"

"别说了，我替你做个主，就按五万吧，要不石城老板肯定不接单。"谷建明毫不拖泥带水地说道。

"算了算了，听你谷大经理的。"余老板一急，脸涨成红番茄似的，无奈地搓搓手，但还是答应了。

"那您这费用要另外准备吗？"谷建明看着余老板道。

"可我身上这、这没那么多，要么到银行取呗。" 余老板摸摸包摇摇头道。

"做事要抓紧啊！"谷建明又对小丁道，"小丁，快带余老板去趟银行取下经费。”

“好的，余经理，我开车带您去银行。”小丁礼貌道。

“好的，谢谢谷大经理。”余老板出门不忘感谢谷建明，拱了下双手，跟着小丁走了。

谷建明见小丁带余老板已走远了，便跑到业务部将秋峰、朱海喊到了接待室。

“秋大记者啊，好不容易把那余老板说通了。”谷建明一脸笑容。

“感谢！感谢！”秋峰连声道谢。

“余老板说了，转单可以，不过……”未等谷建明说完，秋峰追问道：“余老板有何要求？”

“他要求收取些垫资及管理费，你看？”谷建明看着秋峰的脸说道。

“多少？”秋峰问道。

“按每吨三十块，加上些其他环节费用，”谷建明掰着手指道，“共五万块，你们要以现金支付，你们可带有这些费用？”

“那好，”秋峰想了想说，“我身边没带这么多钱，得去银行提取。”

“行！”谷建明想了会儿又说道，“这样吧，你们先去银行取钱，我把余老板的货单要到手，你们得先把银行汇票给我，这样才能取到货单。”

“可以可以！”秋峰连忙从朱海拿的包中取出一张面额400万的银行汇票，又说道，“这钱多退少补，我们先去下银行，很快回来的。真的感谢谷大经理啦！”

“不谢，你们快去快回。”谷建明又说道，“我代你们公司协调提货的事儿。”

“非常感谢！”秋峰带朱海头也不回地出去了。

不一会儿，余老板满头汗珠匆匆回来了，他将用报纸包的五万元交给了谷建明，谷建明随即将钱收放在办公桌下柜，然后又从抽屉里取出秋峰给的400万银行汇票给他，称这款多退少补。余老板见了汇票很高兴，同时把一扎“提货凭单”交给了谷建明。谷建明喊来小丁，让他带余老板先回宾馆休息。

又过了半小时，秋峰、朱海风尘仆仆赶了回来，将五万元现金交给谷建明，谷建明则将“提货凭单”交给了秋峰，叮嘱他过两天后来雄钢“相山中心库”凭单提货。

就这样，在谷建明的撮合下，秋峰凭着这提货单终于从雄钢拿到了1500吨螺纹钢货源，他喜出望外，与朱海随即组织多辆货车，将这1500吨螺纹钢发往石城大旗门储运站。看着这源源不断的车流，秋峰、朱海十分高兴。就在秋峰将钢材输运至仓库的次日，正如他判断的那样，钢铁行情蓦地发生“大地震”了，钢材发生前所未有的猛烈暴涨：一则受国家实施积极财政宏观政策扩大内需影响，石门市与国内其他城市一样，大力实施建设城市基础设施和旧城改造，需要大量的钢材、水泥等大宗物资；二则钢铁厂商利益协同，守货待价，加上一些吃透政策行情的钢铁寡头和钢铁贸易商囤积居奇等内外因素，短短不到十天，钢材价格陡然飙升，由每吨3600元，以每日每吨近500元的上涨速度，直升破五，也就是涨至5100元！秋峰在这个价位全部售罄，一算，这批货让他净赚220余万！真可谓“吃啥不长肉，喝水胖墩墩；追财财不来，命好财追身”！

秋峰初战告捷，雄钢挖得第一桶金。

秋峰犹如做了酣畅淋漓的一场大梦，一夜之间由一介书生竟成百万富翁。欣喜之下，他结合当下形势撰写了一篇关于钢材暴涨的文章，题目叫“钢价，你这匹脱缰的烈马欲奔向何方？”发给在《石门日报》做编辑的朋友、曾在他做记者时一起采访过的费罗，费罗将这篇文章发表在《石门日报》上，引起了极大反响。

“多余人”殒命

钢铁疯涨席卷全国，进一步大涨的消息传遍大街小巷，连常年捣鼓股市的一些老头老太都平仓后把钱抽出来倒贩钢材。此时股票市场平平，捣股票哪有捣钢材来的现实和升值快，许多做轻工、纺织等卖买的，都纷纷加入钢材贸易队伍。

话说陕西人余老板通过雄钢谷建明介绍，将1500吨螺纹钢转手石门的秋峰，没想到钢材价格暴涨，到手的财富竟然拱手相让他人，想想追悔莫已，心里着实不是滋味。于是余陕西再一次跑到雄钢找到了谷建明。

“谷部长，前面的事我怪不上你，不谈了……”未等余陕西说完，谷建明却虎着脸道：“余老板，你急吼吼找我帮忙处理那批单子，你怪谁？怪你自己没那个财运！”

“对对，是我脑残，此事不谈，此事不谈！”余陕西陪着笑脸道，“我这次来找您帮忙拿资源，想把前面的损失补回来，您老弟一定会帮我吧？”

“怎么帮？”谷建明疑惑道。

“我这次筹了3800万，想在雄钢拿六七千吨货，都要螺纹钢。”余陕西伸出两个手指，又道，“拿到单子，每吨二十，老规矩不变。”

“作为老朋友，我还是奉劝你勿冲动。”谷建明掰手指道，“现在钢价已经破五一了，高价位有高风险，你慎重些。”又道，“从我的角度而言，多销多出是我希望做的，也是我的指标任务，但我不希望看到你在有风险的基础上完成销售啊，老朋友你说呢？”

“谷部长，谢谢您的友好提醒！”余陕西又诚恳地说道，“就是这次做砸了，我只自己认栽，跟您没关系。”

“我算算，3800万可是7500吨的货，但雄钢货单很紧，厂里全国各地客户都有，不是想要就有的，要排队排日期。我问你，此事你决定了吗？”谷建明再次提示道。

“决定了，决定了！”余陕西态度很坚决，又补充道，“款子马上可转，单子可要尽快拿到，这是五万现金，还有十万后面给……”说着余陕西东张西望见没人，将一个鼓鼓的大信封塞进谷建明的裤袋里，谷建明半推半就，还是收了。

“那你赶紧打款吧，我找个理由把南淮一家工贸公司单号卡了，这样数量足够了。”谷建明想了一会儿，又说道，“你打款后，下午就可到小丁那里去取提货单了。”

“谢了，谢了。”余陕西喜不自胜道，“我马上办款去。”

下午，余陕西在小丁那里拿到了厚厚一大摞7500吨的螺纹钢提货单。

然而，就在余陕西拿到7500吨雄钢螺纹钢的第二日，钢价不仅不涨，反而迅速跳水大跌，有的经销商每吨降价600元向市场甩货。此时，余陕西急得如热锅上的蚂蚁，他想到半个月前接他单的石门秋峰，通过谷建明关系跑到石门专门拜访了秋峰，提出每吨低于市场价800元恳求他接单，数量自定。但对这个价，秋峰却毫不动心，婉言谢绝接单，一吨不收。又过几日后，螺纹钢由原来市场价的5200元，竟然一眨眼跌破3000元以下。俗话说，买涨不买跌，跌价无人问。又过了两个多月，已是初冬年底 ，钢价一落千丈，价格跌至每吨2000元以下，一些钢厂摇摇欲坠，几近破产。谷建明对秋峰说：“眼下一吨钢赚不到一瓶矿泉水，小型钢厂几乎家家亏惨，无法生存，大型钢企也是艰难度日。”

各地争先恐后地大建钢铁项目，必然造成严重的供大于求，产能过剩。这前前后后不到两年时间，中国钢产量就超过了五亿吨，位于世界前列，这还不包括大量“地下钢厂”的数据。

一个月后的一天傍晚，大雨滂沱，已到了深秋初冬时节，树叶凋零，寒气逼人，马路上行人稀少，车辆急急行驶，有的人家都已用起了取暖器，预示着瑟瑟的冬季提前来临。

天已擦黑，浑身伤痕累累的余陕西蜷缩地蹲在地上。

几个月前，他在雄钢附近租用了一个占地近一千亩的仓库，用于堆放他吃囤的7500吨的螺纹钢。此刻，他漠然地看着这批堆积如山的锈蚀钢材，不时长吁短叹。他算了算，这批钢材每吨已倒挂3500元，已净亏2400多万，这样的亏本，使他这辈子都无法翻身。到处都是逼债的，他如何招架呢？旁边是几个身上刻龙雕凤、满眼敌意的讨债匪徒，他们有的手持匕首，有的抡着一根铁棍，不断地推搡着他，咆哮着朝他要钱。

余陕西朝前方一幢老式的职工住宅楼努努嘴，道："上面七楼有我老婆在那，钱在她那，你们跟我上去拿吧。"

"你他娘的不早点儿说，早说也少挨几个棍子啊！"一个匪徒头头模样的喊道，"走，带我们上那楼！"

余陕西在几个讨债的夹持下，向大楼走去。

这楼也就七层高，很破旧，没有电梯，每个楼道有一盏五瓦的电灯泡亮着，很暗。楼梯走道很窄，只能供一人爬楼。余陕西绕着楼道在前面爬着，后面跟着三个讨债的，当余陕西爬到七楼时，趁后面讨债的没有反应，他纵身急步朝一个半开的窗户走去，大声喊了句："我是个多余人！"便从窗口跳了下去。

讨债的人从窗口往下看，只见地下的余陕西翻动了一下，就不再动了。

"完了，他死了！"一个讨债的无奈地说道。

"快跑，公安来了，就麻烦了！"其中一个说道。

这三个讨债的急匆匆地下楼逃遁而去。

重要线索

随着业务量越来越大，秋峰感觉仅靠朱海一人难以抵挡，于是他又招聘了两名助手，一名叫周大力，另一名叫江上风，都是大学毕业刚步入社会。一则防止朱海翘尾巴，二者进一步加大马力，扩展更多业务。一天快下班时分，秋峰与他的助手们正在清点当日销售款项，此时从外面来了一男一女，秋峰抬头一看，来人呵呵一笑，道："恭喜秋老板，多多发财啊，你今天可要请我和娇娇撮一顿，我们给你带好消息来了！"

"啊呦呦呦，是你呀，霍科长！"秋峰脱口而出，"好久不见，请坐请坐！"

原来是霍元旦、陈娇娇突然造访。

"我们给你带来两个好事！"霍元旦落座后，伸出两个手指。陈娇娇打断他的话纠正道：“哎，让秋经理找个说话的地方呗！”

“二位跟我来！”秋峰带着霍元旦、陈娇娇出了门上了三楼，一间茶水间，茶水间不太大，有三个小方桌和圆桌摆放的藤椅，除一个正在打毛围巾的女服务员外，空无一人，秋峰走到靠窗台的小方桌前，对霍元旦、陈娇娇道，“就坐这吧。”

三人围桌而坐。

“秋峰，方才说的两件好事，一件是我厂二期厂房已经获批新建，一方面需要一批钢材，另一方面厂里签下大笔制度合同，需要采购一千吨的线材大单……”未等霍元旦说完，陈娇娇又插话说道：“并且我厂资金全部到位，银行批了五千万呢！”

“这次我们好好合作，但你要给个批发价，也让我和娇娇好交差！”霍元旦指手画脚道。

“好说好说！”秋峰让女服务员为他俩泡上一壶碧螺春茶后，给霍元旦端上一杯茶，笑吟吟道，“那另一件好事呢？”

“第二件好事，”霍元旦环顾四周道：“我和娇娇一直为你关注盐都曹无赖的事，近日我有一个很可靠的朋友认识曹无赖，曹无赖现在发达了，正在东郊狮子山冈承包建盖别墅区，规模可不小，据说占地近三万平方米，据我朋友讲，曹无赖现在的身份是西南建设集团石门分公司总经理，有的是钱呢！”

“哦，这消息可靠吗？”秋峰一听似乎比前一条消息更感兴趣。

“是的，是我老公说的，不会有水分！”陈娇娇补充道，“曹无赖现在急需钢材水泥呢。”

“你想想，应该是个绝好的机会。”霍元旦望着秋峰道。

“好好，”秋峰听后脑海闪现曹无赖那死皮赖脸又面目狰狞的情景，咬牙切齿道，“真是送上门了，失道寡助，这作恶多端的人必遭报应的。”

言罢，他沉思一会儿，突然一拍桌子，一声：“有了！”霍元旦、陈娇娇异口同声道：“你想到好办法啦？”

“是的，谢谢你们提供重要线索！”秋峰站起身，道，“今晚我要好好宴请你们，还是老地方怎么样？马路对面北京烤鸭馆。”

“好啊，恭敬不如从命！”霍元旦与陈娇娇会心一笑。

邂逅“灶王爷”

几天后天刚蒙蒙亮，一辆几近破旧的北京吉普车往狮子山冈疾驰而来。

东郊狮子山冈位于石门的东埭，是闻名于世的5A级自然风景区，景区山水相映成趣，有牌坊、墓道、陵门、碑亭、祭堂等气势恢宏的建筑物，墓地系太平天国天王洪家全等人的长眠之地，占地约为十万平方米，依阴阳风水八卦图建造，形成东西南北中的八卦图，至今有百余年的历史，狮子山冈常年绿荫葱葱，松柏翠滴，来此游览的游客无不感到身心舒展，心旷神怡，这里气温要比石门市中心常年低至2℃～3℃，清风徐徐，沁人心脾，这里有碧波荡漾的平镜湖，有幽深古老的岩山洞，有千姿百态的石涧溪，有绵延起伏的奇峰怪石，以及鲜见出没的丘虫蛇龟……

在狮子山冈东北麓山背凹沟，有一处茅屋，常年住着一名以拾破烂为生的疯癫老叟，由于此茅屋常年被阴霾笼罩，晴天也是披着淡淡的烟霭，十分诡异，给人以凶杀肃穆之感，后被人们称之为“叫魂屋”。说起“叫魂屋”，这里年老长者都熟悉不过，如家中小孩莫名持续发烧、说梦话、受惊失魂、智乱，有人行至将死，就有道士引其家属上门携带道具来此屋前，道士一边手舞足蹈，口中不断呼唤其名：“还我魂来，本道在此！”那老叟则配合招魂，事毕讨得些小费，据说，这招魂确实灵验，只要不是阴曹地府和阎罗王必点的，基本上立马见效，还魂后完好如初……

狮子山冈有座最高的山叫君子心，主峰海拔不足500米，早在明朝时期用石头平铺修路至山顶，明太祖为祭祀江山稳定而建，路面平整而坚固。北京吉普沿此路直达山顶大平台，车停稳后走下秋峰、霍元旦、陈娇娇和朱海，他们一下车便被眼前的景致一下子迷住了。

“哇，这早晨的景色简直像到了天宫，太美啦！”陈娇娇深吸一口新鲜空气赞道。

山的东侧天际，是莽莽苍苍的树木，似红非红的地毯云层，在漫山遍野的丛林顶部不断地变幻重叠，忽而悄然砌墙，忽而翻腾舒展，又似诸葛亮酝酿新的阵型，又如毫不拘束地演绎或孕育什么惊世大作。

“你瞧，秋峰，东边越来越亮，好像太阳快出来啦！”

听陈娇娇一唤，他们全神贯注朝陈娇娇手指的方向望去，只见一轮热乎乎的红日已透过层层雾霭露出头部，似火焰，如月牙，正以秒速缓缓升起，很快放射出万丈光芒，瞬间扫荡黑暗中所有的阴霾。“我有送魂招不得，雄鸡一声天下白！”秋峰禁不住吟一句，霍元旦笑问：“秋老板会吟诗？”秋峰答道：

“这是唐代诗人李贺的致酒行，拿来助兴。”

朱海插言道：“人家曾经是个大记者，大文人呢！”陈娇娇道：“哦，上山时看不见，现在看得清楚了，你瞧！”陈娇娇说着，用手指着山的西侧方向。

“我来介绍吧！”霍元旦比画道，“你看，西侧这一片全是西南集团承建的别墅区，名字可霸气啦，叫什么来着？”

“帝相豪墅！”陈娇娇答道。

“对，叫帝相豪墅，”霍元旦应道，“天刚放亮，工地尚未开工！”

秋峰、朱海放眼望去，山的西侧竟然有偌大的建筑工地，足有三个大足球场的规模，已经竖立四个铁塔架，由于天色刚放亮，整个工地静悄悄的。

“这个西南公司了不得，在如此绝佳风景区内竟然能拿到这么好的风水宝地开发别墅，想必后台真硬啊！”朱海感叹道。

“就曹无赖这人品，有了这么个后台架势，不知又要骗了多少供应商了。”秋峰抿着嘴也感叹道。

“狼要出山了，大家可要注意啦！”陈娇娇一声大喊，引得大家哈哈大笑。

“送佛送到西，帮人帮到底。今天你们俩卖给我了，所有代价都是我的，我们马上开展行动！”秋峰对霍元旦、陈娇娇征求意见道。

“说吧，我们能帮你什么？”霍元旦见秋峰诚恳，一副侠肝义胆。

“下山后，我先请你们吃过早餐，”秋峰道，“然后分两个组，我和朱海沿附近了解银行开户情况，你和陈会计了解西南公司财务室在哪个位置，以及了解曹无赖在西南公司任什么职务，最好能拍摄些资料，这相机你们带上。”

秋峰把随身带的相机交给霍元旦，想想道：“如果有人问你们是干什么的，就说推销钢材水泥，可以送货上门，价格优服务好！”

“那，要是人家问我们是哪家公司的呢？”陈娇娇插言道。

“这些，我全给你们准备好了，”秋峰从随身携带的挎包里拿出名片和一摞产品目录表，道，“就说这个鼎马建筑材料供应公司就是了。”补言道，“我想曹无赖并不认识你们，要是见了面，不会提防你们的。”

“你考虑得还真周到。”霍元旦接过物品道。

“临近中午时分，我们在灶王爷酒店见面会合。”秋峰又递出一张纸笺，指着纸笺道，“上面已经记清楚了，这事，拜托你们两位了，中午我请你们吃灶王爷的特色菜——水煮鳝片。”

“好！”陈娇娇开心地拍手道。

“好吧，我们抓紧下山吧。”霍元旦道。

他们上了车，朱海启动车缓缓下山。

按照秋峰的部署，他们按计划分头行动。

且说秋峰一组对附近一家家银行柜台进行调查，他们以西南公司客户的名义查询“西南集团公司”的账户，说自已购买了一些货，准备退回货款，是否可以支票进账？

秋峰以这样的借口到银行柜台询证确是屡试不爽，但可惜的是，虽然银行工作人员倒也不厌其烦帮助查询，查的结果却是查无此户，秋峰带着朱海一连查了工商银行、农业银行、建设银行等三家银行，均查无此户。

“难道，西南集团在石门开发项目不用银行？”秋峰感到莫名其妙。

“应该不会吧？”朱海也不敢相信，又道，“是否再找一家看看？”

“再找找看。”秋峰握紧拳头坚定道，“一定查个水落石出！”

秋峰、朱海驾车继续沿街查看，一路盯着街面的字号。

“看，石门农商联合银行！”朱海如发现新大陆般喊道。

“过去，停靠那对面的路边！”秋峰指挥朱海将车开了过去。

车一停稳，秋峰便开门走进该银行，他来到柜台前，见3号柜台的女营业员没有接待客户，正在低头盘算什么，便上前礼貌地咨询。

“你好，同志，想征询一个事可以吗？”秋峰恭敬地问。

“什么事啊？”3号营业员见来人素养颇好，抬头望了秋峰一眼，秋峰一见，此女营业员长得眉目盼兮，肤若凝脂，不仅端庄典雅又有高贵气质，看得不禁有些慌乱，口吃起来：“我，哦，我想查询西南集团公司开、开户的事？”

“呵呵……”那女营业员见满脸绯红的秋峰尴尬样不禁扑哧笑了一下，见她用手捋下秀发，又道，“你是西南集团公司的吗？是取款还是走账？”

“是、是……”秋峰一边努力平静，一边心中窃喜，稳下情绪道，“是这样，西南集团公司在我公司进购一批钢材，有多余款项想汇还西南公司，你能否把西南公司账号给我，我怕再搞错，被老板批评。”

秋峰一口气编出故事，他似乎突然冒出的灵感，他为自己敏捷的反应感到庆幸。

“哦，是这样啊，”3号营业员似乎对面前的顾客也平添了几分好感，竟然取出一张纸，在上面仔细地抄写起来，然后从窗口递交给秋峰，秋峰接过纸，见上面清晰地写着账号及企业名称，心中一阵狂喜，他思索一下，一边嘴上不断道谢，一边将下端多余的空白用手小心地裁下，掏出笔在纸上飞快地写上：感谢3号，今天天好，运气好，很高兴认识你，相识有缘！秋峰。并将纸条递交给那营业员，3号营业员接过一看，又扑哧一笑，俊美的鹅蛋脸飞上一朵云，赞道："你的字写得怎么这么漂亮啊！"

"能在上面留个号码给我吗？我要好好答谢你呢。"秋峰终于气定神闲地道。

"这有什么可答谢啊？"3号营业员那灼人的目光盯着秋峰问。

"答、答谢你提供信息啊，这对我太重要了！"秋峰感到心口一阵紧张，但十分诚恳道。

3号营业员不言语，又在另一张纸上写上号码笑吟吟递交给秋峰，还使了个眼色。

秋峰接过纸如获至宝收了起来，还了一个眼色，见后面来了两个顾客，便用手作了OK的手势退了下来，3号营业员起身点点头。

秋峰大步流星，一身轻松来到朱海车旁，开了车门一屁股坐进去吐了一大口气，朱海见秋峰如此惬意的表情，感觉事已搞定，则问道："看你如此精神抖擞，怎么，搞定了？"

"搞定了！"秋峰一拍大腿，心情大悦道，"走，去灶王爷！"

秋峰、朱海很快到了灶王爷酒店，老远看见站在灶王爷酒店门口的霍元旦、陈娇娇，秋峰下了车上前与霍元旦、陈娇娇打招呼并握了手。

"你们怎样？"秋峰道。

"秋老板交代的任务，谁敢不完成啊！"霍元旦笑嘻嘻地道。

“全部完成任务啦！”陈娇娇也笑着道。

“照片全拍了，曹无赖是狮子山冈别墅区项目负责人。”霍元旦把秋峰拽到一边，见没人窥视，从包里掏出一沓资料，道，“你看，这都是证明的资料，我看有用！”

秋峰接过一看，喜出望外道：“太好了，太好了！走，我请大家吃饭！”

他们进入灶王爷酒店的大厅，一位女服务员恭敬地迎上来问：“请问你们共几位？”“四位！”秋峰伸出四个指头道。“好的，请跟我来吧。”女服务员将秋峰四人引至一个半开半封的包厢，秋峰他们按序刚坐下，只听见朱海发出低沉的“啊！”声，只见朱海用手朝斜对面方向指去，秋峰大吃一惊，也发出一声：“呀……”

只见斜对面的另一个包厢里，曹无赖、胡张扬等几个人正围着一张对开报纸大小的图纸讨论着什么……

专攻3号营业员

“撤！”秋峰对霍元旦他们使了个眼色又挥了挥手，轻声道，“改地方！”

“嗯，走！”霍元旦心领神会，他们立马撤出灶王爷。

女服务员跟了出来，问：“各位不吃饭吗？”

“不好意思，单位有紧急情况，需要马上赶回去。”秋峰找了个理由，迅速离开灶王爷，仍去了老地方北京烤鸭馆，此过程只字不提。

秋峰很快与肖武律师、孟齐山法官接上头，肖武根据秋峰提供的重要材料及线索，以最快速度起草了“民事起诉状”“财产保全申请书”及相关资料，城南法院当即受理并立案，在秋峰、朱海引路下，孟齐山带着孙石书记员凭法院下达的“冻结令”等有关手续，来到位于狮子山冈下的石门农商联合银行，直奔3号柜台。

3号柜台那靓丽的女营业员见熟悉的秋峰带了几个神情严肃的陌生男子，感到十分诧异，张着嘴望着秋峰，秋峰对她投以抱歉的微笑，孟齐山把自己的执法证及资料从窗口递给女营业员。

“我们是城南法院的，来贵行执行查封冻结西南建设集团公司石门分公司账户存款，请立即配合我们执行任务！”孟齐山语气不可商榷，又命令道，“就这个账户账号！”

“这是，”女营业员仿佛明白了许多，又漠然地看了秋峰一眼，对孟齐山说道，“抱歉，我得向领导反映一下。”

“这，这莫非又如盐都工商银行这一套？”朱海见此情景不禁嘀咕道。

“应该不会，也不敢！”孟齐山断定道，“石门与盐都两码事，石门比盐都的法治环境强多了！”

“如实在有问题，就直接找他们省行，”肖武道，“省行领导我熟悉。”

正在他们讨论时，3号女营业员手持资料回来了，严肃地说：“你们可以查封这个账号，但我查查是否有钱。”

3号女营业员坐下并按动鼠标，孟齐山、秋峰他们侧着身子靠近并注视着电脑显示屏，3号营业员则将电脑屏向外转动，使大家看得清楚些，她移到余额栏，提示道：“这账上只有开户时留下的五十元，你们看查封不查封？”

“五十元？”孟齐山眉头紧皱，随即又问，“这账户一直未启用过吗？”

“是的，一直未启用过。”3号营业员回答道。

“只有五十元，你是不是搞错了？”朱海冲着3号营业员大声问道。

“我都把电脑推给你看了，难道还骗人不成！”那个3号女营业员标致的脸蛋顿时有些愤懑，突然委屈地抽泣起来。

“好吧好吧，查不查封，请等我们商议后决定！”孟齐山朝秋峰挥挥手，大家随孟齐山退至大门口。

“秋老板，你是当事人，”孟齐山道，“这家公司账上只有五十元，现在查不查封，由你自己决定。”

“查封了，不可再次复封。”肖武提示说，“有利也有弊，但你拿定主意！”

“你是我律师，这个你替我拿主意。”秋峰把话语权推给肖武，又道：“此情况有点蹊跷！”

“既然这样，我看暂不宜查封。”肖武想了想，意味深长地说道，“我看还得靠秋峰再次调查，这里面一定有文章。”

“我想也是，听听秋经理的意见呢？”孟齐山道。

秋峰侧头看看仍在用手绢拭泪的3号女营业员，似乎醒悟了什么，道：“孟法官、肖律师，咱们先走吧，下面我想办法，有情况及时反馈给你们。”

“好吧。”孟齐山、肖武他们一起走出大门，乘车离开了农商联合银行。

秋峰、朱海并没有离去，只是在银行附近反复讨论、思索。“3号女营业员一定知晓这账户究竟是怎么回事，绝不可能是从未流动过资金的账户！”秋峰十分肯定地道，反复道。最后，朱海开了口道：“刚才那3号女营业员是因为我一声追问，才哭泣的，现在我进去给她道歉，怎么样？”秋峰摇摇头，道：“我们在这等她下班。在她出银行门口时，你上前向她真诚道歉，然后由我来与她交谈，你就……”“我懂我懂，我溜呗！”朱海戏言道。“你小子懂就行咯！”秋峰朝他捶了一拳。

过了一会儿，朱海东张西望一阵又想起道：“为表诚意，我看见那不远处有个花店，买束红玫瑰或其他类的花卉，作为道歉礼物，岂不更好？人家姑娘准会喜欢花，然后我说，这花是秋先生送的，这样顺理成章推到你这了，这接力棒交你手上，下面就看你的啦。”

“去吧去吧！”秋峰想想也对，怂恿他去买花。

不到两支烟的功夫，朱海果真捧回一束漂亮的杜鹃花，笑呵呵地大摇大摆走来，显得很滑稽。

“朱海，要是3号今天不出现咋办，你这花岂不是白买了！”秋峰取笑他。

“3号不出现，我就明早来银行逮她，她上班总会出现吧。”朱海脸皮够厚，一脸无所谓。

“明天？花都谢了还好意思送人，拉倒吧。”秋峰想想又道，“今天要是有人接咋她办？比如他的男朋友？还有要是与她闺蜜一起？是她领导一起……”

“是啊！”朱海一听也犯了傻，“总不能在她旁边有人时，给她献花吧？这、这多丢人现眼呀！”

“这如何是好？”秋峰双肩拧紧，托着下巴来回徘徊。朱海则捧着花待在车门旁傻傻地看着秋峰，秋峰想了一会儿，突然站住掏出一张纸条来，对朱海道，“我这有3号的电话号码，要不先给她打个电话，先做个试探！”

“你咋不早说啊！”朱海听后催促道，“赶紧找有电话的地方先和她电话约下，这样有把握些！”

“你打，还是我打？”秋峰又揣摩道。

“当然是我，我要先向她道歉，然后你接过电话继续谈、谈约会。”朱海把花送给秋峰又道，“这花还是你代劳吧，既然你们之间还有电话号码，说明你们有基础，我献花是毫无道理的！”

“走，赶紧找电话去，附近哪个地方有电话亭啊？”秋峰凝神地看着朱海。正在两人急着找电话亭时，朱海突然看见3号竟然骑着自行车出现了。

“啊，3号！”朱海直勾勾看着3号，她在街道上骑着那雪青色的自行车甭提多养眼，他一把抓住秋峰的胳膊，两人竟然呆若木鸡。3号营业员傲慢地从他身边骑过，朱海抱着花眼睁睁看着3号营业员远去的背影，懊恼地自己扇自己一巴掌：“唉，真笨……”，秋峰也愣在那，不知所措。

半晌，“哎哎……”朱海惊喜地拽了下秋峰的胳膊，急促道，“看看，她回头了！”

秋峰回头一瞧，果真3号营业员又折返骑了过来，他心脏突突地急剧跳动，感觉有些痉挛，嘴上故作镇静地道：“朱海，这回看你的啊！”

朱海整了一下自己的衣冠，抱着花迎了上去。

“嗨，你好！”朱海躬下身，见骑得缓慢的3号女营业员，像犯了错的孩子一样，嗫嚅地道，“我真诚向你道歉，刚才在银行得罪你了，真的不好意思啦！”

“你别挡路，”3号营业员并未下车，急喘喘道，“我要回单位拿东西呢。”

朱海厚着脸皮还是挡住人行道中间，憨憨地笑道：“这杜鹃花是我老板一定让我献给你的，这是我们的诚意，你一定一定要收下，不然我……”

“不然你、你们想干什么？”3号营业员立马变了脸色，只见她蛾眉倒蹙、杏目嗔怒。

“你好，”秋峰鼓足勇气，还是走了过来，一如英国绅士模样，捂着胸口对3号欠了欠身，不卑不亢道，“我到现在不知你的芳名，但我隐隐感觉到有一种神奇的力量让我与你相识，古话说，不打不相识，刚才我们看你离去，这会儿你又折返，这是老天给我们又一次相遇的机会，我说的这些，不知你是否同意？”

“好吧，”3号女营业员下了车，态度似乎一下子变得和蔼不少，又道，“你们拦我想干什么？”

“首先，我们绝无恶意，请相信！我们为你备了杜鹃花，只是真诚向你道歉，不慎得罪是要当面道歉的，另外，我们想邀请你吃顿便饭，能否赏个面子，可以吗？”

“道歉什么？”3号女营业员一听，放松不少警惕，语气也细软、悦耳许多，声音犹如一阵暖风，“我知道你们并非坏人，可你为什么出卖我？”

“出卖？”秋峰一听此言，心中非常清楚其意，又暗暗窃喜，他想她能说出心中怨结，证明下面有戏了，他顿了下说，“这就是我要向你道歉的，解释的！你能听我慢慢解释吗？”他又悟道，“我叫秋峰，秋天的秋，山峰的峰，现在是石门众成物资站站长，那个小伙子叫朱海，朱德的朱，大海的海，是我助手，不知你的芳名是？”

“谢英。”3号女营业员瞧秋峰额头上渗出一排细细的汗珠，以及一张窘迫涨红的脸，不禁扑哧一笑，然后模仿秋峰似的自我介绍，“感谢的谢，英雄的英。”

“谢英。”秋峰重复一遍，又试探道，“你能给个机会听我慢慢解释吗？”

“我、我们是真心诚意的！”朱海将杜鹃花小心翼翼地放在谢英的车篓里，又道，“这是秋经理道歉的礼物。”

谢英把花退给朱海，急切道：“这花你先拿着，到、到单位被人看见不好。”她的表情告诉秋峰，她内心已经渐渐接纳他们了。又道：“我先到单位取下物品，你们在这等我十分钟吧，我跟你们走。”

“好好！”秋峰赶紧闪到一边，目送谢英骑车而去。

秋峰、朱海激动地相互击掌，朱海过会儿又担忧道：“她不会不出来吧？”

“我想人家姑娘不会的。”秋峰相信自己的判断，对朱海又道，“今天为刺探情报开了辆破车，算了，你开车，我坐前排，谢英来了，让她坐后座。”

“我们去哪聊天？”朱海问。

“去狮子山冈后山的一个叫清溪山庄的饭店，那里环境优美，十分幽静，里面茶座有档次。”秋峰道。

“好，就去那里。”朱海又狡诈道，“你们如谈得有意思，我就悄悄溜啦，不当电灯泡哦！”又道，“这谢英长得真靓，你可千万别放过这千载难逢的好机会哦，不过……”

“瞧，你乱说，不过什么？”秋峰拧了朱海胳膊道。

“不过，你要是在石门谈了个漂亮的女朋友，”朱海咂咂嘴道，“南淮的李岚要知晓了，准会发疯的哦！”

“她要发疯？”秋峰翻了翻眼珠，道，“你误解了，李岚与我不是什么恋人关系，只是曾经同事、朋友、兄妹关系，如果我有了真正的女朋友，她会祝福我的。”

“她会祝福？”朱海显得一脸狐疑，“拉倒吧，你们这点亲亲乎乎的样子，能瞒得了我，哄孩子还差不多！”

“你不信？”秋峰急得瞪大眼睛，又耐心解释道，“你想啊，如果李岚真与我建立你说的那种关系，她一定想到石门工作，我也会把她搞过来，而我们不在一个城市，也不想在一个城市，这说明什么？你向深处想想。”

“想想也有些道理，”朱海有些感悟，他一抬头突然发现谢英挎着包，远远地走来，道，“谢英果真来了！”

“我说她不会食言吧。”秋峰边喃喃道，边赶紧用车上的抹布将车座及周围部位擦抹一番，并早早将后门打开。

谢英在秋峰引导下坐上了后座，秋峰自己坐上了前排，朱海用钥匙启动车向狮子山冈后山驶去。

朱海绕了几圈，终于开进后山那郁郁葱葱、松柏环抱的清溪山庄。

这个山庄如同镶嵌在石门美丽绿洲的狮子山冈的一颗明珠，静静地躺在绿洲中显得十分的典雅而富有生机，据史载：“她的前身是民国时期美利坚合众国的驻华大使馆，所有建筑物都是西方欧洲风格，奢华而又低调，那宽大考究的门窗，石头垒砌的台阶，白色壮观的立柱，还有幽深的长廊，屋顶与国内建筑风格迥然不同，清溪山庄则是在祖国统一后，转变由地方政府掌握，先后变为政府接待外宾及小型会议的重要场所。改革开放后，政府转变职能，通过招投标，走市场化道路，由政治主管交由社会商贾托管承包，改成现在的商业化模式，这里有住宿、茶吧、中西餐厅、会议室、游泳池等，一律对外开放经营。”

秋峰两年前曾来过一次，当他从事新闻记者工作时，采访石门某企业老总，他来此用餐过，这里优雅的环境，服务员标准的言行，给他留下了深刻印象。

秋峰带着谢英、朱海沿着长廊找到位于靠最末端的肯迪亚茶吧，入门后传来悠扬的萨克斯轻音乐，十分悦耳，里面已有三三两两的顾客，还有几位高鼻梁、金头发的外宾，轻声细语，在中央空调柔和的风力下，空气里飘扬着淡淡的咖啡味，每个圆桌上都垂下一盏古朴别致的吊灯，吊灯闪着温柔和的光线，使人感觉有种家的氛围，让浮躁的心一下子变得温柔而有几分惬意。

“我们就坐这个位置吧。”秋峰他们一落座，一位身穿马褂，系着蝴蝶结的男生迅速走过去，递上一个精致的点菜谱，欠下身子问：“先生，请您点餐，就三位吗？”

秋峰点点头，将菜谱递给谢英，道：“你喜欢什么尽管点。”

“我第一次来这，还是你们点吧。”谢英谦和地把菜谱又还给了秋峰。

柳暗花明

秋峰见谢英执意不点菜，随手将菜谱又递给朱海，道："朱海，这任务交给你了，我有事想与谢英交流下。"朱海闻言点点头接下菜谱找服务员去了。

秋峰伺机试探道："很荣幸遇见靓丽的谢妹妹，看来老天眷顾我秋峰，福气不错啊！"

"呵呵……"谢英莞尔一笑，抿着嘴不说什么。

"瞧，外面景色不错，还有这湖。"秋峰指着窗外的美丽景致，又道，"我们到外面走廊逛逛，怎样？"

谢英点点头。

秋峰便起身朝外面走去，谢英跟随其后，他们来到外面走廊。

耳边传来轻轻的萨克斯曲，那是山庄在花园四周精心设计的背景音乐。眼前确是一片诗情画意般的美景，湖面波光粼粼，一片正在绽放的荷叶随风微微摇曳，湖的中间有一座古朴典雅、黛瓦飘逸、飞檐峭壁的凉亭。亭里有几个男女在里面喝茶惬聊什么，走廊弯弯曲曲的浮桥可直通那凉亭；再向前看是座明城长墙，以及不太高的山头，山头上长满绿茵茵的树林，湖里几只画舫优哉游哉地游戏，一群彼此熟识的大人正带着孩子嬉戏，好不快活。

“瞧，他们都好开心哟！”秋峰扶着栏杆赞许道。

“真是一个休闲的好地方！”谢英同感。

“第一次来这里吧？”秋峰问道，谢英点点头，为了更清楚地看清另一只画舫，她向前欠着身子探望。正在她聚精会神凝目眺望时，突然冲出两个顽皮的小孩，一个小孩撞上了谢英的腰部，谢英一个趔趄“哇”的一叫向前倾斜，整个身子重心滑向湖中，秋峰眼疾手快，抓住了谢英的胳膊，谢英整个身子已悬空，秋峰站的旮旯并不宽松，抓得使劲但并不足以托住谢英整个身子，渐渐力不可支，正在秋峰气喘吁吁，满脸涨红，千钧一发之际，朱海冲了上来，也抓住了谢英的手，两人使劲把谢英拖了下来，两个男孩惊恐地站在旁边，一个男孩低头歉疚地说了句：“叔叔阿姨对不起。”

“你这顽皮的孩子，太不像话了！”秋峰呵斥道。

“别、别训斥孩子了。”谢英瘫坐在地上，她从惊魂中慢慢摆摆手，捂着胸口气喘吁吁道。

“真是惊险刺激，我要晚来一步，谢小姐可能就掉湖里了！”朱海庆幸道。

“是的是的，万幸万幸！”秋峰又对谢英道，“哎，你会不会游泳啊？”

“不、不会。”谢英摇摇头，心有余悸道，“我、我怕水！”

“我的天，这湖很深哎！”朱海指着湖中一块木牌上的一行字道，“你们看，牌上提示这湖最深有4.83米，相当于我们三人的高度，那么深啊！”

“真危险！”秋峰边说边把谢英搀扶起来，在他的手抓谢英软绵绵的娇手时，他突然感到一阵电流灼心，有些乱了方寸，但他努力克制自己的思绪，装作从容不迫的样子，扶持谢英的手臂道：“咱还是到里屋吧，谢英！”又对朱海道：“朱海，菜点过了吗？加一瓶香槟，为谢英有惊无险庆贺下！”

“好！我去点。”朱海见他俩有些暧昧情调，心领神会地转身走了。

“真不好意思，让你受惊了！”秋峰对谢英一脸歉疚道。

“怎能怪你呢，”谢英用手捋捋乱发，幽幽地道，“这两个男孩真淘气，我、我有些失态了，让你见笑了。”

“不不，怎会笑话你呢。”秋峰摆摆手，又征询道，“我们过去吧？”

谢英点点头，二人相视一笑，秋峰又看到谢英那迷人而灼人的目光，浅浅的小酒窝和淡淡红润的嘴唇，心里又慌乱一片、脸色瞬间发红，谢英见眼前这个稳重又显可爱的大男孩，见到异性竟然如此害羞腼腆，“噗”地掩嘴一笑，两人不自觉地朝屋内走去。

朱海早已点了好多五颜六色的茶，一瓶已启开了瓶盖，法国路易十三香槟酒及三只高脚玻璃杯鲜明地摆在桌上，一盏蜡烛灯放置桌的中央，在重重的古典灯罩下，平添浪漫极致格调和气氛，朱海笑容可掬地端坐在最里面的位置上，见秋峰、谢英进来了，马上站起身来，学服务员姿势欠欠身，做了“请”的动作。

秋峰满意地夸道："朱海很能干，点了那么多，都饿了吧，谢英，吃些东西再说吧。"

"真不错。"谢英也赞道。

"首先，"秋峰边给谢英、朱海斟了半杯香槟边道，"先为可爱的谢英小姐有惊无险而干杯！"

三人端起酒杯，站起身来一饮而尽。

"其次，为我们有缘相识干杯！"秋峰又斟了半杯香槟，道。

三人又端起酒杯一饮而尽。

"先吃些菜吧。"谢英用筷子点点，对秋峰道。

"好！"秋峰夹了块酥炸鸡腿放入谢英的盘子，又夹了块牛排给谢英，自己则夹了几块吃了起来。

"你们认为这里味道怎么样？"秋峰边吃边问。

"不错，味道真美！"谢英边吃边赞道。

"主要受这里环境影响吧？"朱海边啃炸鸡腿边戏谑道。

"也许有点。"谢英笑笑道，"你们男人是视觉动物，我们女人是感觉动物。"

"有这个区别？"朱海咂着嘴巴道，"谢英能告诉我们你是哪里人吗？"

"石门本地人呀！"谢英反问道，"你们呢？"

"我这口腔调你听不出来？也是本地人，"朱海指着秋峰道，"不过秋老板可是外地人。"

"外地哪里？"谢英道，"听口音他不是本地人。"

“中国四大海港渔场知道吗？”朱海卖关子道。

谢英摇摇头。

“黄家圩港听过吗？”朱海继续道。

谢英举着筷子摇摇头。

“你连这个闻名于世的地方都不知道？”朱海瞪大眼睛。

谢英极力思索，还是摇摇头。

“嗨，看来你真不怎么看书啊！”朱海沮丧道，“我国有四大海港渔场，分别是黄家圩港、南沙海港、舟山群岛渔场和北道渔场。”想想又道，“其中黄家圩港是黄海之滨，物产丰富，盛产梳子蟹、鲳鱼、带鱼、文哈，等等，我随秋老板去过，他老家经济可富庶啦，不仅能看到迷人富饶的海洋文化，又能品尝各种海鲜，美味佳肴，大饱口福，真想再去一趟！”

“真的这么好？”谢英一脸羡慕和向往。

“真的，骗人是小狗！”朱海举起筷子转向秋峰纳闷道，“哎，你咋不作声？”

“咱黄家圩港人被人称之为东方犹太人。”秋峰终于开口道，“由于那个地方历史上土地贫瘠偏僻、交通不便，‘文革’以来，国家实施的是闭关自守政策，乡下农村祖祖辈辈以农田、小工坊、渔场为生，与外界一度隔离甚深，近三十年了，文盲半文盲占总人口百分之五十以上，到了改革开放的80年代后期，黄家圩人开始真正打开家门，家家寻找发家致富的路子，素来勤劳又不服输的黄家圩人不甘命运主宰，纷纷创办各种手工艺工厂，有的创新制作精美包装，把海鲜产品做成精美礼品，远销欧美西方国家、东南亚国家，特别连接大上海，通过上海市场撬动了全国销售大流通，短短几年工夫，家家盖起了小洋房、别墅，政府近几年又修建了柏油路，现在的黄家圩港的大发展与她的雄厚家底有关，因为这里有天然的大渔场和浅滩宝藏，加上人民勤劳勇敢，只要政府政策宽松，经济发达也就是顺理成章的事了！”

“喔，啧啧，贼好的地方？什么时候你们带我去趟黄家圩港？”谢英此言一出，自感有些唐突，一朵红云飞上脸颊，低低地道，“不好意思，不好意思。”

“嘿嘿，”朱海与秋峰交换了一个眼色，道，“等我们秋经理解决好眼前的事，他一定带我们去黄家圩吃海鲜。”

“这又不是出国，想去太容易啦！”秋峰微微一笑。

“你们眼前什么事啊？”谢英关切道。

“唉，”秋峰一下子眉头蹙紧，低头不语，又道，“我们不谈这个，吃菜吧。”

“你们到底遇到什么事了呢？”谢英接着又轻轻道，“或许我能帮你们什么忙呢。”

“是这样，”朱海道，“有一家赖皮公司欠秋峰一百多万巨款，一直拖赖不还，但还在石门大搞建设，建造别墅区，我们上门讨要还遭到追打以及暴力威胁，这笔巨款关系到秋经理的生死存亡啊，你想想，这家公司是不是太不像话了！”

“竟有这样的事，太不像话了！”谢英听后攥紧拳头，气愤地又道，“你们怎不上法院告他们？”

“去向法院告他们了，”朱海有板有眼地道，“但是，法院派法官依据我们的线索，到那家公司在银行开户的户头查封款项，那银行人的却护着那赖皮公司，不但不配合法官查账，还帮那赖皮公司转移款项。”

“那这家银行是违法的啊，”谢英不解道，“不知道那家银行怎么想的，真是助纣为虐！”

“对，不折不扣的助纣为虐！”秋峰看着谢英一字一顿说道。

“谢小姐，”朱海随后道，“恕我直言好吗？”

“你说呗！”谢英警觉道。

“那家银行就是你们银行！”朱海此言一出，使谢英瞪大眼睛，嘴角开合不拢。

“你、你们此言怎讲？”谢英惊愕道。

“是的，”朱海紧接着说道，“当我们与法官按线索到你们银行查户时，分明应该有钱，怎么一查竟然一眨眼款就全转走了呢？”

“这、这……”谢英摇摇头，突然眼睛一亮道，“你们是不是提供的账号漏写一个符号？”

“漏写符号？”秋峰、朱海异口同声道。

“是的，”谢英道，“你们和法官在出示被查单位的账号少了一杆和01的字样？”

“怎讲？”秋峰追问道。

“这家户头开的是阴阳户头！”谢英道，“前面无尾号的户头是涉税账号，用来缴纳国家税金的，而加上尾号，如添上一杆和01，这个户头是用于企业资金流动的。而法官提供的是前者账号，按银行规定，是不可以向第三方披露开户企业内部信息的，我们有义务为储户单位提供保密保护，也是法定的规则，你们提供的账号，我向领导请示时，领导只说：‘按这个户头配合法官，其他不准多讲’，因此我只能奉命执行了。”

“真是柳暗花明！”朱海嘴上嘀咕一句，秋峰听后恍然大悟，心中大喜。

“再次为我们的有缘，干杯！”秋峰话音刚落，三人把酒杯碰在一起，发出“哨”的一声。

“钓鱼” 得法

且说秋峰、朱海约谢英在餐厅吃一顿饭意外掌握了情报，感到如获至宝，大喜过望，次日便与肖武律师、孟齐山法官取得了联系，肖武、孟齐山感觉事关重大，立即又补办一些手续，并相约在狮子山冈十字路口一处报亭摊会合见面，在秋峰、朱海引领下，直奔谢英所在的农商联合银行。

“对不起，我是城南法院的法官，前两天来过的，查封账号，请配合一下！”孟齐山十分严肃地向正在忙碌的谢英出示执法证件，谢英抬眼一看瞥见孟齐山和背后的秋峰，秋峰使了个眼色，谢英会意投以一个微笑，便接过孟齐山的证件及查封文件，礼貌地站起身欠了下道：“请稍等，我请示下领导。”说完便离开座位向里屋走去。

不一会儿，谢英领着主管模样的女工作人员出来了，她们很快在法律文书上签了字，盖了章转交给孟齐山，谢英随后道："账上有五百多万，你们查封额是多少？"

秋峰一听喜出望外，压低声音问旁边的肖武律师："该查封多少呢？"

"按欠款利息、诉讼费、律师费、保全费，暂按189万元查封吧。"肖武掰着手指头道。

"你们把其他因素考虑进去没？保全宜多不宜少，我建议按两百万吧！"孟齐山补充道，"对方违约金等等你们不考虑？"

"对，听孟法官的！"肖武律师对谢英重复一遍，"整数，按两百万元查封！"

"那请你们在上面填一下数据。"谢英道，并递上一张表格纸。又道，"签上您的名字及日期。"

孟齐山接过表格刷刷地填上数字及姓名。

"谢谢配合！"孟齐山见谢英递还文书后，方才露出一丝笑容，礼貌地招呼道。

"不客气，这是应该的！"谢英还以礼貌道。

秋峰随孟齐山一行退出银行大门后抑制不住地兴奋道："今儿个我要好好宴请你们，这笔拖欠货款总算有眉目了，我要好好答谢你们啊！"转又掩面抽泣道，"这债务收得太坎坷了，太坎坷了……"又恨恨地道，"这个可恶的曹无赖，这回看你如何再猖狂！"

"这年头，"肖武笑着感慨道，"像你这种经济纠纷债务官司在法院比比皆是，很多长期拖欠货款的案子，多年无法得到有效执行，有的成了历史悬案。你秋峰七搞八弄能最终保全成功，真算你命好啊！"

“谢谢你们，非常感谢！”秋峰抹泪道。

“你首先要感谢你自己啊！”孟齐山笑吟吟道，“没有你及你们伙计情报工作做得好，哪有案件的这番进展呢！不过律师也挺给力的嘛！”

“秋老板啊，你这是铁陀压蚊子——妥妥的，货款飞不掉啦。”肖武幽默地道，“孟法官为你这纠纷案跑了几天，吃了那么多苦头，你懂得哦！”

“懂了！”秋峰闻言立即反应过来，“晚宴后我安排孟法官、肖律师做个足疗按摩，放松下，解解乏，哦，我差点忘记把霍元旦也请来！”转脸对朱海说：“去，帮我赶紧联系上霍元旦、陈娇娇，晚上早点到北京烤鸭店集合！我要好好感谢他俩！”

朱海“哦”了一声，找电话亭去了。

“哎，秋峰啊，”孟齐山拍拍秋峰的肩膀道，“我总感觉你小子是否把银行那漂亮的妹妹搞定了？这次如此顺利又如此的配合，这不太正常啊。”

“我想想也是，”肖武一脸狡黠看着秋峰，又道，“你得把人家姑娘也喊上，人家也为你立了一功喔！”

“NO，NO，今天这场合不妥！”孟齐山连忙摇摇头，摆手势道，“这是人家的私事，相信秋老板会私下处理好的！”

“对对，”肖武改口道，“我只是说个笑话，秋老板听到孟法官的话没？”

“秋经理，”孟齐山一字一顿地道，“曹子风，以及西南建设集团盐都分公司总经理胡张扬一伙长期欺行霸市、胡作非为，已涉嫌构成犯罪，现在你们庆幸通过执行获得了财产保全，有效控制了风险，但我法院会马上启动办理对曹子风、胡张扬等犯罪团伙的案子，并向公安机关移送手续，这批家伙的末日快到了！”

“好！好！好！！！”孟齐山话音刚落，秋峰、肖武等站起身来纷纷鼓掌叫好。

“太好了，多行不义必自毙，抓他们罪有应得！”秋峰恨恨地拍了下桌子，他又道，“为了庆贺这两个喜事，我请大家吃北京烤鸭去！”

“好啊，今天秋经理应该请客！”肖武道。

“嗯，就这么说定！”秋峰向另一方向指着道，“这离北京烤鸭店很近，穿过两个巷子就到了，大概步行五分钟即可，咱们步行过去，怎样？”

大家点点头，便一前一后地朝北京烤鸭店走去。

“我是西南集团的胡张扬！什么？账户被查封了？封了两百万？啊哟哟……这、这这这……”胡张扬接到曹子风从石门打来的电话，一下子血脉贲张，暴跳如雷，吼道，“你这个猪脑子，你给老子听着，这基建款是老子东拼西凑拼了老命弄来的，专款专用，少一个子都不行！你必须给老子全部追回来，工程要是耽误了，你的保证金全没收，你、你啥事都别给老子干了，赶紧去追回工程款，听到没有？！”便摔下电话。

“嗯喽，嗯喽！”曹子风放下电话，瘫坐在椅子上，自言自语地嘀咕道，“这、这不对劲儿啊，这账户是内控的户头，咋被查封了呢？是谁泄露机密的呢？”

“老曹啊，八成被那银行内部人给暴露了信息，得赶紧先去下那银行，找那个叫马虎的行长去！”黄婆子边恨恨地捻灭烟蒂，边不断转动深邃的眼珠子道。

“别唠了，赶紧备车，俺们去找马虎行长去！”曹子风拍下桌子，咬牙道，“得查个水落石出，同时还得找法院上面疏通疏通关系嘞！”

“对，两步棋同步走，”黄婆子又道，“那胡狗头真是要扣俺们保证金，老娘我把他的丑事全跟他媳妇来个大兜底，看他要脸不要脸！”

“揭老胡老底是下策，还没到这一步！”曹子风接着道，“俺们先得调查后再说下面的话，去银行！”

“丁零丁零……”桌上电话声又响起。

“喂，”曹子风接起电话，传来的又是胡张扬的声音，“你听着，我推定是你欠付的石门那个姓秋的小子起诉至法院给查封的，你找下石门南工商局的袁麻子，他是我的老朋友，你给我买四瓶茅台、四条中华香烟还有备点盐都特产送给他，让他去找姓秋的麻烦，最好让姓秋的不能正常运营！”

“是是！”曹子风连连回答。

“还有，”胡张扬顿了顿又道，“让他找下这个法院的院长，按倍送礼，找个理由将账户解除查封！”

“这、这法院能听我们的吗？”曹子风心虚道。

“只要肯下重礼，没有办不成的事！”胡张扬冷笑道，“领导干部都是凡夫俗子，没有一个不吃腥的，你看，在盐都哪个官员不被我姓胡的搞得定定的？这次就看你的了，如你搞不定，你也死定了！”说完便将电话挂了。

“这、这……唉！”曹子风见胡张扬挂机了，无可奈何地叹了一口气，眼珠子不停地转动，他挂下电话自语赞道，“这老胡还真有些法子呢。”

“姓胡的，就喜欢胡乱吹牛。”黄婆子在旁道，“这是在石门，不是在盐都，吹牛皮要看地方！”

“还是先找马虎行长，按计划行动。”曹子风狠狠地道。

“我还是认为应该先找袁麻子科长，”黄婆子眼珠子骨碌碌转个不停，她想了半天，嘀咕道，“半个月前俺和袁麻子一群工商官员打麻将时，无意中听到他提了句话，今天想起何不利用这个人呢？”

“什么话？说来俺听听。”曹子风迫不及待地道。

“袁麻子说那石门众成供应站姓秋的手下助理就是他的外侄子，叫朱海，我当时心里就想，那小子还挨过老娘几个巴掌加拳头，不是结下了道梁子，俺就不吱声了，”黄婆子点了支烟，吸了一口道，“但既然事情被逼到这个地步，俺们就找袁麻子，让他牵上线与那朱小子接触，俺俩好好向朱小子赔礼道歉，送个大红包，俺就不信那姓朱的小子见利不下水，再说啦，袁麻子就是俺一伙的，外侄哪有不听舅舅的！”

“太好了，太好了，拉拢利用那姓朱的小子为俺们服务，提供情报，这样掌握对方情况心里就有了底，嘿嘿嘿……有底了！”曹子风露出一阵奸笑。

“带上盐都的土特产和两对长白山大人参，先去找袁麻子！”黄婆子一拍大腿道。

“俺的大宝宝，关键时候你可真替俺长劲咧！”曹子风猛地搂住黄婆子，朝她瘦尖额头上啃了几口，黄婆子也不拒绝，咧着嘴露出一排黄牙笑吟吟坦然地享受着……

城南工商分局会议室，袁麻子接待了曹子风、黄婆子，他事先已接到胡张扬电话，对曹子风他们发生的情况也十分清楚，只是觉得曹子风想拉拢利用朱海的这般计谋想法十分巧妙；曹子风则对袁麻子提议，为慎重起见，他安排一个叫“缘份来”的很隐蔽的酒店与朱海见面。袁麻子觉得此策有理，于是他一个电话把朱海喊到工商局，称有一门远房亲戚但从不往来，与他曾有一次纠葛，这远房亲戚需要当面向他赔礼道歉；朱海听了，就信了袁麻子的话，跟着他一起去了“缘份来”酒店 三楼999包间。

朱海一踏进门，就看到熟悉不过的曹子风和黄婆子，心里一颤抖便拔腿欲撤，却被满脸堆笑的曹子风、黄婆子一把拖住。

“啊哟哟，朱海啊，俺们一直心里歉疚你，俺是你远房姨爹，俺们特地委托你舅袁科喊你来，俺们是向你真心实意道歉来的啊！”曹子风边拖朱海的手，边用自己的巴掌掴自己耳光，显得一脸诚惶愧疚，黄婆子则边用一块手绢不断抹泪边不住地点头。

“不打不相识，自古大水冲了龙王庙，自家人不认自家人啊，”袁麻子也唏嘘不已，道，“这回终于有机会好好沟通，毕竟是家里人嘛。”

“这、这究竟咋回事？袁舅？”朱海对着袁麻子莫名其妙。

袁麻子就事先与曹子风沟通设计的话，与朱海如此这番地讲了一遍，曹子风则适时恭恭敬敬地双手捧了个大红包，道：“老侄啊，这是两万元算作俺们的补偿金，俺愧对祖宗、愧对老侄，俺做长辈的问心有愧啊！”说着要对朱海下跪，被朱海、袁麻子一把托住。

朱海见此情形心里像打翻了五味瓶，不知是喜悦还是悲哀，但见曹子风双手捧着大红包，用恳诚的目光望着他，他不由得想起前几天逛街发现一辆豪俊的摩托，爱得发狂，眼下正愁钱不够呢，现曹子风送钱给自己，这下购摩托的美梦终于要成真了。想到这，他乐滋滋地接过曹子风鼓鼓的红包顺手塞进自己的口袋里。

“今天老侄给个面子，我要好好犒赏下，我带了一瓶五十年的陈酿老窖——老茅台，招待老侄，先吃饭，慢慢聊！”曹子风见气氛已转浓，便随即招呼服务员上菜，朱海也不再推辞，欣然入座。在袁麻子的推波助澜下，朱海很快喝下三四杯酒，黄婆子频频给朱海添酒，又推杯换盏了几回，朱海平生哪有被人如此敬重过，有些受宠若惊，又有些感慨，他借着酒性，与曹子风、黄婆子搂搂抱抱，像阔别数十年终得相遇的亲人，非常的亲热，此前对曹子风黄婆子的积怨芥蒂一笔勾销。

“姨爹、姨娘，”朱海酒过五巡后便嘴不利索，只见他伸出两只大拇指道，“你们是我朱海的亲爹亲娘，有什么事尽、尽管吩、吩咐，我、我朱海赴汤蹈火，在、在所不辞！”

“好好，俺们就等老侄你这句话呢，”黄婆子举起满斟的一杯酒，站起身来道，“老娘俺敬老侄你的酒！”

“好好好，俺也敬下这杯酒！”曹子风嚎叫一声，一饮而尽。又道，“老侄，什么时候帮姨爹出山呢？”

“屁话，你还没交代朱海啥事呢！”黄婆子冲着曹子风骂道，又笑嘻嘻对朱海道，“俺先再敬你这杯，祝你前途无量，事业大发！”

朱海双手抱杯，咕咚又喝下一杯……

弱势PK强权

三天后，众成物资供应站。

秋峰、朱海接待一名长得浓眉大眼又高又瘦的男子，自称是“石门海岸钢厂”的销售科科长，并递上一张名片，秋峰接过名片，名片上方显示：石门海岸钢铁厂销售科科长韦不包，秋峰轻声一念，自己不由咧嘴一乐：“怎么叫这个名字呀，喂不饱？”

“哦，这是爹娘起的名字，嘿嘿……”瘦高男子自嘲道，“不过这个名字好记，让人忘不掉，嘿嘿……有人还给我起了更好记的绰号呢。”

“什么绰号？”朱海好奇地插言道。

“长寿人，”那男子用手比画道，“你们看我长得又长又瘦吗？故而称我‘长寿人’了，嘿嘿……”

瘦高男子边笑边掏出剑牌香烟，分别递给秋峰、朱海，自己用打火机给自己点着，吸了一口又道：“小时候家里穷，没吃没喝的，长得瘦黑瘦黑的，有点食物就抢着吃，吃吃吃，因此我爹给我取名喂不饱，正好姓韦，就韦不包了，饱的食字旁取消了，你们见笑了。今儿个我是特地拜访你们的，早知道你们众成公司啦，你们众成公司在石门销售钢材名气很响，秋老板的名字早就如雷贯耳了，我是找你们合作的。”

“哦，呵呵，贵厂生产什么钢材？怎么合作呢？”秋峰被韦不包逗乐了，笑个不停，他让朱海泡杯茶，坐下后问道。

“生产从小规格10至大规格28的20螺纹钢，以及6.5、8的普碳线材。”韦不包弹了弹烟灰，认真道。

“哦，贵厂生产钢材？我在石门这么多年怎么没听说啊。”秋峰又道：“贵厂什么性质，年产钢材多少吨？”

“我厂是供销社联办的乡镇企业，创建时间还不到一年，是刚刚起步阶段，离市区有三十多公里。”韦不包比画手势道，“我邀请你们两位抽时间过去参观指导，我实事求是，目前总产量还不到十万吨。”

“哦，是个小型钢厂。”秋峰听韦不包这一说，对他幽默风趣及实事求是的风格平添几分好感，又道，“那您找我们谈合作，怎么一个合作法呢？”

“这样吧，”韦不包想了想道，“看你们也是做事的人，我初步设想先给你们一百吨钢材铺底代销，等钢材销了，把货款付给我厂后，我再发一百吨货来，以此循环操作可否？”

“贵厂钢材质量怎么样？”秋峰道，“钢材质量可别有问题，另外，贵厂有关资质有没有带来，让我看看？”

“发生产品质量全部是我厂的事，这你们大可放心！”韦不包说着从包里掏出几张复印件，又道，“你们看，这是我带的我厂一些资质复印件。”

秋峰接过一看：营业执照、生产许可证、ISO9001质量体系复印件，他注视下营业执照，道：“法定代表人是周万里，注册资本500万元？这500万就能办钢厂？”

“企业初创阶段，一步一步来嘛！”韦不包道，“乡镇企业都是从小规模起步的。”

“这点注册资金就能办钢厂，我们凭手上的资金也可办钢厂啦。”朱海指着墙上贴的营业执照道，“你看，我们众成公司注册资本也有800万呢。”

“所以，看你们众成有实力，我先放一百吨给你们众成公司，这样我们才放心嘛。”韦不包说。

“那好吧，贵厂先发100吨钢材，什么规格？什么价格？”秋峰道。

“价格嘛，”韦不包道，“在你们销售雄钢的基础上，每吨下浮100元，如何？”

“100块？”秋峰摇摇头道，“少了，至少下浮300块每吨，你想，贵厂在市场没知名度，需要打广告，需要给客户做思想工作，还有返折扣什么的，价格怎能与雄钢比呢？再说贵厂的产品质量还不知如何呢！”

“这么大差价？二百差不多了，”韦不包想了想又道，“你们想多赚些钱我能理解，但不能有这么大差价，可以换种方式，你们照样把这个钱赚回来，而且比三百块每吨差价还大。”

“什么方式？”秋峰不解道。

“是这样，”韦不包打手势道，“你们到我厂提螺纹钢时，我让发货员按二八比例开单，还按三七比例一个价，其中百分之八十定尺材，定尺材对外销售按理论公式计量；百分之二十为非尺材，非尺材销售则是按检磅计量；你们亦可另外多订些非尺材，非尺材要比定尺材每吨价格低至少五百块；你们在销售时按四六比例配比搭售，亦可与雄钢产品搭售，因为非尺材是没牌号标识的，这样做下来你们利润远远不止每吨三百块啦，你可听懂啊？这叫销售技巧。”

“韦科长，您说这钢筋做特制负差是什么概念？您给我说明白些。”秋峰并不太明白。

“特制负差，就是做成负公差，”韦不包比画道，“比方是直径16mm，特制生产就做到15mm，而按同规格理论交货每吨可溢出至少200多公斤，一百吨可溢出二十多吨，这全是净利润啊。”

“哦，韦科卖钢材原来是个门槛精啊，”秋峰若有所思，想想又道，“那做特制负公差材，由于直径不够，产品质量保障不了咋办？”

“这个吗，”韦不包又挤挤眼道，“要发财就得冒险，世上哪有不冒险赚大钱的好事呢？但挣到钱给各个环节分分呗！只要你们打通了销售渠道，可以到我厂私下预订一部分特殊负差材配套销售，你们利润就超大啦，眼睛别盯着明账上价差，还有暗账利润呢，因此行行有门道，钢材里面名堂多呢。”

“乖乖，你韦科太神了，把钢材买卖吃得这么透？！”秋峰惊叹道，“搞这个我也才入门，以后你当当我们顾问，利润共分享，有财共同发，但特制材这个太冒险的事还不能干哦！”

“钢材这个玩意不就和木材买卖是一个原理吗？”韦不包道，“以前我父亲倒腾木材我就跟我老子学到几手。”又道，“我厂入门有个前提条件，先签下合同可以吗？后面咱慢慢切磋。”

“合同应该签。”秋峰想了想又道，“韦科长，在石门您与几家公司签订销售合约了？”

“你们众成是石门第一家，绝对没有第二家！”韦不包拍着胸脯道。

“当真？”秋峰有点怀疑。

“绝对真话，我发誓！”韦不包连拍胸脯。

“如果有第二家，就会比价格，为销售打价格战，这样对贵厂很不利的！”秋峰解释道。

“这倒是，”韦不包道，“我希望咱建立一个长期合作关系，我文化不高，就喜欢与你这样有文化的人合作。”

“既是这样，咱真有缘分啦！韦科，还是请贵厂先发些货到我们大旗门仓库，暂且试试看吧。”秋峰补言道。

言罢，秋峰依韦不包要求签订了钢材代理销售合同书……

一个礼拜后，众成供应站大旗门仓库开进数辆载满钢材的货车，秋峰、朱海忙进忙出，满头大汗，三三两两的客户围着谈价、付款、提货，几乎同步进行着。

下午二时刚过，朱海神色紧张地跑到正在忙于登记账目的秋峰跟前，对秋峰耳畔低声说道："不好了，工商局来人了，说接到群众举报我们销售不合格的钢材，要查封所有库存，怎么办？"

"查封钢材？"秋峰眉头一拧。

"是的，他们人来了。"朱海话音刚一落，秋峰便看见为首戴大檐帽还戴着一副墨镜的工商局模样的干部大步走来，后面一拨身着工商制服的也跟了进来。

"哪位叫秋峰？"工商干部从挎包里掏出一张纸和盖有红灿灿印章的证件，又道，"我们是石门市工商局城南分局市场监督科的，这是我们的证件，请问你是众成物资供应站站长秋峰吗？"

"是的，什么情况？"秋峰心里咯噔一下。

"根据有人举报，你处涉嫌大批量销售不合格钢材，现责令你处立即停止销售，并配合我们执法调查！"工商干部慢条斯理道，又转身对后面工商人员下令道，"你们马上封存所有账册账本，所有钢材全部就地封存，将大门关上，所有人员不得出门！"

众工商人员应声分头行动，未等秋峰辩白，便被两个工商执法人员夺走账册，同时把旁边另外两个仓库记账人员逼站在墙角，秋峰、朱海被喝令同样面壁而站，任凭这群工商执法人员翻箱倒柜查找可疑之物，秋峰、朱海吓得大气不敢出。

翻查一阵后，为首的墨镜工商头头儿走近秋峰、朱海面前不容置疑道："你、还有你跟我们上车，到工商局去做材料！"

秋峰、朱海垂头丧气地跟墨镜工商头头儿上了一辆标有工商红盾执法字样的大面包车，一人两边各坐上工商人员一名，车子一发动，便晃晃荡荡地朝远处驶去。

秋峰、朱海被墨镜工商头头儿带到城南工商分局三楼最里面的会议室，没过多一会儿，朱海又被墨镜工商头头儿带走到其他办公室去做笔录。宽大的会议室只剩下秋峰孤零零一个人。

大约半个小时后，墨镜工商头头儿带了八个工作人员面朝秋峰坐成一排，墨镜工商头头儿摘除墨镜，操着沙哑声音向秋峰一一介绍："跟你介绍一下，这左边第一位是石门市工商局法制办公室副主任卢光，这位是城南分局副局长江山，这位是城南分局市场监察大队大队长程士祥，这位……我本人是城南分局监察科科长邓岳民。下面，就石门众成物资供应站及其法定代表人秋峰涉嫌大批量销售不合格钢材一案进行调查询问，请笔录员朱晓红做好准备。"

一场八比一的审讯随即展开。

"秋峰，在提问中不得弄虚作假，否则需要承担法律后果，你听清没有？！"自称科长的邓岳民开始发话提问。

"听清了，请提问吧！"秋峰整理一下思绪，至此，他似乎找到什么答案，一番暗自梳理后，便落落大方、从容不迫，接受了邓岳民的审讯。

"叫什么名字？"

"秋峰，秋天的秋，山峰的峰。"

"性别？"

"男。"

"年龄？"

"28岁。"

“民族？党派？政治面貌？”

“汉族，无党派人士。”

“文化程度？”

“大学本科。”

“单位名称？”

“石门众成物资供应站。”

“职务？”

“法定代表人，站长。”

“经营执照批准的经营项目范围请一一报述？”

“钢材、水泥、建筑材料、机电设备、运输及电线电缆等等。”

“上月进购钢材多少吨？”

“上月进购各类钢材近6000吨。”

“分别进购自哪些钢厂及名称？”

“雄钢，雄山钢铁集团。”

“就一家？”

“是的！”

“这些钢材销往哪里？”

“账册里面有，全被你们搜走了，上面记得清清楚楚，石门各大工程施工处。”

“本月进购哪些钢厂？”

“雄钢近6000吨，石门海岸钢厂100吨左右。”

“这些钢材销往哪里？”

“账册里都已记载，账册被你们搜走了。”

“你在进购钢材时知晓不知晓钢材不合格？”

“不知晓！哪项不合格？”

“是你在审我？还是我在审你？请你态度放端正些！再问你，海岸钢厂钢材共销售多少吨？剩下多少吨？”

“销出42吨，还剩50余吨。”

“剩下的钢材现在何处？”

“在大旗门仓库里。”

“这些钢材的品牌？规格？数量？请复述一遍！”

“螺纹钢，直径12、14，石门海岸钢厂生产。”

“你公司购进的方式是什么？”

“代销！”

“货款支付没有？购货发票呢？”

“没有到付款环节，哪有发票。”

“在此之前，你有没有销售过海岸钢厂的产品？”

“没有，第一次。”

大家听秋峰此言，一时沉默片刻。邓岳民与副局长江山耳语一通后，邓岳民又发话道：“秋峰，鉴于你公司涉嫌销售不合格钢材，根据《中华人民共和国产品质量法》第五十三、五十四条规定，案值超过五万元的，应当移交司法机关追究刑事责任，现你公司案值远远超过五万元，本局拟对你依法立案查处，请问你有何想法？”

“触犯产品质量法？”秋峰强烈克制情绪，冷静道，“请问贵局是如何判定我站代销的钢材不合格的？有无检验报告？依据有吗？”

“检验报告？”邓岳民一时语塞。“是这样，”副局长江山接话道，“检验报告还没出来，你站销售不合格刚才的依据是群众举报的，这里他的拍摄照片及试验室不合格的检验报告，你看下！”

“据我了解钢材产品在确定该批产品内在质量是否达标，须经有国家授予资质检验机构二次复检的检验数据方可判定，这个程序是少不了的。”秋峰注视着邓岳民又道，“其次，行政机关在实施产品质量抽查或检查时，应当具有两个基本准则，一是确定行政执法的管辖地，二是确定该涉案产品是否危及人民群众生命、财产安全，方可突击就地或异地实施查封扣押。此外，对涉案人员的人身控制权应委托公安机关负责执行，不知贵局何时有了控制涉案人员的人身控制权？是哪部法律赋予的？请贵局在场领导回答我的提问。”

听了秋峰的提问，在场工商官员面面相觑，无人应答。

秋峰又道：“据我所知，大旗门仓库是坐落于西凤区，虽然我站为城南区，归城南区管辖，而案发地在西凤区，贵局是城南分局，直接出兵将位于西凤区的产品查封，并仅凭群众一封信就查封了，而现在的查封已造成当事人不良影响的后果，贵局这种跨区行政执法是否符合我国行政处罚法许可的管辖权范围？其次，产品质量好坏不论，它是否存在危及人民群众生命财产安全？在没有权威报告之前就需要立即就地查封？由此造成当事人重大经济损失怎么办？由谁来承担这个后果？请在场的领导回答我。”

又是一片寂静，秋峰看到邓岳民、江山脸色凝重而铁青，市工商法制办副主任则一口一口地抽着烟，眉头紧锁，显得站不是坐也不是。

“这、这样吧。”江山终于开口了，“今天就到这儿为止，秋峰啊，你先回去，我们还得研究研究，有什么事等我们的通知！”

“现在产品查封如何处理？”秋峰寸步不让道。

“等我们通知，江局长不是说了吗？！”邓岳民瞪圆眼珠大声道。

秋峰见这群工商官员头都不抬地离桌而去，便跟着出了门，出来找朱海，他连找几个办公室，最后在里面的办公室发现朱海还在接受两个工商干部做笔录，他正要喊朱海，只见邓岳民在他身后，对里面办公室的两个工商干部做了停的手势，工商干部会意地示意朱海出去，朱海见一脸轻松的秋峰，疑惑不解地问：“咋回事？咋啦？”

“跟我走呗！”秋峰拽了朱海一把，两人匆匆下了楼，在下楼时，秋峰迎头差点撞上似曾相识的人，秋峰突然想起：这不是袁麻子吗？袁麻子皮笑肉不笑地哼了下，头也不回地上了楼，秋峰投以微笑便下了楼梯。

陡生端倪

次日，秋峰把海岸钢厂的韦不包和肖武律师约到办公室，就代销海岸钢厂螺纹钢遭到城南工商分局查处一事以及盐都西晋公司曹子风拖欠货款案的进展进行磋商讨论，见肖武、韦不包到了，朱海则在旁倒茶。

首先他们认为城南工商局查封螺纹钢一案是件不容小觑的大事，对秋峰临场发挥和机智应对的表现给予高度的评价，肖武则主张：一、立即上书石门市城南区工商分局一封“关于请求对众成供应站解除螺纹钢查封的决定”。二、由韦不包立即对其钢厂生产的螺纹钢做一份完整的检测报告，根据两种不同结果（一种是合格的，一种是不合格的）做不同的行动步骤，如不合格则各方做好被罚的准备，同时建议海岸钢厂将数据缩小化，这是最不希望也是最不幸的对策处理方式，而假如经检测合格的，则可理直气壮地与工商行政部门交涉，并做好打行政复议或行政诉讼官司的准备，在不可调和的情况下，秋峰则通过新闻媒体介入将事实公之于众，迫使城南工商分局做出让步。

“我倒认为，民不与官斗！赶紧找人托关系，一切在桌底下进行，花钱消灾。”韦不包深深吸口烟，拧紧眉头又道，“历来官官相护，工商分局如果在此事上即便理亏败诉，说不准后面麻烦更大，因为这些坐办公室的人喜欢琢磨打击报复，他们是‘卖咸鱼’的，而我们则是‘卖鲜鱼’的，玩不过他们啊！”

韦不包一席话使大家陷入沉思，只听见韦不包的抽烟声音，半晌，肖武开口道：“韦科长说的也有几分道理，具体看秋站长如何定夺此事，我认为不管如何，一是对城南工商分局的一份申请函要递交，二是请韦科长对该批螺纹钢检测报告及批次、批号要出具，且不能耽误，不能像案板上的肉任其宰割，这是我对你们的友情提示，工商局处罚了众成公司，最终买单的是海岸钢厂，你们两家是一条绳上的蚂蚱，一个都跑不掉。”

“此案发生的实在蹊跷啊！”秋峰接话茬道，“有道是解铃还须系铃人，源头不找皆犯难。”

“秋站长，”韦不包道，“你的意思是有人在暗中使坏，举报我们吗？”

“正是，”秋峰沉闷地说出一句，又喃喃道，“那个曹无赖，那个袁麻子…… 任何事的发生都不是偶然的哦！”

“哦，”肖武听后幡然大悟，立即对秋峰、韦不包使了一个眼色，又对秋峰用嘴示意一下。秋峰会意地对在旁边玩弄寻呼机的朱海道：“朱海，你替我到楼下百货店买两条精品玉溪香烟，好吗？”

“可以，钱呢！”朱海放下寻呼机道。

秋峰从皮夹里取出几张大钞，交给朱海，朱海出了门走了。

见朱海一走，肖武把门关上，对秋峰、韦不包轻声道：“你身边的人也要防，这里面不排除有内鬼！”

“对，肯定有内鬼！”韦不包也附和说。

“这、这，这不至于吧。”秋峰摇摇头，打了个寒战，但又不免有几分疑虑，轻轻道。

“这位朱海是你什么关系？怎么进来当你助理的？多长时间了？”肖武问道。

“他啊，他是城南工商局袁麻子科长介绍来的。”秋峰掰指算了下，道，“来我这也有一年多了吧。”

“你有没有得罪过那个袁麻子，有没有向他进过贡？”肖武问道。

“关系不咋样，从来没有进过贡。”秋峰如实道。

“哼哼，”韦不包弹烟灰道，“我一来就感觉这小子一脸狡诈相，一定有名堂！”

“秋站长，”肖武点点头道，“你从现在起，所有的部署和内部决策对他要严加保密，你是有文化的人，不要被没文化的人耍了，若是这样，都丢我们知识分子的脸啊！”

“我真没朝这个方向想过啊。”秋峰若有所思道，“我对他不薄啊！”

“这也是你们知识分子惯有的天真啊！”韦不包用手指挥了挥道。

“这样看来，秋站长你下面有什么事单独到我的事务所来聊。”肖武想想又道，“霍元旦、陈娇娇是你值得交的朋友，我建议你有什么事情可以委托他俩去办，做成事或发生费用你按劳务付报酬，至少，他们不会出卖你。”

“我建议你，”韦不包起身开了门，见没人偷听又返回对秋峰道，“我们设计一个局，让朱海去办，再等几日，就能察觉是否你身边有真正的内鬼了。”

“嗯，对！”肖武想想道，“就让他到韦科长的海岸钢厂提一车钢材，运往你那个大旗门仓库，看看有没有工商来查询，如果有，此事就昭然若揭了，但是，收货单位不能写成众成公司可写成海岸钢厂，货也不要卸地，这一切都不能让他知道。”

“可以这么办！”韦不包点头赞许道。

秋峰听后点点头，暗暗吃惊。

“如果有工商来查询，就证明他就是你的内鬼。”肖武盯着秋峰的脸道，“建议你找个理由立即将他辞退！”

“否则对你后患无穷！”韦不包又补充道，“你可能被他卖了！”

“多谢二位指点，就这么办！”秋峰虽然存有疑虑，但还是同意试验下朱海，正在他们谋划时，朱海推门进来，拎着两条玉溪香烟，秋峰随即将香烟、一条递给肖武、一条递给韦不包，二人也不推辞，道声谢谢就收下了。

“拿材料的事处理后告知我。”肖武提醒道。

“好的，”秋峰心领神会道，“我这就准备，完成后请大律师你指点。”“不客气！”肖武应道。

肖武、韦不包起身告辞，秋峰把他俩送至楼下，返回办公室。

“朱海，”秋峰返回办公室开了一张调拨函，道，“刚才一个客户来电话指明要海岸钢厂一车规格16的螺纹钢，你辛苦趟，顺将此前送货的发票收回，我刚才与韦科长已打过招呼，这是一份调拨函，他同意配合的。”

“好的，”朱海又道，“车辆怎么办，用我们的货车吗？”

“不用，海岸钢厂有自备车，用钢厂的省事些。”秋峰道，“下午两点货要送到大旗门仓库。”

“也好，”朱海道，“我就开车去可以吗？”

“可以！快去快回。”秋峰道。

朱海应声下楼，匆匆而去。

朱海下楼后环顾左右见无人盯梢，便一头朝东北角鞋帽店的公用电话亭走去。

“喂，喂喂，找曹爷……”朱海拨通了曹子风的电话。

朱海走后，秋峰依照肖武的叮嘱，立即着手起草整理致城南工商分局的申请解除查封函以及相关资料。

斥辞内鬼

下午三时许，好端端的晴朗天气转眼变成阴沉沉的雾霾天，窗外突然一阵剧烈的骤风刮得门窗瑟瑟作响，秋峰抬头望了下窗外，雨篷布左右上下颤动，沙尘满天，空中飞舞着几张白纸和杂物，在不远处几幢耸立的高楼间漂浮，他感觉心脏闷得慌，站起身来想取折叠扇扇下空气，突然桌上电话响了，他举起电话，里面传来朱海急促的声音：“不好！秋站长，我刚把车押到大旗门仓库门口，就被工商一帮执法人员堵住了，怎么办啊？”

“工商执法人员堵钢材？他们想要干什么，你问过吗？”秋峰平静地问道。

“他们要检查这车钢材的质量。”朱海顿了下又道，“是不是海岸钢厂得罪工商局了，好像工商局专门查海岸钢厂的产品，其他钢厂的产品却不查，看来我们得放弃海岸钢厂的经销，不然我们也得受牵连啊！”

“哦，知道了，不管他，让他们查去好了，你回来吧！”秋峰说完便放下电话，长吁一口气自言自语道，“朱海啊朱海，你这小子，还真会演戏啊，怎么不报考电影学院学表演系呢！”

秋峰又想，辞掉朱海这个坏小子，接下来还需增加一两个帮手，不能总光杆司令演独角戏啊，正在苦思冥想时，“啪啪啪”有人敲门，秋峰起身开了门，来人乐呵呵地站在秋峰的面前，秋峰大为惊喜，原来是他时常想念的毛小利“小皮”。

“啊呦，是你啊，小皮！”秋峰高兴地展臂拥抱小皮，并把他引进办公室，急忙给他泡了一杯茶并递给他。

“小皮，你从哪来？怎么事先没联系？怎么知晓我在这儿？”秋峰一连串发问道。

小皮放下背包，拉过茶杯笑嘻嘻地答道：“我呀，从上海过来，早就知晓你从南淮调至石门工作，并且弃文从商，当了老板啦，而且还挖了第一桶金，财运不错，是块做生意的材料，看不出来啊。”

“你从哪个途径知晓我的地址？我们分别快有五六年了吧？”秋峰与小皮相伴而坐，望着黝黑黝黑的小皮，连着问，“家里怎么样？你还在船厂那干活吗？”

“我早不在船厂了，”小皮抿了一口茶道，“三年前跟海狗到上海他姨兄那学做五金工具维修，干了两年维修也赚了不多少钱，后来我出来租了上海浦东一间门市房单干，还雇了个河南人，没想到当老板并不好干，不仅没赚到大钱，还亏了向朋友借的三万块，上个月我想想实在不能再亏下去了，就把河南人辞了，想回海狗姨兄处再打工心有不甘，后来我听家里人说你秋峰在石门干得不错，又有文化、社会交际面又广，我就四处打听你的地址，今天终于找到你了，我这次来，想向你讨份工作，咱们兄弟情深，想必你一定会收下我，我也一定踏踏实实为你干，你指挥朝东，我决不会朝西，一切听你指挥，我身体棒，头脑灵活，吃啥苦都不怕，肯定能做你的左膀右臂。秋峰，你就收下我吧，啊？”

“哦，”秋峰听后突然感觉似乎对小皮陡升陌生感，心想老家祖辈的人都应憨厚老实，尤其吃苦耐劳，勤奋进取是黄家圩人外在印象的特征，自己与小皮自小认识，不应有见利忘义，朝秦暮楚的思想，他又想，朱海马上就要被辞了，也正愁没有助手，小皮此番前来应聘，岂不是老天有意安排，但无论如何，暂时先试用下他，待一两个月后再做决定。

“这样吧，小皮，”秋峰想了一阵后，还是决定留下小皮，便道，“我刚刚下海不久，经验不丰富，生意场上变数也大，你暂时先干干看，如果适应就干下去，如果不适应，形势不如人意，咱俩呢，另再决定，这样可好？”

“好好，我赞同！”小皮咧嘴笑道。

“我先给你每月底薪两千元，吃住都由我帮你解决，发生费用全部报销。”秋峰又道，“看每月经营情况，利润达到五万元，增值部分再按百分之十给你分成，这样可好？”

“对对，亲兄弟明算账。”小皮愉快地应承，“我同意，我赞成。”又道，“感谢兄弟你的收留，下面你是我老板，是我领导，你怎么说，我怎么干，我就像一条忠诚主子的家狗，只要需要，赴汤蹈火，在所不辞！”

“你三国看多了吧，会用江湖上的词语啊。”秋峰打趣道，又指着里面办公室道，“这样吧，我把里面一间办公室腾空一边，先放一个折叠沙发，白天当办公室，晚上将折叠沙发放下来就是一张床了，被褥枕头放在储藏柜子里，天晴取出晒晒就可以了，我呢，住在城南，也是租用的单位宿舍，你住办公室，每天做好环境卫生，也烧好开水，我每天八点左右到办公室，保证每天八点半就可以上班营业，后面我会慢慢和你交代，另外，你在石城可要讲普通话哦，这些你清楚吧？”

“好的，好的！”小皮连连点头。

正在他们交流时，朱海推门进来了。

“小皮，你先出去溜达下。”秋峰叮嘱小皮道，“我要谈些工作。”

小皮“哦”了一声出去了。

“秋站长……”未等朱海讲下面的话，就被秋峰用手势挡住。

“别说了，朱海！”秋峰阴沉着脸道，“你的工资我已替你准备好，这是你的报酬！”秋峰从抽屉里取出一沓钱，又道，看在你在盐都为我做些事，我给你加了两千块，从现在起，你再不是我的助手了！取钱前，就在这条单子上签字吧。”

“秋峰，你这是啥意思？”朱海的脸由白转红，由红转白。

“什么意思？”秋峰冷冷一笑，道，“你朱海不到情报部门或者电影学院扮演角色，真亏了你这个人才啊！你心里还不明白？”

“我不明白你秋峰说的是什么？”朱海语气有些颤抖，但又故作镇定道。

“你别给我装了，我秋峰不是傻子一个，工商局再次查到大旗门仓库的原因是什么？前两次诉讼保全都扑空？曹无赖给你多少钱？这些难道还要把你这张皮撕下来，放在地上踩一踩？！”秋峰目光炯炯，刺得朱海不敢正视，他汗珠从脸上汩汩沁出，只听见秋峰“啪”猛地拍了下桌子，厉声骂道，“朱海，你吃里爬外，拿了我给你的薪水，又还在人家那里捞取大笔奖金，我被你卖了多少次了，你良心给狗吃了，赶紧签了，我希望你在我眼前尽快消失！”

“好好，我签我签。”朱海颤抖地签上自己的名字，取了秋峰的钱，逃了出去。

秋峰望着朱海远去的背影，狠狠地啐了一声。

朱海投曹

秋峰万万没想到，自己一直把憨厚老实的朱海视为亲兄弟，竟然发现他居然是个多次出卖自己的内鬼，又恼又气，即便将他辞退了，自己还是愤愤不平。气归气，事情还得做，走一进一，这不，小皮送上门来，取而代之，更加勤奋进取的小皮当了秋峰的助手，秋峰自然渐渐把小皮当作心腹、亲信，什么跑差的事都放手让他去办，时间一长，朱海慢慢淡出了秋峰的脑海。

却说朱海灰溜溜地被秋峰辞掉以后，直接跑到城南工商局登记科找到袁麻子科长，他向袁麻子诉说被秋峰辞退的事情后，袁麻子自然对秋峰更为“感冒”，心想这小子在我的管辖地做事，迟早找个理由捏扁他。

“袁哥，”朱海恳求道，“我现在又没工作了，又无业了，您能索性帮我推荐到曹子风那里谋个职吗？”

“你喊我什么？”袁麻子似乎有些不快，转而又和蔼道，“起码喊袁舅啊，你有什么见面礼吗？曹子风这人可是很现实的，你要是对他有什么见面礼，我想他会好说的。”袁麻子又道。

“对对，袁舅，有啊。”朱海眼珠一转，想到，“曹子风不是很在意那农商联合银行查封的西南集团存款吗？我保证让他不费吹灰之力，就把那笔款马上解封。”

“哦，你有这本事？先说给我听听。”袁麻子有些不信，但他饶有兴趣道。

“与曹子风见面了，我当面告诉他，绝对没问题！”朱海卖了个关子，自信满满道。

“哦，你小子神啊。”袁麻子呵呵一笑，道，“看在你妈和我的关系上，我就给你牵个线吧。”说完便抓起电话拨了电话号码。

“嘟嘟嘟……”电话通了。

“胡总吗？大胡啊，我是石门工商袁大山啊。”未等对方说话，袁麻子便大声说道。

“哦，麻子科长，”电话传来胡张扬一阵粗野笑声，“呵呵呵，听口音你又想找嫖啦？说吧，老胡别的本事没有，搞几个婆娘来没问题，哈哈哈……”

“哪，哪是那事啊，”袁麻子闻言紧紧用手捂住话筒，又道，“是托你联系曹子风，我有个干儿子想到他那混混，曹子风听你的，你张个嘴就管了，我知道你管曹子风是妥妥的。”

“哦，你还有一个干儿子？怎没听你说过啊！”胡张扬又道，“这儿子在哪繁殖出来的啊？”

“你大胡别扯远了，跟你说正经的。”袁麻子清清嗓子道，“我那干儿子姓朱，叫朱海，想跟老曹打打杂，混个饭碗，另我干儿子要给带个见面礼，想见面时候谈。”

“叫什么，朱海，哦，放心吧。”胡张扬打了个饱嗝道，“让这小子直接去找老曹吧，就说大胡交代的，嗯！没事，小事一桩！哎，我这想办个饭店执照，你老弟要给个面子抓紧办，我这几天想想饭店名称，想好了让我手下人过去找你。”

“没问题，你大胡的事就是我的事，我会第一时间搞定！”袁麻子拍拍胸脯道。

“饭店开张了，咱兄弟俩酒有的喝！”胡张扬又呵呵笑道，“老弟你来吃小菜，到时候全免单！”

“好哦，好哦，托大胡的福哦！”袁麻子笑吟吟挂了电话，对旁边的朱海眉飞色舞道，“听到吗？那大胡是曹子风顶头上司，他才是大老板，曹子风全听他的，大胡说朝东，曹子风不敢朝西挪一步！朱海啊，你直接去找曹子风，就说胡总介绍就行啦！小子，我就牵线到此，就看你了！”

“谢谢袁哥，谢谢袁哥！”朱海双手合十，连连点头哈腰道。

“又喊我什么？”袁麻子正色道。

“袁舅，我的老娘舅。”朱海改口道。

“这还差不多，去吧！”袁麻子瞥了朱海一眼，便转身上厕所去了。

朱海蹬着自行车几经周折终于在钟山湖畔一处简易地方找到了曹子风。

朱海这次看到曹子风、黄婆子，心里咯噔了一下，感觉有肃杀之气。只见曹子风他们坐在正中间，正在低头嗑着瓜子，两侧坐的是四个穿戴奇形怪状服装的个个冷脸横眉的小混混，年纪也就二十多岁，却有的嘴里张着口吞云吐雾，其中一个小胖子只替黄婆子点着旱烟抽，屋内乌烟瘴气，十分熏人。

“他来啦！”一个穿花格夹克，留着飘逸长发的歪嘴长脸向曹子风报告说，“曹爷您看。”

曹子风抬起头瞥了朱海一眼，继续嗑着瓜子，道：“穷小子来了，为了钱，真不怕挨揍啊，这回被姓秋的开了？不怕他找你算账啊？”

“人为财死，鸟为食亡嘛！”朱海对曹子风鞠了一鞠躬，道，“首先感谢曹爷的奖赏，不过这次我给您带来一份您一定喜欢的礼物，很重要哦！”

“什么神神秘秘的？快说呗！”黄婆子吐了一嘴的瓜子壳，插言道。

“这个、这个……”朱海看看四个混混欲言又止。

“你们四个先出去一下！”曹子风用手指在桌上敲了几下，四个混子一下子明白，便出了门走了。

“他们走了，说吧。”黄婆子从桌子下端出一只板凳来，道，“你坐下说吧。”

朱海把门掩上后，从口袋里掏出两张纸来，对曹子风扬了扬头道，“凭这两张纸就可以把你们在联合农商银行被法院查封的两百万马上全部解封。你们解封后钱可随时转移。”

“解封？”曹子风一听猛地从椅子上站立起来，眼睛直勾勾地望着朱海手上的纸，嘴巴合不拢，黄婆子跑到朱海跟前，一脸狐疑地打量着他，似信非信地道："你小子莫不是诈曹爷吧？！"

"是的，绝对保证！"朱海双手一背道，"这两张是我从众成公司秋峰那偷盖公章，并有他签名的空白信笺，只要在上面写一份调解协议，一份写同意对西南建设集团两百万的解冻声明，由律师递交城南法院申请解冻，此两百万就可以自由支配了。"

"你、你这两张纸真的管用？"曹子风还是不放心。

"先给律师看看，再做决定！"黄婆子拦了曹子风一把。

"那你先给我交律师看看再定。"曹子风也说。

"那不行！"朱海把两张纸叠了两道塞进口袋收了起来，道："算了，等于白说。"便出了门。

"你要多少钱？"曹子风追问。

朱海伸出三个手指头。

"三千？"曹子风道，朱海又摇摇头。

"三万？"黄妇人脱口而出。

朱海狐疑一下，又摇摇头。

"到底多少？你说啊！"曹子风着急道。

"三十万！"朱海说话斩钉截铁。

"三十万？"曹子风、黄妇人几乎异口同声，惊讶得脸都变形了。

"怎么，这一大笔钱失而复得，你们要是请律师等费用也要这个数吧，况且，凭这两张纸这款很快就会回到你们手里，省去了时间、费用，你们算算哪个划算，还有我也冒着极大的风险呢！"朱海语气十分镇定地道。

“你也太贪了吧，就凭两张白纸要那么多钱？”黄妇人瞥了朱海一眼。

“请你看好，”朱海又从口袋掏出两张纸，道，“白纸上有众成物资供应站的公章还有法人代表的签字，只要你们在上面填上文字，这就是一张法律生效的文书，这个对你们意味着什么，想想吧。”说完，又朝门外要走。

“等等！”曹子风上前一把拽住朱海，黄妇人突然一头撞向朱海，并一把从朱海手中猛地夺下这两张纸，朱海一个趔趄，虽然两张纸被黄妇人夺了过去，但却被撕成两半，黄妇人反应敏捷，随手将纸交给曹子风，朱海醒悟，便不顾一切扑冲来抢，曹子风一个反肘正撞朱海胸膛，朱海又一个趔趄，捂住胸膛又冲了上来，抱住曹子风的腰，黄妇人见形势不好，大喊：“二毛、黄狗、你们快来呀，曹爷被打啦，快来呀！”

门外咚咚咚跑进来刚才四个混子，见此情景，他们对朱海挥拳就打，一顿拳打脚踢，朱海哪能敌过众徒毒打，倒地翻滚，四个混徒你一脚我一脚，朝朱海头、胸、胳膊、大腿浑身猛踩，朱海发出悲惨哀号：“曹爷，曹爷，我不要钱了，放掉我，我求、求求你们啦，我喊你们姨爹姨娘啊……”

“谁是你姨爹姨娘，狗屁！替我狠狠打，往死里打！”曹子风眼露凶光，指着地下的朱海，命令众混徒。

又一阵拳打脚踢后，朱海不再喊叫，曹子风见他没了声音，忙喊：“停停停”喝令四混徒住手，黄妇人弯下腰用手在朱海鼻子上一捂，顿时惊慌失措，朝一个黄毛挥了一巴掌，抱怨道：“啊呀呀，你们四个混蛋，下手怎么这么狠，谁让你们把人打死，这、这如何是好啊？！”

四个混徒望着躺在地上纹丝不动的朱海，面面相觑。

一个扎小辫的黄毛似乎疑惑，嘴里嘀咕道：“这小子咋这么不经打呢，莫非装死？”他蹲下用手指掐掐朱海的人中，又跪在朱海身上用手猛按朱海的心脏，其他三个混徒围上来也协助黄毛做同样的动作，把朱海身子晃来晃去，又胡乱揪了一阵后，朱海突然猛烈地咳嗽起来，“哇”吐了一摊血来，曹子风又摸摸朱海口鼻，感觉热气重新上来，大喜道：“好好，没死掉、没死掉，二毛，快快把车开来，送去医院抢救！”

“嗯！”一个叫二毛的人闻言赶紧出了门，不到几分钟，他跑进来对曹子风报告说，“曹爷，车在门外了。”

“抬上车！”随着曹子风一声令下，四个混徒把奄奄一息的朱海不由分说抬到门口一辆桑塔纳车上。

曹子风掏出一沓钞票，塞给黄妇人，捂着她的耳朵道：“你带两个‘炮子’跟车去省武警医院救治，等这小子到医院抢救苏醒复活后，你们伺机溜，不要留下什么字据，明白吗？”

黄妇人点点头，上了桑塔纳轿车，二毛随即发动车向省武警医院驶去。

曹子风被捕

桑塔纳开走后，曹子风从怀里掏出黄妇人从朱海手上抢来的两张已撕成对开的纸张，他拼凑一看，心中暗暗得意，一阵狞笑，嘴上骂道："朱海，你这浑小子胃口也太大了，凭这两张纸拿个两三万还不知足，非要三十万？！哼哼，太贪，太贪会搭上小命的！"

"黄狗！"曹子风对旁边仍在发愣的扎辫黄毛道，"你是高中生，有些文化，你找下笔和纸，我说你写！"想想又道，"还有，找瓶胶水，把这两张纸在反面粘好。"

黄狗应声而去，很快找来了纸笔及胶水，按曹子风的意思将两张纸反面用胶水细细粘连，再反过来一看，粗看真看不出来是个撕坏的。

曹子风看后连连点头，并把粘贴的两张纸收放一边，口中说道："黄狗，我说你写，听好！”

黄毛嗯了一声，已做好写的准备。

“报告！”曹子风想了一阵后，一字一句念道，黄毛怔了一下，提示道：“曹爷，这、这什么意思？”

“你不要多嘴，叫你写你就写！”曹子风瞪了他一眼，黄毛听了便不再言语，老老实实在纸上写上“报告”。

“报告！”曹子风重复一句，念道，“尊敬的石门市城南区人民法院领导们，写！”

“写好了，继续！”黄毛飞快地写，应道。

“我众成物资供应站及站长秋峰，已与盐都市西南建设集团达成和解约定，写！”曹子风对黄毛令道。

“写好了，继续讲！”黄毛又应道。

“一、双方经济债务结清，二、双方一致请求法院撤诉，特别对西南集团已冻结的贰佰万解除查封，而且越快越好！”曹子风边念边看着黄毛写字，黄毛照曹子风的话写了，曹子风满意点点头，又念道，“在此感谢人民法院各领导，祝各领导们身体健康，家庭幸福！写！”

黄毛写完看着曹子风。

“落款！”曹子风神志镇静，捻着稀疏的胡子道，“石门众成物资供应站及站长，还有日期，日期写到前几天，就这样！”

黄毛依照写了，曹子风取纸看了一遍点点头，取出一张粘连的白纸，对黄毛令道：“黄狗，照这样意思，在这张纸上，要一笔一画地写，不要潦草，落款要在那个有盖公章的地方写，千万不能写错！”

黄毛遵令，便伏案在那纸上工工整整地照着抄写，写完，他不解地问道：“曹爷，这报告交到什么地方去？”

“交至法院去！”曹子风边收报告边白了黄毛一眼道，“小家伙，叫你做事就做事，啰里啰唆的。”

“这、这能送至法院吗？！”黄毛苦笑地摇摇头。

“文字材料算个鸟！”曹子风从口袋掏出几张钞票甩了甩，故作神秘地道，“关键，靠这个，谁不要这个？啊！嘿嘿……”

黄毛语塞：“这、这……”

曹子风携着黄毛的报告，包里塞了数万元现钞，背着挎包直奔城南法院，他经胡张扬介绍城南法院有个做法警的叫魏庆的老乡，很快便找到了他。

魏庆不到四十岁，从部队转业分到城南法院当法警已有三年，三年下来，他对法院的人事摸得清清楚楚，由于擅长溜须拍马，加上头脑灵活，刚刚被提拔为法警队副大队长，当了副大队长后，他与法院领导有更多的接触机会。

曹子风一见到魏庆，不由分说，先塞给他内装三千元的信封，魏庆缺的正是钱，见老乡如此大方，顿时喜形于色，连拍胸脯道：“老乡，有啥事，尽管吩咐，俺魏庆赴汤蹈火，在所不辞！”

曹子风将他在城南法院冻结的两百万的事原原本本说了遍，又称与原告单位众成物资供应站已达成和解协议，请求他帮忙对西南集团冻结的两百万予以解除，并掏出一张报告给魏庆看，魏庆接过报告一看，虽然他文化并不高，但他左看右看这报告似乎不对劲，他让曹子风在接待大厅一处木椅子上坐会儿，自己拿着报告找立案庭一个姓钱的庭长，先让他看下。

曹子风一把拖住魏庆，把他拖到一个旮旯处，又取出两万元，道："魏老弟，在衙门做事，无礼不问人，这是两万元，你替我先给这个领导，事成之后双倍，知晓吗，这都是感谢！"

魏庆见这老乡又塞给两万大包，想想又收下，便道："好好，我全力去办，你坐下等我消息吧。"说完便从左侧楼梯上了楼。

魏庆上了楼，看看左右没人，先从大包里取出一万元，心想给那个钱庭长一万元已经足够，他并不先找钱庭长，而是拐了几个走廊，去了他自己的办公室，将门掩上，把钱放入自己已经很久不穿的靴子里，他把靴子搁到里屋值班的床底下，放置后又想：给那钱庭长一万还是多了，于是他又在曹子风给的大包里抽出钱，数了五千元又放入长靴里，查看一阵，他揣着包出了办公室，直奔立案庭。

魏庆找到了正在伏案办公的钱庭长。

"钱庭长，我有件私事找您帮下。"魏庆讨好地低声对钱庭长说。

"是魏队长，" 钱庭长抬头见是魏庆，哼了一声，"当了副大队长请我喝酒吗？"

"当然当然！"魏庆满脸堆笑道，"当然请您喝酒，而且让您喝个够，还要让您快活快活！"

"你今天好像不太正常啊，到底什么事？"钱庭长眼睛勾勾地望着魏庆。

"您最好跟我出来下，咱找个方便的地方聊。"魏庆把钱庭长叫到离办公室远点的走廊里，魏庆见左右没人，便将一只装着五千元的大信封塞入钱庭长口袋里，钱庭长拿出一瞧，信封里全是钱，道："这是啥意思？"

"您收着，听我讲。"魏庆对着钱庭长耳边低语道，"我老家一个表哥遇到些难事，找您帮忙，事成之后，双倍答谢！"

"这、这……"钱庭长半推半就收下了魏庆给的钱，道，"什么事，你说吧。"

"我有个表哥是盐都西南集团的经理。"魏庆道，"几个月前与石门众成物资供应站发生贸易纠纷，在我们法院诉讼，并被法院保全冻结两百万，现在原、被告双方达成和解协议，并有双方和解书，现因我表哥的西南公司急需该笔款，请求帮忙解除保全金。"魏庆边说边递给钱庭长这张"报告"。

"这、这是双方的和解书？亏你是个法院人，连这个都不明白？简直搞笑！"钱庭长接过报告啼笑皆非，哭笑不得道，"你表哥人呢？"

"他在接待大厅坐着。"魏庆说。

"这样吧，"钱庭长想了想，道，"你找个谈话的地方，找到后打我电话，我随即过来。"

"好好！"魏庆听后转身朝接待大厅走去。

魏庆找到曹子风，并交代他与自己是"表兄弟关系"，并把他领到法院附近一处小宾馆，他让曹子风开了间房间，同时打电话告知了钱庭长，钱庭长接电话后不到一刻钟便赶了过来。

三人坐定，钱庭长拿着报告对曹子风说："这个报告是个无效的法律文书，你是否有律师？此外，原被告双方代表要到现场，你到底啥情况？”

曹子风被钱庭长问得不知如何回答，只是对魏庆挤眉弄眼，魏庆见曹子风吞吞吐吐，感觉其中必有蹊跷，忙解围道：“我表兄昨天突发面瘫，患有心理疾病，加之遇上这桩官司，心力交瘁，这样吧，给他在这休息一天。钱庭长，我们先让他安静一下再来，可好？”

“哦，怪不得，对对，让他好好休息一下再说！”钱庭长一边起身一边退出房间。

钱庭长走后，魏庆又折回房间，对曹子风用盐都话道：“俺知晓你肯定有蹊跷，幸亏我头脑反应快，先把钱庭长支走，你跟我说说，这报告咋回事？”

“这个……”曹子风又从口袋里掏出一张空白的盖有众成物资供应站公章和签名的信笺，对魏庆说，“那个报告是俺让别人写的，俺没文化，不会写文书，这份是空白的，老弟帮助我填写吧。”又道，“如果法院需要原告代表到场，俺喊一两个人来当替身，可以吗？”

魏庆一听明白了几分，站起身来回踱步了一阵，对曹子风道：“我先回法院想想办法，你在这等俺回话。”

魏庆离开曹子风的住所后，在返回法院途中，心中不断盘算：老乡这个忙帮不帮、这桩事做不做，如果做了，违不违法？首先如果做了，违法不在我魏庆，资料谁提供谁承担，其次，如果帮了，这两万钞票先到手，帮成了得四万，或许可以再敲他一些，帮不成则这两万照样拿。到手的肥肉不能飞走，但是资料上绝不留自己的字迹名字，以防后患，想到这，他马上又折回曹子风的房间，曹子风见魏庆又折了回来，憨笑道：“魏老弟，情况咋样？”

“您呀，”魏庆想了个主意道，“我让钱庭长写个正规文书，您带回去抄写下，到文具店买个消字灵，把原来的文字全部消光，只要保留原来的公章，重新填写。然后带个原告代表来法院，一定事先排练好，这样可好？”

“好好！”曹子风心中明白啥意思，连连点头答应。

“如果这样，俺便可帮您了！”魏庆又道，“我去下法院，带个文书样板来。”

魏庆说完又去了法院，他找到钱庭长说明老乡表哥不知文书怎么写，钱庭长便随手找了其他的诉讼材料一份，复印批注下，交给魏庆，让其按这种文体形式抄录便可。

魏庆得到样板后，立即送给曹子风，曹子风急急忙忙返回工地，又跑到一个文具店，买了些消字灵，把黄毛等召集一起，在剩下的一份空白的纸上，照葫芦画瓢地涂消，重新填写了文书。

当他们刚写完后，黄妇人告知曹子风，他们趁医院不注意时，一个个悄悄溜出了医院，另外告知曹子风好消息，那个姓朱的小子被医院抢救活了，现正在打点滴呢。

“那家医院治疗费用咋办？”曹子风问。

“那关俺们什么事？他苏醒后自己处理呗！”黄妇人满不在乎道，但她一拍脑袋道，“姓朱的报警咋办？”

“如果报警你们都赖个干净。”曹子风嚷道，“对付这群警察俺可有经验了，只要俺们口述一致，警察就无从下手，就光凭这姓朱的小子一人说话不顶用的，谁相信他？”他又指指黄毛道，“派你一个用场，跟我去城南法院，让你说话，就按我教的说，其他一律不说话，事成之后，给你两千块奖励，愿不愿意去？”

“愿意，我愿意！”黄毛兴奋道。

“让我去，我比黄狗强！”二毛嚷道。

“为啥不让俺去？”黄妇人一脸不高兴。

“你们别争！”曹子风把脸一拉，道，“黄毛去，他比你们哪个都强，谁再啰唆老子揍他！”

曹子风这一吼，谁都不敢吱声了。

曹子风领着黄毛来到了城南法院，找到了魏庆，魏庆看了曹子风给的文书，看了看黄毛，曹子风介绍说，他是众成物资供应站代表，姓张，叫张森。魏庆听后带他们直接找到钱庭长，曹子风见到钱庭长，趁魏庆不注意又塞给了钱庭长一个信封，钱庭长见信封便悄悄收下。

钱庭长看了看文书，虽然感觉有些问题，但他看大体不错，便问了下黄毛的身份，黄毛依曹子风叮嘱的说了一遍，钱庭长让他们分别代表原、被告双方在档案、文书上签了字，之后，他对曹子风道：“你们先回去，下午去解封，然后由魏庆通知你们。”

曹子风听后满心欢喜，领着黄毛离开法院，返回了工地。

曹子风返回工地后，随即打电话报告了胡张扬，胡张扬听后非常高兴，称待两百万解封后要给曹子风奖励一辆长岭面包汽车，曹闻言喜不自胜，心情大好。

次日，曹子风召集手下几十个兄弟，在一个叫鸿门家宴的酒店摆了三桌，好好预祝总部即将嘉奖的汽车和预祝工程开工大吉。

鸿门家宴酒店大堂内，觥筹交错、欢声笑语、酒气熏天、烟雾缭绕，一派热闹喧哗的景象。

“弟兄们，小子们，老子曹子风走南闯北，从盐都到石门，没有一个搞不定的！”曹子风一手抡着啤酒瓶，一手端着满满的酒杯声嘶力竭，发表演讲，顿时嘈杂声慢慢平静许多，只听见他滔滔不绝，“俺要让大伙明白，什么是牛皮？什么是大大的牛皮！”

正在他慷慨陈词之时，外面传来呼啸而至的警笛声，只听见二毛神色慌张从门外闯了进来，他快步跑到曹子风跟前耳语了一下，曹子风脸色一沉，放下酒杯，穿起外套正要跟二毛逃走，只见数名手持冲锋枪的武警已挡住了酒店大门，数名武警齐声高喊：“都不许动，离席蹲下，快！”

大家闻此大惊失色，不知所措愣愣地站着，曹子风也被突如其来的警察吓了一跳。

“我们是警察！”一名手持手枪的身材魁梧、衣着便装的中年人威武地指着曹子风，厉声道，“曹子风，你被捕了！”又对身后的两名警察令道：“给我把他铐上，带走，其他人都上大巴车，快点！”

两个警察麻利地给曹子风双手上了手铐，黄妇人看了曹子风一眼，欲说什么，却被另外一个警察盯上，把黄妇人也上了手铐，曹子风蔫蔫地随警察出了酒店门，上了酒店门口警灯直闪的警车，酒店里其他食客、工作人员纷纷驻足惊讶地看着，纷纷议论。

曹子风、黄妇人等突然被捕！原来，源自于城南法院立案庭钱庭长带人依曹子风之诉请，前往农商联合银行解封两百万所引发。

钱庭长一行来到位于狮子山冈的农商联合银行柜台前，出具法律文书要求对西南建设集团石门分公司名下已冻结的两百万予以解除封存。这天柜台当班的正好是谢英，谢英见是法院另外的法官前来办理秋峰诉案两百万的解封，大吃一惊，便向钱庭长借口先上个厕所，她偷偷地给秋峰拨通了电话，把城南法院前来银行欲办两百万解封一事告知了秋峰，同时故意拖延办理时间，秋峰知悉后无比惊愕，一面与肖武律师联系紧急求援，一面带着小皮急匆匆赶到谢英所在银行，与钱庭长当面对质。

“您是城南法院的？”秋峰虽然内心焦急，但表面和颜悦色地征询钱庭长，钱庭长并不理会秋峰，反问，“你是干什么的，问这个干吗？”

“我是城南法院该案的当事人，众成物资供应站的负责人秋峰！”秋峰礼貌地发问道，“你们法院解封这两百万，未经原告同意，怎么就解封呢？这样做造成我方巨大经济损失怎么办？”

“你是众成物资供应站的？”钱庭长听后不屑地从案卷中抽出一份“撤诉申请书”道，“你们原告不是已经出具这份撤诉申请了，还装不清楚？”

“请您给我看看可以吗？”秋峰态度诚恳道。

“可以，你看看！”钱庭长随手交给秋峰。

秋峰接过一看，手都发抖，对小皮道：“你出去赶紧报警，说有人以虚假材料欺骗法院，正在农商联合银行套骗两百万保全金，请求立即出警制止。”

小皮正要出去，只听见后面高声传来：“我已报警，市公安经案大队已到马路边！”秋峰回头一看，是肖武律师大步走来。

“哦，是钱庭长啊。”肖武一眼认出钱庭长，两人一见面握了手。

“是肖武律师。”钱庭长道，“这案是你代理的？怎么没跟我打招呼呢？”

“你大庭长事务繁忙，哪能事事烦你！”肖武又收起笑脸，严肃道，“钱庭长，你亲自来办这笔两百万解封可能存在资料有诈的嫌疑，咱要甄别一下资料。”

“是吗？”钱庭长有些慌张道，“如果真有诈，我就要报院领导转公安侦查！”

“公安到了。”秋峰见进来三名警察道。

“这样吧，”肖武对秋峰道，“你赶紧出去找个说话的地方，此事需要研究，银行不方便。”

“不用了，”钱庭长指指门外道，“到门外谈吧。”

到了银行门外，钱庭长拿着一份撤诉申请书对秋峰发问：“你仔细看，这份材料到底是不是你原告的真实意思？”

“绝对不是！”秋峰坚决道。

“这公章？这签字？”钱庭长又问。

“全是假的！”秋峰看了下还给钱庭长。

“那这样吧，”钱庭长收起材料对肖武、警察道，“请你们随我到法院办理案件移交吧！”

他们各自驾车到了城南区人民法院，钱庭长回院办理了案件移交申请单，交院长签字盖章后，当场与前来的区公安局经案大队办理了移交手续。

区公安分局经案大队迅速报请局领导请审准批立案，局领导也正好收到由市公安局依省厅转批城南法院(孟齐山提交的) 转来的民事纠纷涉嫌刑事犯罪建议公安机关侦办的建议书，指定由区公安局负责执行侦办，经区局研究并标为9.21重特大案件，组成精兵强将，锁定了目标，决定捉拿曹子风为首的犯罪嫌疑人。

而在此时，留诊省武警医院治疗的朱海因肋骨断裂数根，全身上下伤痕累累，加上无钱医治，医生在朱海嘴里得知因受一帮匪徒恶殴打致使受伤，医生明显感觉其隐藏一起严重的违法斗殴案件，报告了院领导，院领导深感事情不寻常，遂以医院名义向当地公安局报案……

曹子风一伙终于落入法网，这真是多行不义必自毙，机关算尽入囫囵。

随着专案组对曹子风一伙的审讯以及交代，涉嫌严重违规违法的钱庭长、魏庆、袁麻子等人也渐渐浮出水面，该关的关，该开除公职的开除公职。

朱海也因偷盖众成物资供应站的公章，造成严重后果，伤愈后依法被公安机关行政拘留十五天。

秋峰在肖武和孟齐山法官的帮助下，历时近两年的曹子风拖欠的货款终于从法院账上划还，还补偿了相应的拖欠利息，这对秋峰而言，个中酸甜苦辣饱经品尝，难以言表，而他自以为这些经历为创业中一种不可逾越的历练，是甚为宝贵的生活经验和从商经验的积累，而非仅仅的苦难。

与此同时，秋峰意外接到城南工商分局关于对众成物资供应站解除钢材扣封的通知，通知中认为：由于举报人对众成所经销的钢材质量情况掌握不够，经委托省产品检验院复查证实，该批产品技术性能均达到国家标准，故判定为合格产品，工商据此结论，决定解除对众成物资供应站该货物的扣封，并向众成物资供应站及站长秋峰致歉。

次日，城南工商分局邓岳民科长及市场监察队长程士祥专程上门找秋峰交谈，征求秋峰意见，肖武、韦不包将秋峰拉到一边，老道的韦不包劝慰道：“既然工商局已如此宽宏大量，能够上门致歉，考虑今后持续经营钢材，难免碰上这样那样的问题，不要再与其据理力争，不如与他们交个朋友，经商之人，以和为贵，不要在乎损失多少，只要地方政府给个良好的经营环境已经阿弥陀佛了。”秋峰听听有理，便愉快地接受邓岳民、程士祥的征询，签了“无意见” 字样，同意工商局的决定，并友好地邀请邓、程作为朋友时常光顾，邓、程欣然同意，日后却也成了秋峰的好友群，此后话略不提。

在一个风和日丽的下午，经秋峰邀请谢英应约，两人在狮子山湖畔肯迪亚餐厅门口会面了，餐厅前有一条窄窄的用鹅蛋铺成的小路，两侧是冬青树，一直延伸到狮子湖边。他们沿着这条小路而行，谢英羞怯地望着秋峰，关切道：“秋哥，你现在的幸福指数是多少？”

“如果指数是100分的话，我现在应该达到99.9分。”秋峰看着谢英水灵灵、亮晶晶的大眼睛，幽默道。

“为什么不说100分，那还有0.01呢？”谢英纳闷问道。

“还有0.01分，”秋峰环顾四周，见无人，壮足胆子道，“如果能握谢小姐的手，就达到100分了。”

谢英莞尔一笑，露出一排洁白的门牙，伸出纤细的小手递给了秋峰，秋峰感到一阵眩晕，紧紧地握住谢英一只软绵绵的小手，谢英见此，不由地用手掩面大笑，笑得前仰后翻……

慢慢地，两人情不自禁、默默对视，相互依偎，最终渐渐地搂抱在一起，秋峰与谢英相爱了。

霍元旦加盟

草长莺飞，爽朗五月。

一日，秋峰收到吴江铁路局石门铁路材料供应段一封竞标邀请函，秋峰拆开眼睛一亮，上面内容是这样的：

致石门众成物资供应站：

吴江铁路局石门铁路分局建设职工宿舍楼的项目，已获立项批准，占地约12万平方米，拟建十幢层高为12层的职工公寓，承建方建设资金已落实，三项（钢材、水泥、木材）由甲方负责采购，符合并具备《我国招投标法》，我段受分局委托，代理并实施“三项材料”的公开性招标采购，其中钢材类（需要采购12000吨），报名参标须具备以下资质：

一、取得合法营业执照，营业时间不少于两年；

二、在中国境内从事钢材销售活动不少于两年，且无不良信用记录、法院诉讼败诉记录及偷税漏税记录；

三、注册资本不少于1000万元；

四、具有石钢、首钢、雄钢等大型钢厂销售代理资格证；

五、有充分资金以及专业人员承担实施供应我段发标的钢材供应能力。

如果具有上述条件，携带本单住相关资质（复印件）以及报名费500元于五月二十日前往我段物资材料部登记报名，领取“招标文件”，逾期不予受理。

物资材料部联系人：陈娇娇。

电话：5931888转212

欢迎咨询、参与。

吴江铁路局石门铁路分局材料供应段（公章）

一九九四年五月十八日

“啊，是她？”秋峰阅罢一阵兴奋，然又疑道，“莫非是同名同姓呢？”

“她是谁？我去找她？”小皮插话道。

“你不懂的。”秋峰拿着函件，照着号码打过去，一阵嘟嘟声后，电话居然通了。

电话里传来熟悉的女声：“您好，这里是石门铁路分局材料供应段。”

“您好，请问您是陈娇娇吗？”秋峰试探问道。

“是的，请问您是哪里？”

“哦，您还认识我吗？我是秋峰啊。”秋峰高兴道。

“哦，秋站长，前天我给您寄的邀请函收到了？是我寄的。”

“收到了，收到了，原来是您寄的。”秋峰疑惑道，“您不是在水泥制管厂工作吗，怎么到石门分局材料供应段工作了呢？”

“工作调动，服从组织安排呗，呵呵！”陈娇娇笑呵呵回答，又道，“怎么，秋站长有参加钢材竞标意向吗？”

“有有！”秋峰又为难道，“可是我站参加报名，资质似乎不够啊。”

“哪项不够资质呢？”陈娇娇耐心道。

“一、贵方要求营业执照注册资本1000万，而我站只有注册资本800万；二、具有雄钢等大型钢厂销售代理资格，我站暂没有取得这个资质，这、这咋搞？”秋峰一老一实叹息道。

“哦，你不是在销售雄钢等钢厂的产品吗？”陈娇娇停顿一会，压低声音又道：“秋站长，如果你确定想参标，我有办法让你报上名，不过我下班后到你站当面与你说。你请我吃个午饭，咯咯咯……”

“这好说、这好说，我等你啦！”秋峰听后挂了电话。

秋峰将信将疑，来回踱步，小皮讨好地端上刚泡的一杯茶，递给秋峰，秋峰让小皮赶紧采购些水果，专等陈娇娇的到来。

接近中午十二点许，传来“咚咚”的敲门声，小皮立即开了门，走进来的正是时髦靓丽的陈娇娇。

“进来进来！”秋峰客气地让陈娇娇坐上沙发，他早就备好些水果，忙掰了根香蕉递给了陈娇娇。

“就你们俩啊？”陈娇娇落座后，拿着秋峰递给的香蕉剥了皮吃起来，边吃边道，“秋站长近来生意如何？霍元旦还在你这采购线材吗？”

“还行还行，霍科长啊，他时常来，但他没有告知你调离工作的事呀？”秋峰道。

“工作调动就是他找人办的。”陈娇娇连忙又道，“哎，我到你处来，你可暂别告知霍元旦哦，千万千万！”

“哦，我不会跟他提的，放心放心！”秋峰顿悟道。

“秋站长结婚没？”陈娇娇突然道。

“早呐，不过在谈。”秋峰憨厚道。

“结婚可要通知我讨杯喜酒喝！咯咯……”陈娇娇掩脸笑道：“哦，你把你站营业执照什么的，拿我看看。”

“好好。”秋峰让小皮一一拿来给陈娇娇过目。

陈娇娇一一看过，点点头，道：“没问题！哎，秋大站长，快十二点了，你不请我吃饭啦？”

“哦，是是，走，我请你到对面的北京烤鸭店吃烤鸭去，如何？”秋峰征询道。

“好呀。”陈娇娇起身随秋峰、小皮出了门，径直去了对面的北京烤鸭店。

到了北京烤鸭店后，大堂经理是个中年妇女认得秋峰，给他找个靠窗户的卡座，秋峰点了个招牌菜一鸭三吃，陈娇娇又点了两道素菜和一瓶红枣汁，菜上来后他们边吃边聊。

“秋站长，你手下这位小伙子可靠不可靠？”陈娇娇有点不放心，背着小皮问。

“绝对可靠！”秋峰说。

“秋站长，明确告诉你吧，如果我们想让哪家中标那太容易了，不想让哪家中标也易如反掌。”陈娇娇喝了一口红枣汁神秘兮兮道。

“这么牛？”秋峰不解道，“说说看，这招标评标有什么秘籍？”

“很简单！”陈娇娇道，“如想让你中标，帮你挂个名头，什么资质都有，然后再用名头与你现在做的公司签个转包协议，后面的钢材全部由你供应；而不想让别的公司插手，随便我一个问题便将他废标，非常容易，这种事我在材料段已操作多次了。秋站长，你到底想不想做这个标，如果想做，谈好条件，我帮你操作便是。”

“什么条件？怎么操作？”秋峰好奇道。

“如你公司中标后，须向我段服务公司签订委托协议，缴纳管理费每吨120元，另外按中标量你要保证一次性以现金方式交每吨100元。”

“招标量12000吨按每吨120元算……”秋峰掰着手指头默算起来，嘴里念道，“要144万元，另外的一部分每吨按100元算，要再交120万元现金，二者合计264万元，需要经费共264万元，钢材那部分的利润哪有这么多？”

“羊毛出在羊身上，这钱又不是你公司出的。”陈娇娇道，“我们国有企业还让你私营企业吃亏，你不干，要干这项目的老板争撞破头都想干呢。”

“那，那我要是中了标，可拿不出这么多钱来啊。”秋峰道。

“你真是一个不懂规则、书生老板。”陈娇娇夹了块鸭肉，嚼了几口道，“你在签合同时提出要付预付款的要求，只要你提出充分理由，我们材料段一般不会不给预付款，我们也会从中暗暗地配合，你获得预付款后就有钱支付这些费用了。”

“这甚好，这个标给个机会？”秋峰心中虽然有些怵，但还是觉得有道理。

“你决定参标了？”陈娇娇问。

“当然！”秋峰决心道。“后天就截止报名了，你明天上午就到我办公室报名吧。”陈娇娇让秋峰取出那份邀请函，自己用笔在上面重点部分划了一下，道，“记得带上这些资料，有什么提供什么，按我划的提供。”然后她对秋峰语重心长道：“你可要遵守游戏规则哦！”

“当然、当然。”秋峰表决心地又道，“要么不参与，参与了绝对会遵守规则，从商诚信第一，请陈科长放心！”

次日，早上八点不到，秋峰便带上小皮，按陈娇娇交代的函中地址，早早地来到位于石门幕府大道108号的石门铁路分局材料供应段大楼门口；此时，材料供应段仍未上班，门口一对石狮子咧着大嘴，静静地守候西侧，中间的铁门由铁将军把守，显得冷冷清清。

秋峰、小皮见离大楼西侧不足一百米有几个摊贩在煮烧早餐，秋峰、小皮早餐还没吃，小皮眼尖，道：“第一个摊子是煮卖馄饨，第二个是炸油条，第三个搞酸辣汤，不过都有人在那排队买吃的，吃啥呢？”

“那摊人少些，就吃馄饨吧。”听秋峰想吃馄饨，小皮便三步并作一步，先到馄饨摊子问了价便将餐费付了。

二人坐了二号桌，等着伙计上馄饨，二号桌旁边也有四五个人围着一个小桌子，低着头在吃馄饨，只听见一个正在吃馄饨的胖汉子边吃边说：“别看陈娇娇一个徐娘半老，几分姿色，她可是与材料段柴段长不是一般关系，把她搞定，就搞定了材料段。”另一个瘦高个则举着筷子奸笑道：“我看呐，这娘们屁股往上翘，一看就是个骚货，我说掌舵的，你要是在她身上花点心思，不要掏多少票子，把她搞到手，那一万多吨钢材肯定顺顺当当归我们做了，掌舵的发了大财可别忘了给你的小弟兄赏些零花钱！”一个长得浓眉大眼，有点像电影里面的硬派小生则道：“大杆子，你少耍嘴皮子，人家是我兄弟霍元旦的人，有句古话叫朋友妻不可欺，你们快点吃，吃完了大杆子和灰猪上二楼找陈娇娇买标书，我带二顺子在五楼找柴段长，你们买完标书就在一楼停车场等着，我可能时间要长些。”

“强哥，这些礼品带上去吗？”瘦高的大杆子指手画脚地看着旁边的几个红袋子道。

“笨猪，这东西在人家机关单位楼下能拎来拎去吗？”掌舵的叫强哥的人斥道，“等我下楼后再说，做事动动脑子，把东西放回车里。”

“我们走吧，人家都上班了。”胖墩墩的叫灰猪道。

他们起身便朝大楼方向走去。

“哎，这帮人也来找陈娇娇投标？”小皮用嘴嘟哝，对秋峰低声道，“她在四处撒网，重点培养，看来其中有变数啊。”

“走，我们上楼看看去。”秋峰手一挥，小皮跟着秋峰也朝大楼大步走去。

秋峰和小皮上了二楼，按照陈娇娇给的门牌号，秋峰一眼看到202室门牌号，从窗户就看到陈娇娇和另一位工作人员样子的老头正接待大杆子和灰猪，查阅送审资料，陈娇娇也看到秋峰、小皮，装作并不认识，继续审阅材料。

“请问你是陈娇娇科长吗？”秋峰见门半掩半开的，便用手叩一下。

“请进！”陈娇娇看了一眼，便吩咐旁边一个老头，“又来一家报名的，你接待作个登记。”

“嗯！”老头招呼秋峰道，“那家公司，到我这登记吧！”

秋峰、小皮坐在老头桌前两个椅子上，见陈娇娇头都不抬忙着做登记。陈娇娇桌上电话响了，她抓起电话：“喂，您好，哦，是头儿，什么指示？哦，哦，嗯，好好，明白！”便放下电话，见她突然换到一副笑脸对大杆子、灰猪和蔼道：“你们放心吧，这些资料放在我这，明天上午九点半，你们就到五楼会议室参加开标会就行了。”

大杆子、灰猪嘴里说着“好好”，便离身与陈娇娇道别，陈娇娇把他俩送到门外，乐呵呵道别，然后径直上了五楼。

小皮对秋峰摇摇头，暗示“咱们没戏了！”秋峰则不露声色，仍与小老头循规蹈矩办着登记手续，办完了，老头称：“成不成，明天等候通知。”秋峰点点头，便与老头道别。

秋峰见陈娇娇没人影，便与小皮下了楼。

“秋峰，我看我们没戏了！”小皮沮丧地道，“你看陈娇娇主宰不了这个标，上面头儿说了算，可惜我们不认识那头儿！”

“明天见分晓。”秋峰无奈道，“但了解下招投标规则也没有坏处，权当上堂培训课吧！”

秋峰、小皮快快地返回公司。秋峰突然想到霍元旦，是否应与他聊聊，想到这便按书上记载的号码拨打过去。

“嘟嘟……”电话通了。

“喂，石门市水泥制管厂吗？”秋峰问道。

“是的，这里是总机，请问要转哪个科室或分机号？”电话那头传来悦耳、标准的女声普通话。

“我要转供应科，找霍元旦科长。”秋峰道。

“请稍等！”电话响了一阵后，传来一个男子接话声：“哪里，请讲话！”

“我找霍元旦科长，他在吗？”秋峰又道。

“霍科长电话！”电话里传来男子的喊声，“快来接，是你的电话。”

“哪位？我是霍元旦！”听筒中传来霍元旦的声音。

“我是秋峰，多日未联系，霍科长近来可好？”秋峰问候道。

“哟，是秋峰，秋站长啊，我正要找你呢。”霍元旦又急切道，“你在办公室吗？我马上来。”

“哦，欢迎，我在啊。”秋峰放下电话，自言自语道，“奇怪，电话一接，他就要来，什么事这么急呢？”

过了不到两支香烟功夫，咚咚的敲门声，小皮上前开门，霍元旦到了。

秋峰、霍元旦两人寒暄一阵，霍元旦道：“你知道吗，陈娇娇现在是铁路材料段的物资部采购科长了，是个肥差，权力可大了，铁路材料段现正在筹建职工公寓楼的三大材料招标，不仅如此，每年为铁路建设采购大量物资。”“哦，她怎谋到的这么好的职位？”秋峰装作不知情，又道，“不过，那个材料段我让小皮应邀参加钢材报名投标了，但正愁里面没关系呢。”“我帮你来疏通关系啊！”霍元旦说着叹了一口气。

“霍科长何故叹气？”秋峰道。

“唉，现在水泥制管厂效益日益下落，加上内部矛盾纷争，企业已经举步维艰，我每天上班不为谋事，只为保身谋人，度日如年啊。”他转而又恳求道，“秋站长，我看你为人耿直，事业心又强，而当前石城大力实施城市改造计划，国家步入新的基本设施改造快速发展期和内需增长期；你这个供应站只要顺势而为，定会前途无量，我想先来你处兼份职，协助你业务突破，待你站形成一定规模，我就辞职与你共谋事业，你看如何？”

“好啊！”秋峰听后喜出望外，握住霍元旦的手道，“你能有心加入我站，我求之不得，我们众成供应站真可谓众志成城，我秋峰有福啦！”

“我来你站不是吃闲饭，而是为你建功立业，同酬共赢，更是同舟共济！秋站长你就是我的领导，我永远做你的助手，只要你不弃，我霍元旦会兢兢业业，为咱众成供应站辉煌的明天尽心竭力，恪尽职守！”霍元旦眼中充满诚恳的光芒，又道，“眼下，我帮你拿下陈娇娇的钢材订单，至于报酬，你看着办，我霍元旦决不计较，因为我看中你秋峰的为人，或许咱们前世有缘呢，如订单拿到手，你采购组织货源是否有难度，如有难度，我也会有办法协助，这几年在水泥制管厂工作，也积累些人脉关系和渠道。”

“欢迎霍科长加盟我们，我们团结一致，肯定能干成一番事业！”小皮插话道，“不过，您能认识陈娇娇的上司那个姓柴的就好，不把他搞定，拿下钢材订单，中标还是有难度啊！”

“这没问题。”霍元旦道，“他是我表哥，陈娇娇就是通过我才调到他那里工作的！”

秋峰、小皮听了霍元旦此言，大为吃惊，又大为惊喜！

一举中标

按霍元旦所言，石门铁路材料段柴明段长是他的表兄，陈娇娇则是通过他的关系才得以进入铁路材料段工作的，而如今霍元旦诚恳表示加盟秋峰的众成物资供应站，这使秋峰、小皮自然又惊又喜，欢欣鼓舞。

“秋站长，”霍元旦显得信心十足，道，“你现在是我领导，但参加铁路材料段的这次钢材投标得听我的，我有百分之九十把握拿下此标，不过得舍得付出，舍不得孩子套不住狼，再说，羊毛出在羊身上，最终划算的还是我们啊！”

“你有这么大把握？”秋峰将信将疑。

“我霍元旦说话做事历来不坑不蒙的！”霍元旦瞧着旁边的小皮道，“你就把小皮派在我身边，我做事上需要个帮手，在用钱方面也让小皮好掌握下呗。”

“可以可以。”秋峰拍拍小皮肩膀道：“小皮啊，这下好好跟霍科长学习做人做事，这机会千载难逢啊！”

“小皮不到之处还请霍师傅指点批评！”小皮向霍元旦拱拱手道。

“哎，共同做成事呗！”霍元旦认真道，“咱先把标书好好包装制作好，价格不填，一切听我的，这是一；第二，准备好二十万现金，这二十万现金要是撒出去，可是能成倍成倍赚回来的哦。”

“二十万现金，这么多？”小皮瞪大眼睛诧异道，“给材料段做回扣用？”

“NO NO NO，”霍元旦笑笑摇摇头，“这是给参加投标的各个老板分的辛苦费，他们收了这个钱，就会配合我们投标，价格就由我们来掌控了。”

“嗯，”小皮又疑惑道：“这些老板要是不收这个钱，执意参加投标怎么办？”

“除了我们，一家都中不了标，投也是白搭！”霍元旦见秋峰、小皮听得稀里糊涂，又耐心地解释道，“你们可知晓我与材料段关系有多铁吧，这都是平时相处长期烧的香啊。”他有顿了会儿又道：“我带小皮对投标的老板一家家上门沟通，每家讲好了，在投标前将钱分出去，不然没人相信并同意配合的。”

“要是……”秋峰欲言又止。

“秋站长，你有什么想法？”霍元旦道。

“假设我们取得中标资格，要是有人举报我们这标是花钱串标的，铁路材料段、吴江铁路局方面知晓了怎么办？这可能涉及违法，同时这标可能也泡汤了吧。”秋峰担忧道。

“这个……”霍元旦听后脸色沉了下来，道，“秋站长说的这个情况，也是我所担心的，如果有人告到吴江局了，我霍元旦就没有办法了，告到材料段我有把握搞定，但要做生意赚大钱，没有不冒风险的，既然有此担心，这还由秋站长你决定，干还是不干？”

秋峰听后托着下巴，来回徘徊一阵，瞅着霍元旦的脸道：“材料段你保证能搞定？”

“这个绝对没问题！”霍元旦毫不犹豫道。

“干！”秋峰毫不犹豫道，“那就冒次险吧！真要是有人举报造成废标，大不了就损失这二十万，反正这钱也是赚来的，这当白赚。”

“这可是你的决定。”霍元旦端详着秋峰的脸道。

“剩下的就看你霍元旦了！”秋峰又道，“我和小皮全力配合，你是主角，我俩当你的配角！”

“哎，这话可不要这么说。”霍元旦道，“你是老板，我是你的打工者，这事要是成功了，我和小皮等着你秋老板发奖金了。”

“这理所当然，但这不是个问题！”秋峰想想又道，“不光你们，首先还要考虑材料段那边的人脉，烧香可不能漏掉一个菩萨，还有你要在材料段全面掌握参加投标的老板。”

“秋站长是个做大生意的料，考虑全面，跟着你干我霍元旦心里踏实，有谱！”霍元旦感叹道。

“那，你们开始行动吧？！”秋峰用征询的眼光望着霍元旦、小皮。

“好，我们立即行动！”霍元旦对着小皮说：“你把那辆车开到楼下，这辆车这段时间交给我用了。”

“这不是问题，理所当然。”秋峰道。

“走，我和小皮一起下楼吧。”霍元旦起身就走，秋峰上前握住霍元旦的手道：“祝你马到成功，等你传来好消息。”

“放心，我带小皮全力以赴。”霍元旦道，“请你放心吧，有什么事随时向你报告。”

说着，霍元旦、小皮匆匆下了楼去。

霍元旦带着小皮去了材料段，找到了陈娇娇，会见了他表哥柴明段长，陈娇娇将一份共五家参标的供应商老板名单交给霍元旦，霍元旦拿到这份名单逐一走访这些供应商老板，凭着他的三寸不烂之舌，竟然连续、顺利地说服了其中四家老板，都同意接受收受霍元旦分给三万元的“辛苦费”，配合霍元旦投标，同意放弃中标机会。

但是，最后一家老板难住了霍元旦，这就是他认识的姓解的，叫解生贵的老板，其公司来历也牛，是石门钢铁集团一级代理商，年销售额超过十个亿，霍元旦还知晓，解老板还与他表兄柴明段长个人交情深厚，这就是前面所提的，那家在秋峰、小皮前面报名的一户，霍元旦心里清楚，如想区区几万元把解老板搞定，岂不是上门自取其辱，他对这几万元定是不屑一顾，不被其羞辱一顿才怪。

事情已到这一步，也只能迎难而上了。霍元旦想，如因此退却，回去如何向秋峰交差，脸面往哪里搁呢？

找表兄柴明段长从中撮合，对，只有这条路！霍元旦知道表兄喜欢抽三五牌香烟，喝茅台酒，于是他买了四条三五牌香烟，四瓶茅台酒，白天不便去他单位，晚上提了烟酒，找到住在一所高档小区的表兄家。

一阵敲门后，开门的是柴夫人，是个头不足一米五的矮个子表嫂。

“是元旦啊，天黑了，你怎么来了，是否有什么急事？”表嫂让霍元旦进了屋，有些诧异问道。

“是的，嫂子。”霍元旦进门后笑嘻嘻道，“我表哥呢？”

“哦，他在外面应酬呢。”嫂子喋喋不休抱怨道，“自从他当上段长后，一年三百六十五天，能在家中吃饭的次数算算还没十次呢，我就不相信你表哥工作这么忙？我怀疑他早就在外面有家了，家里什么电器坏了，他就安排别人来修，自个面都不露，我想什么时候到你表哥单位瞧瞧，他到底在忙什么，比国家总理还忙。”

“哦，表哥连家都顾不上？”霍元旦道。

“元旦啊，你看你，都这种关系，连你这个表弟都送什么烟啊、酒啊来，家里这些东西太多了，好多因时间太长，我都拎到外面处理了好几批了，你还是拿回去吧，有什么事跟我说就是了。”表嫂道。

“经常有人给我表哥送礼？”霍元旦道。

“是的，”表嫂道，“你表哥以前当保卫科长时，没有一个来送礼的，只是对外送，现在当了段长了，不知哪有那么多油水，三天两头都有人送这送那，还有红包呢。”

“还是当官的有权好啊。”霍元旦又感慨又羡慕道。

“这个日子我过得心里不踏实啊。”表嫂道，“还是以前好，你表哥几乎不在外面应酬，虽然穷了点，但还像个家的样子，过日子就要平平淡淡。这样我总担心要出事，心里很毛躁，表弟你可要劝劝他，收敛些为好！”

“我见到他一定劝劝他。”霍元旦道，“哦，我有一件急事请他帮忙呢。”

“什么急事？说来听听。”表嫂道。

“表哥单位近期在建设职工新区，正在进行钢材招标，我想请表哥帮忙，我想做他单位的钢材生意，表嫂帮我跟表哥说说，务必帮忙搞定，因为我已做了许多铺垫，代价花了不少呢。”霍元旦情真意切道。

“那，那明天你和我到他单位去怎样？”表嫂想想道。

“他今晚不回家吗？”霍元旦道。

“他啊，十有八九不回家的。”表嫂沉下脸叹口气道，“只要他说出去应酬，一出门几乎是断了线的风筝，回不来的，我早就习惯他这样的方式了！”

“是吗？表哥真疯狂啊！”霍元旦惊讶道，“连家都不夜宿了。”

“可不是吗。”表嫂突然呜呜哭了起来抹着眼泪道，“不知哪个狐狸精把他的魂勾走了，他嫌弃我，我配不上他了，呜呜呜……”

“但好像表哥把钱物都往家里放，说明家对他还是很重要的吧？”霍元旦劝慰道。

“男子连家都不要，我要这些钱物有什么用，我要的是男人！”表嫂不停地抽泣道，“听、听说他单位有个骚货在与你表哥有不明不白的关系。”

“好吧好吧，表嫂。”霍元旦劝道，“我答应你，明天一早我来接你，一起到他单位去，他要是执迷不悟，我就说我陪表嫂到总局投诉他，估计他就害怕了！”

“对！”表嫂听后正色道，“到吴江铁路局检举他，我早就想走这一步，表弟你可要撑我的腰，要不然，我这个家就散了！”她又幽幽道：“要不是为了还在读高中的涛涛，我不会这样忍气吞声的，这个狐狸精，我一定把她揪出来！”

“表嫂，你自个儿保重，表哥要是不顾家、走邪路，相信我们所有亲戚好友都不会支持他、相信他的。”霍元旦安慰道，“您就早些休息吧，我就走了啊！”

“你小子想踩我一脚啊，不要走！”突然传来熟悉的呵斥声。

霍元旦、表嫂惊讶地朝声音望去，只见表兄柴明段长站在门口，红着脸，打着酒嗝，笑容可掬地望着他们。

“啊，是表哥回来了！”霍元旦又惊又喜道，表嫂则一屁股坐在沙发上，脸上毫无表情。

“哼哼，元旦表弟，你跟你表嫂说的话我全听见了，还想到总局检举我啊？”柴明瞥了他妻子一眼，冷笑道，“我柴明不怕人告，吴江铁路局上层人物谁不清楚我柴明是个工作狂，铁道系统年年授予的优秀管理员、先进工作者、劳动模范，自从我当上铁路材料段段长后，扭亏为盈，物质、精神文明双丰收，建设铁路职工公寓项目可是全局三十年来第一次发起的，就是我柴明做到的，在吴江铁路系统中我是前无古人啊，你们去告吧，一没证据，二是告的是先进人物，谁相信你们，告也是白告啊！”

“表哥在外应酬辛苦了，您坐坐，我给您倒茶。”霍元旦反客为主，恭维地对表嫂道：“表嫂，您看看，我说表哥不是一般人物吧，好男人啊，都是事业工作狂，在外打拼多不容易啊，我们应当支持表哥工作才对，如果不是表哥能力强，这么优秀，哪有这么好的家，我们亲戚都跟着沾光啊，嫂子您福气可大啦，嫂子，您告诉我，哪个是我表哥的茶杯？我给他泡杯茶。”

表嫂用手指着茶几下面道：“在茶几下面，一个不锈钢的，就是他用的。”

霍元旦连忙欠下身，将下面的茶杯取了出来，柴明一把将茶杯夺了过去，道：“你小子别给我来这套，你明天和你嫂子不是要到我单位谈谈吗，现在可以当面谈啊。”

“哪敢哪敢，看来表哥今晚喝多了啊。”霍元旦一拍脑袋，从地上抡起用袋子装的礼物，道，“哦，表哥，这是您喜欢抽的三五，还有茅台，二十年醇的，表弟我一点心意，表哥别嫌弃哦，嘿嘿……”

“我们表兄弟关系，还搞场面上的这套？”柴明给霍元旦泡了一杯茶，自己则倒了一杯茶，指指客厅的布艺沙发道，“元旦，坐下聊吧，晚上找我什么事呀？你吃过饭没？”

“还没吃呢，不过我说两句话就回家。”霍元旦应道。

“涛他妈。”柴明对后面不吱声的妻子喊道，“你到厨房弄几个菜，今儿个我陪元旦再喝两杯，结婚前我们表兄弟可亲密无间啦，婚后很少在一起，唉！时光真是一把杀猪刀啊……”

“是的，是的，”霍元旦也感慨道，“那时候，表哥您带着我和几个小弟玩耍，多淳朴哇，想想这种朴实无华的光阴一去不复返咯。”

“嘿，你小子还记得那些往事？”柴明在茶几上拿了一包烟抽出两支，用打火机点着火，深吸一口，顿时周围弥漫一圈圈的烟雾。

“过去那些糗事历历在目呢。”霍元旦接话茬道。

“哎，表弟为钢材招投标的事来找我吧？”柴明直奔主题，望着霍元旦的脸道，“咱表兄弟有话直说，对吧。”

“表哥就是神机妙算的诸葛亮！”霍元旦讨好道，“这事我已找过陈娇娇了。”

“嘘！”柴明做了个停的手势，转头望着厨房正在做菜的妻子，对霍元旦轻轻道：“不要提这三个字，你嫂子特敏感！”

霍元旦听了连声“哦哦”，心里十分醒悟。

“此事我让她与你对接，有什么话直接跟她说，懂了？”柴明又吸了一口烟，又道，“我正要找你，有些事需要你处理下。”

霍元旦正要开口，只听见表嫂高声道：“菜上桌了，你们可以喝酒了！”

“走吧，今天陪表弟两杯，也好长时间未尝夫人手艺了，闻闻这香味就馋了哦。”柴明笑笑道。

“你柴大段长在外吃香喝辣惯了，哪还想家中这些土菜啊。”柴夫人对柴明瞥了一眼，酸溜溜道，“家菜不如野菜香，人当官了，家就变成负担了。”

“你这话……”柴明语塞。

“表嫂，我表哥可不是陈世美那种负心男人，要不然他今晚回家？你瞧他对家还是很看重的，什么都往家带，这也是嫂子您亲口说的，是不是？表哥如此优秀，在我见到的男人中实在找不着几个，是我元旦学习的榜样啊！”霍元旦边说边伸出两个大拇指。

“算了吧，你表哥是个表演家！”表嫂虽然嘴上这么说，还是去厨房忙活了。

柴明呵呵一笑，从酒柜里取出一瓶茅台，启开瓶酒盖，分别给霍元旦倒了一小杯，自己倒了一杯，道：“元旦啊，表哥今天得到总局消息，我又可以续职三年，心情不错，来，表哥今儿个敬你一杯！”

说完，自己将一杯酒仰头喝下。

“首先祝贺表哥，但表哥还是节制些。”霍元旦也跟着将酒喝下，吐了一口气，道，“表哥啊，您今晚回家，其实嫂子嘴上不饶人，心里还是挺高兴的啊！”

“元旦，”柴明不理这话，顺手给霍元旦夹了块蛋饺，道，“这蛋饺是你嫂子拿手好菜，比外面馆子做的新鲜、好吃，我可喜欢她做的蛋饺了，来一块尝尝。”

霍元旦吃了一块，点头道：“确实好吃，嫂子手艺真不错。”

“是吗？”柴明也跟着吃了一块蛋饺，用纸巾抹了抹嘴，道，“明天上午，你先来我单位，一切按说好的进行。”

霍元旦心领神会道：“亲戚归亲戚，但做事，表弟我一定遵守规则，决不让表哥您失望！”顿了会又道：“再说了，毕竟是自家人，肥水不流外人田，说千道万，自家人不会坑自家人，表哥您指挥棒指到哪，表弟我就冲向哪，决不做丝毫有违表哥您的意图的事！”

“嗯嗯，”柴明赞许道，“你要把另外四家老板搞定才行哦。”

“另外四家老板我已搞定！”霍元旦表情凝重道，“现有一家老板我元旦怎么也搞不定的，只有表哥您发个话才行，否则这事肯定泡汤！”

“你说的是解生贵吧？”柴明抿了一口酒，继续边吃边道。

“对，就是那个解老板，他可是牛气冲天啊……”

“不是牛气冲天，而是牛皮哄哄！”柴明放下筷子，对霍元旦纠正道，“在铁路材料段是姓柴的当家做主，姓解的算哪门子耳屎？告诉你元旦，我想让哪个单位中标就哪个单位中标，其他都是他娘的狗屁！”

“是是是，表哥可是真正的老大，”霍元旦阿谀奉承道，“元旦从小就服表哥，现在更加信服了，表哥，小弟敬您一杯！”

说完端起一杯酒，咕咚喝了下去，完了将杯底亮给柴明看。

“表哥瞧瞧老弟态度如何？”霍元旦三杯入肚，不觉耳燥面热，但神志十分清醒，嘴上仍抹了层蜜似的，道，“老弟想拿下材料段钢材供应，您老大可要发个话，老弟我中了标另外拿出每吨50元现金返给嫂子吧，算您对她的一些心理、精神补偿，我算了下，如果是一万吨，也有50万呢，老弟做事您还不放心？”

“元旦啊，”柴明慢慢放下筷子，道，“我一直有个疑问，我问你，你不是水泥制管厂的供应科科长吗，怎么做起钢材了呢？”

“不瞒表哥您说，”霍元旦道，“我前段时间已停薪留职与一个朋友办了个钢材贸易公司，我那个朋友在石门做钢材名气很大，叫众成物资供应站，您听说过没？是雄钢等大钢厂的一级代理商。”

柴明摇摇头，问道：“你与你那个朋友投资多少，股份比例呢？”

“投资八百万，我占股49%，他51%。”霍元旦不加思考答道。

“你49%？”柴明眼珠子转了一圈，道，“这49%算算也有392万，你哪有这么多钱？”

“哎，这么多年在道上混，一年不赚个几十万，老弟我工作七八年了，当科长也有五年了，两三百万还是不算太多吧？”霍元旦说着，给柴明倒了杯酒，又道，“不过为了开公司，我还是向朋友借了些钱补缺，争取做表哥您这个工程后把这部分借的填平，您有……”

“你小子混得还可以啊，当起老板了！”柴明拍了下他的肩膀，盯着霍元旦的脸道，“不过，你小子没喝多犯糊涂吧？”

“没多啊没多啊，”霍元旦道，“头脑没糊涂。”

“那就好！”柴明又道，“你小子说的给你嫂子的那五十万块可要兑现啰。”

“那肯定那肯定，说到做到！”霍元旦道。

“那好，说定了，”柴明听了释然道，“那我支持你！不过要是你们中了标，供应钢材这事可不能糊弄，不可误了工程进度，一是钢材质量不能出事，二是要保证及时供货，这是原则，如果做不到这两条，谁都帮不了你们咯！”

“这您真放心，这两条我保证绝对不误事！”霍元旦信誓旦旦地保证，又道，“如果中了标，不是还要签合同吗，我们一定依合同条款执行！”霍元旦又想起什么，沉吟道：“不过要是供了货，表哥您及时按批次批准付款哦。”

“货款？”柴明点着一支烟，顿了一下道，“这你放心！材料段账上躺着近五个亿呢，钱有的是！”他又想了一下，对霍元旦轻轻道：“如果是你们众成中了标，你与娇娇谈判下，要先预付20%货款，也可多些，货到几日内付清，这样有合同我好批示，懂吗？”

“懂懂。”霍元旦又敬了柴明一杯酒，自己则又喝了一杯，这下感觉头有些沉甸甸，晕乎乎了。

“柴明，你别让元旦喝了。”柴夫人从厨房出来一见霍元旦有些发愣，道，“他哪有你这般酒量，让他多吃菜呗！”

“好好，元旦，吃菜吃菜！”柴明拍拍霍元旦手臂劝道。

“谢谢嫂子，还是嫂子能干！”霍元旦并没醉，又道，“那个姓解的老板……”

“明天我给他打个电话，让他配合你！”柴明干脆道，“我给打他电话，他哪敢说半个不字？”又思忖道，“不过他那里，你也作点意思，懂吗？”

“懂懂！”霍元旦应承道。

“你这些打点的钱，”柴明道，“你那个合作伙伴都能相信你么？”

“这您放心呗，”霍元旦道，“没您给老弟的机会，我和我那个合作伙伴哪有财可发？表哥对我不薄，小弟有数，有数！”

“为你众成公司发财，为你元旦发财，表哥敬你一杯！”柴明这次主动干了这一杯，不过他知道霍元旦不胜酒力，劝道，“你就意思意思啦。”

霍元旦一听，心里暗暗窃喜，还是一饮而尽……

次日，霍元旦回去后将事情前前后后及利害关系与秋峰细细说了一番，说通给姓解的老板一个十万元的大红包，如此这番后，投标价格基本以霍元旦定夺，经过他一番斡旋，果然众成物资供应站一举中标，获得铁路材料段钢材物资供应资格。合同签署后，众成收到了铁路材料段近两千万的钢材预付款。

秋峰大喜过望，按照霍元旦的要求，一一作了兑现，并且依照约定重重奖励霍元旦十万大钞，霍元旦见秋峰如此慷慨，自然喜上眉梢，一再坦言紧跟秋峰好好干。

当晚，秋峰把谢英、陈娇娇、霍元旦、小皮带到石门一处全城有名的叫作“辉煌地带” 的卡拉OK，尽情嚎唱，服务员上了一箱进口啤酒及各种小吃，他们边吃边唱，在旋转的激光彩灯照射下，个个显得十分亢奋，轮番上阵，声嘶力竭地唱着，秋峰把老歌唱了个遍，看着屏幕里演员那时而欢笑、时而沮丧、时而哭泣以及时而狂风骤雨、时而风和日丽、时而波涛汹涌的场景，脑海里联想到自己过去遭遇的种种坎坷艰辛与收获喜悦，泪水不禁汩汩而出。细心的谢英发现秋峰哭了，上前用纸帮他拭擦了下，问他想到什么、有什么心思，秋峰摇摇头，只是尴尬一笑，谢英伸出手腕，他懂得她的意思，于是挽起谢英的胳膊轻曼地跳起交际舞，两人身体贴得很近，他们踏着陈娇娇唱的梅艳芳的《女人花》那深情委婉、抑扬顿挫的节拍，翩翩而舞，在时明时暗的灯光下，歌与舞演绎得丝丝入扣，如梦似幻，浑然天成。

“……遍地的野草/已占满了山坡/孤芳自赏最心痛/女人花摇曳在红尘中/女人花随风轻轻摆动/只盼望有一双温柔手/能抚慰我内心的寂寞……醉过知酒浓/花开花谢终是空/缘分不停留/像春风来又走……”

秋峰看着谢英投来炽热而期待的目光，脑海里却闪现顾萍的酸醋眼色、黄芳撕心裂肺的悲苦、李岚凶狠又质问的神情……她们渐渐变成飞舞的毒蛇、旋转的骷髅和血淋淋的魔鬼爪子直掏他的心脏!

“哇！”秋峰惊恐万状尖叫一声，谢英惊讶放下手愣愣地望着他，秋峰双手捂着眼睛跌跌撞撞地斜躺在沙发上。

“怎么啦？”陈娇娇、霍元旦、小皮围了上来，吃惊地望着秋峰和谢英。

“可、可能，他近来压力过大了吧。”谢英看着秋峰突然变样，哭丧着脸地道。

“没、没事，这几天没休息好，刚才一阵眩晕，头脑一片空白，对不起大家了！”秋峰直起身子，歉意地向大家挥挥手。

“算了算了，今晚到此为止，我们护送秋峰回家吧。”霍元旦扶着秋峰道。

酒醉珍宝岛

繁星闪烁，夜已深沉，时钟已指向午夜凌晨二时，大地已酣睡，正在打鼾的小皮被大家护送到家，仍沉浸在亢奋之中的秋峰却难以入眠了。他起床随手在书架里取了一本早先是李岚赠予的《力学之父阿基米德之狂》。秋峰自收受李岚此书却无暇阅读过，他翻开扉页，见扉页上呈现工工整整秀丽的字体：致书兄秋峰共勉！学妹李岚。于1989年初春二月。他见那娟秀字体不由得摇摇头叹了一口气，说实话，自打接受李岚此书，他连这个扉页的字也懒得看，想想人家这番良苦用心，作为一个读书人也太装蒜了，好歹回赠一件礼物什么的，什么都没有，连个招呼都没有。“现在想来也太对不起了，学妹李岚！”秋峰歉疚地摇摇头，逐翻阅起来，翻到几页，被书中内容渐渐吸引住了，他饶有兴致地看了下去……

书中记载，狂人阿基米德出生在古希腊的高贵之家，也是个贵族，阿基米德的父亲是个天文学家兼数学家，学识渊博，为人也十分谦逊，出生在这样的家庭，使得阿基米德对数学、天文学、几何学产生了浓厚的兴趣，由于家庭衣食无忧，阿基米德可以心无旁骛地投入观摩、实践学习中。有一年正值春暖花开的季节，阿基米德随父亲到埃及亚历山大交流访问。

那年是公元前218年，正是古罗马帝国与古北非迦太基帝国爆发第二次布匿战争，身处今意大利西西里岛的叙拉古一直在投靠罗马，但是公元前216年迦太基大败罗马军队，叙拉古的新国王见风使舵与迦太基结盟，罗马帝国于是派马塞拉斯将军领军从海路、陆路同时进攻叙拉古。叙拉古和罗马帝国之间发生战争，阿基米德所在的叙拉古渐渐处在强大的罗马帝国围困之中，已是四面楚歌，岌岌可危，而阿基米德此时已年老。为了保卫自己的祖国，阿基米德利用科学知识——杠杆原理发明了投石机和起重机，而他的发明创造得到了黔驴技穷的叙拉古国王的采纳，国王迫不及待下令让大臣在各部队挑选十万余名精良男丁投入实施，通过数十个日夜的装配和实验，终于展示其前所未见的威力，给来势汹汹的罗马军队迎头痛击，威力无比的投石机将装置满满的石头如倾盆大雨洒向罗马军队，罗马军队瞬间死伤无数，叙拉古军队借此反攻，罗马军队顿时溃败逃离叙拉古国。

阿基米德又一创造发明的便是“镜子聚光”。此年，罗马军队为报复叙拉古频繁进行偷袭并大肆集结大批舰船军队，试图一雪仇恨，吞灭叙拉古，在这危难时刻，阿基米德又站了出来，他让叙拉古国王召集全国的妇女、孩子拿出家中的镜子，举着镜子对准强烈的阳光折射到敌舰帆上，它们瞬间焚烧起来，火势借风力，越烧越旺，罗马军队纷纷跳水弃船，后面舰船见势不妙，回头逃窜而去。

后来，恃才傲物的阿基米德曾说出一句震世名言：只要给我一个支点，我将以支点撬动整个地球！

“用一个支点可以撬动地球？”秋峰阅罢自言自语，他掩书沉思一会儿，一个念头略过他的心绪，突然他一拍大腿大声说道，“为什么不可以呢？”

“深更半夜你在说啥呢？”小皮突然惊醒了，坐起来见秋峰握着本书，又懒洋洋地躺下道，“明天事多，还是早点休息哦。”说完便又掖着被子蒙头睡了。

秋峰瞧小皮渐渐熟睡，他取出铁路材料段一张用红纸打印的“中标通知书”，想了下拿着笔将自己的计划想法埋头疾书，写着写着一阵倦意袭来，他打了个哈欠，脱了衣服钻进小皮反方向的热被窝，两人拉锯般地打起了呼噜声。

次日上午八时许，窗外折射一束强烈的阳光照在秋峰脸上，秋峰揉揉眼，睁开了眼睛，他爬出被窝取出手表一看已是早晨八点十分。

“懒鬼起床，懒虫起床，八点十分啦！”秋峰用脚踩踩小皮的屁股道。

“八点十分？”小皮也爬了起来，困惑道，“老板，今天干啥啊？”

“快起来随我去海岸钢厂找韦不包去。”秋峰迅速穿上裤子，然后跑到卫生间。

“找长寿人？”小皮连忙穿衣道,“找他啥用？”

“甭问了，以后你慢慢就懂我的心思了！”秋峰边尿尿边道，“小皮你下楼买几根油条和豆浆，抓紧！”

小皮“哦”了一声开门出去了。

秋峰、小皮洗漱完毕，吃了些油条豆浆，便匆匆下楼，找到了楼下的红旗轿车，小皮拿过秋峰的车钥匙，两人上了车，小皮发动车后，便朝海岸钢厂驶去。

海岸钢厂，原是一个日暮穷途的乡镇集体所有制的钢窗边料厂，该厂厂长周万里三年前从宁波某部队退伍，退伍后回乡被安置在镇工业办公室，谋了一份跑差的活儿，后经人介绍又进了钢窗边料厂供销科当业务员，由于此人能说会道，头脑灵光，被老厂长孔勇慧眼看中，先后提拔为供销科副科长、科长、厂长助理、副厂长等职，去年上半年老厂长孔勇被查出患有肝癌，不得已住进医院治疗，经他向镇政府推举，周万里接替了他的职务，三个月后，老厂长病逝，周万里正式就任这个钢窗厂厂长。

但是，周万里接手这个乡镇企业是名副其实的烂摊子，产品销售市场狭窄，负债累累，近两百名的职工连工资发放都难以为继，周万里带着一帮人天天跑出去催收应收货款，而货款刚刚到账，就被闻讯而来的镇领导报销什么“招待费”“慰问金”花得几乎精光。到了年底，企业已摇摇欲坠，濒临倒闭的境地，原来两百多号人已几乎流失得差不多，仅剩不足二十个一时没有去处的平庸人。又快过年时节了，大家都围着周万里要工钱过年，周万里见镇上领导无心挽救企业，也根本无钱救急，瞒着老婆，偷偷地把自家的两万元积蓄从银行里取出，把这二十来个难兄难弟打发分个干净，好歹度过了春节。

春节后，周万里发现时下建筑用的螺纹钢在市面上十分吃香紧俏，他找到在雄钢当过保卫科科长叫仇刚的，他们是曾在一个部队当兵的战友，仇刚帮周万里接触上了雄钢姓曾的生产部长，周万里在战友的撮合下与曾部长一见如故，兴趣相投，两人相见恨晚，周万里提出创办螺纹钢生产线，那曾部长一口应承，表示全力支持他创办螺纹钢生产线，并且愿意从配置生产设备、技术工艺到生产轧制等全过程助周万里一臂之力，周万里闻后不胜感激，甚为欣喜。周万里想在自己所在的钢窗厂的基础上进行改建，并承诺高薪诚聘曾部长业余担当他的技术总监及运营顾问。

周万里回到镇上找到了时任的海岸镇党委书记兼镇长乔大川，这是个吃喝嫖赌样样精通的主儿，常年戴着金丝眼镜，装得个温文尔雅，嘴上喜欢“之乎者也”，似一个教授模样，只要近距离接触不到两个小时，此人便渐渐失去方寸，原形毕露，彻头彻尾的流氓加土霸一个。周万里找他商议，谈了他一番构想——将海岸钢窗边料厂改为海岸钢铁厂。但当周万里提出依市场规则办企业，提出以他个人承包经营，每年上交镇政府管理费等设想，又提出利润如何潜规则分成分红时，乔大川马上拍案叫好，便称由周万里全权推行“改制改革”， 实行“先上车、后买票”， 一切手续后面完善，乔大川拍胸表示政府方面一切由他提供“保驾护航”。此外，乔大川表示让周万里向所在农信社申请500万贷款，由镇工办提供担保，争取一年上项目，二年保利息，三年创盈利，四年上规模，五年收成本的构想，同时增加100亩农用地转为钢厂备用建设用地，由镇政府负责与土地部门协调，做到边协调边开建，以财政收入置换用地指标，项目开建不悖国家宏观政策，符合县市产业经济发展导向，不影响镇政府政绩考核，说不准只要项目上规模，县市领导一高兴，海岸镇主要领导还会沾光荣升呢!

“您真是一个敢想敢闯，敢干作为的好领导啊！”周万里对乔大川马屁拍得颠颠的，道，“有您这句话，咱说干就干！”

“你大可放开胆子干，尽管放心！你负责好钢厂设备购置项目投产，剩下的事我让镇政府、镇工办鼎力支持配合，全力促成项目早日投成！”乔大川拍拍周万里肩膀道。

周万里有了乔大川这个靠山的支持，又有了雄钢曾部长的暗中相助，周万里带上一帮人很快在雄钢收购了一批淘汰的中频熔炼电炉、连铸棒材轧机以及成套的轧辊，共花去近三百多万的人民币，经过三个多月的突击改造，曾部长亲临现场指挥，第一批滚滚发烫的螺纹钢终于沿着轧辊滚动而出。当输送带缓缓呈现在人们眼前，工人们用长钳子将发烫的螺纹钢一一夹出，大家欢呼起来，周万里与韦不包激动地拥抱在一起。

次日，海岸镇党委及镇政府在乔大川的主持下，召开了关于海岸钢厂投产仪式大会，与会干部一致同意通过。

金秋九月的一天，海岸钢厂隆重召开了正式投产仪式大会，石门市及区有关领导等各级部门应邀出席。海岸钢厂彩旗飘飘、锣鼓喧天……

秋峰、小皮在韦不包的引导下，走进海岸钢厂宽敞明亮的接待室，落座不到三分钟，只听见韦不包道：“这是我们的周董事长！”

秋峰闻声站立，见魁梧高大的大汉笑嘻嘻地伸着双手朝他走来。

“您就是众成公司的秋峰秋老板吧？”那大汉紧紧握住秋峰的手，自我介绍道，“我是周万里，久闻大名，一直想登门拜访，只因公务繁忙，今日才见，幸会幸会！”

“您好，我是众成的秋峰。”秋峰又指指旁边的小皮道，“这位是我的助手，名叫毛小利。”

“你好你好，欢迎欢迎！”周万里又与小皮握握手道。

周万里从口袋里掏出两包中华香烟，分别塞到秋峰、小皮面前，自己则拆开一包烟，又递给秋峰、小皮，笑道：“我是个烟鬼，二位陪陪我，我周某无烟活不下去的，就如鱼儿离不开水，嘿嘿嘿……”

“周董，”秋峰开门见山道，“时间对您与我来说都是很宝贵的，没工夫闲聊，我们此番来贵厂就是来订货的，如果贵厂政策好，价格优，我众成考虑与贵厂长期合作，且可以进一步倾向性地经销贵厂的螺纹钢，前面的合作只是小试牛刀而已，韦科长，您说是吧？”

“嗯嗯，”韦不包对周万里又道，“秋站长此番特地来我厂，带来了一份大订单，据说是上海铁路局的一批订单，数量不小呢。”

“是的，这是我公司在上海铁路局材料段的中标通知书，”秋峰取出一张红彤彤的中标通知书递给周万里，周万里接过中标通知书，看了下笑呵呵地道，“恭喜秋站长，恭喜发财，1.2万吨，可以嘛。”又道，“秋站长在上海铁路局有后台吧，要是我们海岸钢厂是打不进去的，嘿嘿……”

“那可能是吧，”小皮插话道，“我们秋站长在上海铁路局后台关系硬着呢，这1.2万吨是首批，后面单子多着呢，可能有近10万吨，秋站长对吧？”

“差不多吧”，秋峰收起中标通知书道，“上海局每年有几十万吨钢材需要招标采购，我们只占20%不到，不能独占鳌头，占多了，商场行走就有些难受了。”

“那是那是”，韦不包恭维道,“就是占20%可不得了啊，这个量够我们目前海岸钢厂累死累活干一年的呀，秋站长您有什么条件，尽管跟我们董事长当面交流嘛。”

“是呀是呀，目前我们海岸钢厂就十多万吨吧。”周万里又递给秋峰一支烟，笑道，“秋站长有什么要求，尽管提，只要海岸钢厂能做到的，我周万里一定照办。”

“这样吧”，秋峰想了一会儿道，“依上海铁路局采购物资的一贯做法，钢材账期一般在采购之日，也就是到货日起，两个月支付70%，余30%作为质保金滚动，在此后的两个月内支付，依次循环，请问周董事长，贵厂这个账期能否接受，最大额度能承受多少？另外价格有多大优势呢？”

“这个吗……”周万里一听秋峰此言，心里有些打鼓，但他猛抽了一口烟沉吟下，还是硬着头皮道，“首先，感谢秋站长信任海岸钢厂，至于销售货款账期和最高额度，我认为海岸钢厂对上海铁路局可以采取针对性特殊政策，可以按两个月账期放贷，依据我厂的实际情况，暂时最高额度不超过三百万，这是我海岸钢厂从来没有过的特殊性对外销售政策，按雄钢现行价格表上同规格同口径下浮50元每吨，秋站长您看海岸钢厂这政策行不行啊？”

“其他还可以，价格好像还是偏高些吧。”秋峰想想又道，“价格高与低直接影响在贵厂生产产品数量的多与少哦。”

“董事长”，韦不包对周万里耳边轻言讲道，“考虑销售量因素，是否可以再放点价呢？”

“那、那在刚才说的价格基础上再下浮30元每吨，这样已比雄钢现行价格让价80元每吨了，秋站长您看？”周万里用恳切的语气望着秋峰。

“我们此番来贵厂之前，其实有几个钢厂代表及总经理都造访过我众成供应站。”秋峰卖了个关子道，“来贵厂主要考虑两个方面的因素，一是贵厂韦科长多次来我站交流游说，从个人情感来说，已建立感情因素；二是贵厂离我站距离较近，将来调货可能方便些，如果单从价格及政策来看，贵厂与其他钢厂相比，优势不仅不明显，还存在很大的差距，故请周董事长再认真考量下，不过合作不合作没关系，我来贵厂，一来参观贵厂生产情况，二是抱着学习的态度来的哦。”

“好吧好吧”，周万里咂咂嘴道，“再下50元，比现行价格低130元每吨，秋站长您看如何？”

“再减少50元吧，别家钢厂在雄钢基础上下降200多元呢，贵厂按下降180元，这样与其他钢厂价格相比有些接近，考虑与贵厂距离近，就这样吧，周董事长意下如何？”秋峰微笑地反问道。

“好吧好吧！”韦不包见周万里点头同意，连忙取出早已准备好的空白合同和笔，将双方约定的条款写好，一式两份，一份交给周万里，另一份交给秋峰审阅，秋峰看看合同意思基本相符，便取笔在合同下端签下自己的名字，周万里见秋峰签了，也接过韦不包的笔签了字，签毕周万里紧紧握住秋峰的手，对韦不包道：“快11点半了，到珍宝岛酒楼订个上好的包间，今儿个我请秋站长喝两杯，预祝咱们两家合作旗开得胜！”

“中午喝酒？还是免了吧。”秋峰一听喝酒就头皮发麻。

“哎”，周万里将袖子一撸，指着有针迹的胳膊道，“你看看我昨晚喝酒喝得烂醉，还到医院打了点滴，但我还想与你喝一盅，人生在世，图的就是快活。”

“这更不可喝酒，都打过点滴了，健康最重要啊！”秋峰摆摆手道，“来日方长，等您身体康复，改日我邀请您周董。”

“一定给个面子，少喝些嘛。”周万里坚持道。

“哎呀，一定要给周董事长面子哟。”韦不包劝秋峰道，“我们周董事长跟我叮嘱多次要邀你喝个酒，今儿择日不如撞日，你秋站长就不要再推辞了，我去订席，你们半个小时可以过来啰。”说完，韦不包挥挥手过了门。

秋峰、小皮架不住周万里哄劝，这天中午在珍宝岛酒楼，在周万里一班人的“酒精考验”的吃客说词下，频频举杯，喝得酩酊大醉，秋峰依稀记得他和小皮是由两个服务员架着抬上自己的轿车内，后由海岸钢厂叫歪眼龙的司机及服务员送回公司的。

小蛇吞大象

秋峰自从与海岸钢厂周万里签下“委托代理销售合同”以后，他“如法炮制”，先后与另外两家钢厂同样签下类似的“委托代理销售合同”，秋峰心里清楚，签下这样的合同，意味着每家钢厂给予他三百万元的无息贷款，只要他保持对每家钢厂钢铁产品稳定的市场销售，就可长期使用支配这无息货币资金，而货款回笼后再进行二次商品流通周转，从而赚取更多差价，即利润，如按一千万计算，差价为10%，一次周转便可获得一百万元的利润。

而这些钢厂之所以相信秋峰，是因为秋峰手上握着的铁路材料段“中标通知书”。

这便是专家所谓的“鲶鱼效应”。

秋峰的银行账面不断有大额资金进出，且额度越来越大，早已引起谢英所在银行绰号叫“小鼠眼”行长的高度关注。

“小鼠眼”行长全名叫郭大雄，长得一对绿豆眼，由于眼睛如老鼠一般又贼又小，人称“小鼠眼”。

一日，“小鼠眼”行长眼巴巴盯着谢英电脑里出现的众成供应站两千多万的余额，不由地感叹道：“谁要认得众成公司的老板该多好啊！”

“郭行想要与众成老板见面吗？”谢英随意搭话道，“我认识呀。”

“你认得这家老板？”“小鼠眼”行长高兴道，“你能带我与这家老板见个面吗？他叫什么名字？”

“可以啊，他叫秋峰，秋天的秋，山峰的峰。”谢英道，“您想什么时候与他见面，我可以打电话给他。”

“太好了！就今天下午行吗？”小鼠眼行长道。

“我来问他吧！”谢英站起身朝后台电话机桌走去，拨通了秋峰的电话。

“喂，是秋峰吗？”谢英一听果然是秋峰的声音，顿时满头脑全是秋峰高大挺拔的身影，不由得颤抖地道，“我是谢英。”

“哦，这个时候你不是最忙的时段吗？”秋峰不解又轻柔地道，“你哪有时间打电话？”转又关切道，“近来怎样？你不是要把我带见你爸妈吗，我在等你消息呢。”

“今晚下班可以吗？”谢英又道，“哦，我们银行的郭行长想在下午与你见面谈下工作，你有空吗？”

“什么事？下午几点？”秋峰道。

谢英捂着话筒，对“小鼠眼”行长问道：“郭行长，联系上了，秋站长问您下午几点见面？”

“下午两点左右，可否？”“小鼠眼”行长道。

“下午两点左右，”谢英对秋峰道，“行吗？”

“是你的领导，也是我的领导，哪有什么不行的！”秋峰又补充道，“那我下午两点在公司恭候啦。”

“好的，说不准，我与我们行长一起来，拜拜。”说完谢英便挂了电话，“小鼠眼”行长在旁听他俩的对话，心里便猜出他俩是什么关系，他那对小眼睛一亮省悟道：“小谢莫不是与那老板是恋人关系啊，这真是可喜可贺的事儿！”

谢英回到座位抑制不住害羞道：“只、只是朋友关系嘛，还没确定呢。”

“看来你们沟通机会很少吧，”小鼠眼行长笑笑道，“这样吧，接下来你别干柜员了，干客户经理吧，你专门代表我行去众成供应站进行关系维护，这样你们接触机会不就多多啦？！啊、呵呵……”说着“小鼠眼”行长对着谢英咯咯大笑。

“真的调我岗位？”谢英忐忑道。

“真的，”“小鼠眼”行长道，“下午随我去拜访那位老板，顺利的话，明天就办转岗手续和工作移交吧。”

“那好吧。”谢英莞尔一笑，边继续工作边问道，“我下午出去，领导安排人接替我，我下午一点半在大厅等候领导啦。”

“到时候你领路！”“小鼠眼”行长说完便上了楼。

下午二时许，“小鼠眼”行长领着一名副行长在谢英引路下，准点到了众成物资供应站，与秋峰、霍元旦、小皮等见了面，双方自我介绍后，一席客套话后便进入正题。

“秋站长，恭喜发财喽！”“小鼠眼”行长坐定后道，“首先感谢贵站选择我行作为基本结算户，这可能是小谢的功劳吧。”他顿了一下一眼瞥见谢英坐在秋峰身后，遂投以一笑道：“此番我等上门拜访，主要想开拓贵站与我行合作渠道的广度及深度，为贵站赢得更多的财源，提升档次，为贵站经营升级换代，寻找突破口。比如贵站结余的资金，在不影响使用的前提下，不仅可以加倍拿到利息，还可以抵押作为新的流动资金，如有资金缺口，我行可以根据贵站规模，释放临时信用额度，以保证贵站获得资金，抓住商机，把业务越做越大，总之，我行愿做贵站发展的起跳板、垫脚石。”

“听了郭行一席话，让我深深感动！”秋峰应道，“我站最近获得上海铁路局材料段一万余吨钢材中标采购项目，以及市内其他基本设施工程项目的供钢资格，是雄钢、海岸钢厂等重点销售代理，虽然企业建立时间不长，但有着潜力不可小觑的雄厚基础，加上时下我市及周边城市处在大力进行旧城改造，国家实施基本建设，扩大内需的战略方针的关键时期，钢铁产品市面紧俏，需求量大，贵行选择与我站合作，从中看出郭行等一班行领导高瞻远瞩，慧眼识珠，有着极大的超前意识，如果合作成功，想必会给贵行及我站带来不可估量的预期效应，我们愿与郭行深入交流，寻找合作突破口。”

秋峰寥寥几句话，把郭行一行人说得连连称赞，心悦诚服。

经过这番洽谈，凭借秋峰提供的上海铁路局中标通知书及钢厂代理合同，郭行当场表示给众成供应站授信贷款暂定1000万，可以随报随借，可循环使用。

在短短不到一个月内，秋峰带着两个兄弟游说钢厂、银行及有关客户，筹集近五千万的流动资金，用这些资金撬动了雄钢、石钢等大型钢厂，成为大型钢厂的一级代理商，先后囤积了近万吨不同品种的钢材资源进入大石门储运站，同时购置了四辆车风牌、解放牌货运卡车，招聘近10名年富力强的司机，实施一站式销售服务模式。几日后秋峰在当地报刊连续打出了“优质钢材哪里找，众成仓库全都有”；“价优物美好钢材，众成给您送到家”；“拨个电话送货到家，众成实行一条龙供钢服务”等爆炸式广告，连续在报刊、电台等当地主流媒体刊发广告，整个业界被轰动了，在20世纪90年代初期，尚处于计划与市场双轨制阶段，物资存在短缺的年代，秋峰的众成公司的价优物美的钢材，且可实行送货上门，一条龙服务的快捷供应模式，犹如春风一般传播千家万户，一时间，众成供应站客户盈门，订货不断，秋峰一班人马开足马力从早晨上班至晚上忙得不亦乐乎，几乎天天如此，营业额直线上升，月销售额不断刷新历史纪录，众成供应站、秋峰的名字在石门业界几乎无人不知，孺幼皆晓。

秋峰随着城市基本建设拉开序幕，建筑钢材用量越来越大，价格一路飙升，赚得盆满钵满，他将账目盘核后，兴奋地眩晕了，随着经营规模、销售量越做越大，连往日傲慢的国企石钢领导以及曾不可一世的雄钢副总都放下身段上门拜访秋峰，分别授予秋峰的众成供应站为先进供应站、优质代理商等荣誉称号，分别给予秋峰及众成供应站二十万、三十万现金奖励及证书。

秋峰及众成供应站的迅速发展早就引起所在的城南区人民政府官员、特别是被叫郑胜利的区长所关注。一日，郑区长带着几位官员在街道干部的引领下造访了秋峰，让秋峰感到新奇的是，郑区长这次造访在勉励的同时，既给他带来种种荣誉，也使企业得到真正的转型升级及新的发展方向和他事业的真正起飞。

紧接着，区人大区政协领导分别走访秋峰，当年秋峰成为区政协委员，次年又升格为市政协委员、常务委员。

秋峰在参加政协会期间与同行业一个叫宋得法的委员相识，在闲聊中得知，宋得法所在的国营企业石门市神洲冶金铸造厂因连年严重巨额亏损，市里主要领导想通过这次省委省政府会议精神，和本市刚刚召开的“国有企业三联动改革改制部署座谈会” 的机会，通过公开发布招标的形式，对部分亏损严重的国有企业予以拍卖或并购，以此想甩掉亏损的沉重包袱。秋峰闻讯表示有浓厚的兴趣，政协会后，热情的宋得法邀请秋峰一起前往城南临近郊区的神洲冶金铸造厂参观。

坐落于石门城南郊外的石门市神洲冶金铸造厂，一座建厂三十多年的国有企业，曾经有过骄人辉煌的发展史诗，并以龙头企业著称，工厂以生产特钢设备、除尘设备、大型轧辊机床和各类优质的异型铸造件闻名于业界，产品销售遍及大江南北，以及欧洲、东南亚十几个国家。占地面积近300亩，工厂职工700余名，是当年国内屈指可数、石门市重点国有骨干企业。但是，市场风云变幻，改革开放后受国外先进技术大批涌入及苏南乡镇民办企业的低价冲击影响，神洲冶金铸造厂疲于抗争，然日趋衰退，江河日下，连年亏损千万以上，市里领导多次现场办公，曾派遣多位厂长拯救，仍回天无术。

“唉，市里派我来收这个摊子的，现在厂里已是大停产状态，我可能是最后一任厂长了……”宋得法指着静悄悄的偌大工厂，用凄惨的语调无奈地道。

“真遗憾啊，这么大的厂子，就像一座睡着的巨龙哦！”秋峰站在厂门口眺望雄伟的厂房、办公楼及一个个花卉凋零的花园，面对眼前这座花园工厂，他嘴上对宋得法感叹一番，可内心却怦然心动，他头脑突然冒出一个大胆的想法：趁政府这急需甩包袱的时机，何不一举收购它，一则手上有可支配的富余资金，即使资金不足，可以向谢英那“小鼠眼”郭行长申贷；二则以小博大，收购这个厂子后可以招商，实在不可维持亦可变卖，说不定能赚一笔更大的……

秋峰回到家后仍兴奋不已，心里琢磨如何下手，他想到了区长郑胜利，他记得郑区长曾亲口对他说过，企业发展中遇到项目需要协调的，尽管找他。

“对，找他管用！”秋峰暗暗叫好，他想到这，便给上次陪同郑区长来找他的区政府办贺军主任编发了短信。

“贺主任您好，我是秋峰，我企业因扩大经营规模，认真考量想拟购神洲冶金铸造厂，并具有收购的经济实力；烦报郑区长此事，我将当面禀报工作，秋峰候命，致谢！”在秋峰短信发出不到一刻钟，贺主任便复信到了。“咦，这么快复信就到了，现在政府办事效率有这么快？”秋峰取手机一看，贺主任很简短一行字：“区长让你明上午八点四十到区政府办商谈。贺军”秋峰看后即回：“准时报到！”

次日早晨八点半不到，秋峰带着小皮赶到区政府三楼的政府办公室，见贺军主任站在办公室门口笑容可掬地等着他们，贺主任把秋峰他们引到旁边一间接待室，说郑区长可能稍迟些接待他们，因为区长正在接待一位老外。他说着便给秋峰、小皮各泡了杯绿茶，然后招呼一声出去了。秋峰在接待室来回踱步等了约一个小时，终于门开了，只见高大俊朗的郑区长走了进来就喊道：“秋峰啊，让你久等了，真不好意思啦！”“没事没事，郑区长您公务繁忙，理解理解！”秋峰忙迎上去与郑区长握了握手。“都忙啦，哦，找我什么事啊，坐着讲！”郑区长笑呵呵地让秋峰坐下，秋峰便如实报告想收购神洲冶金铸造厂，一则趁年轻想做些事，二则也为政府分担些责任，如此这般滔滔讲述了一番。

郑区长听后笑了笑，随即他让贺主任把区长助理、区经信局局长俞旺旺喊了上来，不一会儿工夫，只见胖墩墩的俞旺旺局长拿着笔记本满脸堆笑推门进来。

“旺旺啊，这是我们区企业家秋峰先生，也是区政协委员。”郑区长对俞旺旺指示道，“秋总想把神洲冶金铸造厂收购盘活，这也为区政府分担了一些责任，这个想法很好！旺旺啊，布置你一个重大任务，迅速着手神洲厂的改制改造，也就是国退民进，真正推行以民营控股或占大股的经济责任制，成立新的神洲厂，真正按市场规律办事，这也是符合当前市委市政府三联动改革改制总体要求的，我们区以神洲厂作为改制试点，争取开个先河，事后我向朱书记报告下并报备市里。你负责联系下区审计事务所，联系那个宋得法，组织人员先把资产底价表搞出来，尽快拿出可行性方案，送报给我审阅，你看十五天内将方案弄出来有没有问题？”

“区长您已经下任务了，我还敢说有问题吗？”俞旺旺先是打趣后又踟蹰道，“方案可以突击搞定，但神洲厂是个老厂，工厂数百个干部职工人员的分流可是个不小的问题啊，秋总收购后肯定不会要那么多人，这个事情郑区长得亲自协调处理哦。”

“关于神洲厂人员分流我让劳动局老黎协调处理，这个你就甭管了，”郑区长挥挥手道，“神洲厂这个三联动改制改造方案是咱区委区政府今年一号文件中指定必办的政治任务，已经拖了几个月了，市里都在考核督办推进，现在正好秋总主动请缨收购，这是件大好事，但如拖到下半年就追责严重了，到时你俞局就难堪啦，这你心里应该清楚吧。”

“清楚清楚，一定完成任务，区长放心，大可放心！”俞旺旺斩钉截铁地道。

“不过，”郑区长想了下道，“你部署下，让秋总参与招标办的招标流程，弄几家参与下竞标，形式不要缺少，将来市里查了，也有个流程资料可备查，明白吗？”

“明白明白！”俞旺旺遵命道，“我马上召集有关部门负责人开个小范围会议，部署分工配合。”

“你掌握着办吧。”郑区长又对秋峰道，“你跟俞局去参加会议。”

“谢谢郑区长，”秋峰客气道：“后续有关情况再向您汇报。”

秋峰与郑区长、贺主任告辞出了门后，跟着俞旺旺下了一楼，是城南区经济计划发展局——他的单独办公室，秋峰见俞旺旺的办公室非常精致考究，办公室挂着的两幅红木镶框的稀世墨宝，却牢牢地吸引了秋峰的眼球。一幅竖款草书：海阔任鱼跃，天空凭鸟飞。落款：川人刘海栗。另一横幅隶书：大漠孤烟。落款小楷：清朝胤禛爱新觉罗雍正。秋峰愣住了，便忍不住问俞旺旺：“俞局，这两幅要是真迹，价值可不得了哇！”“哦 ，这没什么了不起，”

俞旺旺笑称，“这是我去年随市里考察团在法国巴黎一个小镇上买来玩的，那里这种东西多着呢，不值多少钱，要是真家伙我怎么会摆在办公室呢？”秋峰又看到俞旺旺的办公室有漂亮的金鱼缸、跑步机及一台小型酒吧柜，柜台里摆放几瓶洋酒和挂着两个高脚杯，心想这位局长绝对是个会享受的主儿。俞旺旺一边给秋峰泡茶，一边打电话。半个多小时后，一个秘书进来报告道：“报告领导，区政府贺主任、城南审计所所长韩非、神洲厂厂长宋得法及其厂领导层成员、区公安局副局长王健、区人事局尹飞局长、区劳动局黎远程局长、区税务局冒顿号局长、区雄鹰招投标事务所吴昊所长以及我们局的刘、黄两位副局长、朱主任，还有区纪委张千副书记都到会议室了，就待您主持了。”“哦，知道了。”俞旺旺又对秘书道，“你把秋总带到会议室，安排坐在主持席旁哦。”“好的！”秘书随即对秋峰做了个“请”的姿势，秋峰便随秘书出了门直奔会议室。

秋峰一到会议室，见极为雅致但并不太大的会议室里几乎已坐满油头粉面的官员家伙，他们或窃窃私语，或扫视他一眼，秘书领着秋峰朝最前位，也就是靠主持席右边一个空位坐下了，他这一坐迅速引起参会人员纷纷投来一番审视的目光。随后，俞旺旺手捧着笔记本走了进来，微笑着与大家打招呼，他坐上主席位后，清了清嗓子，直奔主题道：“尊敬的张千书记、各位，今天召集大家来只是开个招呼会，在会前先自个儿做个介绍吧，先从我右边的秋总开始吧。”

“大家好，我是石门众成钢铁公司总经理秋峰，”秋峰站起身向大家拱拱手道，“今天我受区政府有关领导布置前来参会，希望各位多多包涵！”

秋峰此言一出，大家立即投以惊讶的目光，感觉有点非同寻常，随即区政府贺主任等按顺序都做了自我介绍。

完毕，俞旺旺便主持道："各位，依照市委市政府当前实施的三联动改革改制文件精神，以及区委区政府今年一号文件战略部署，今天把大家请来，就是落实行动方案，在座的都是咱区三联动改革改制职能成员单位及负责人，今天我受郑胜利区长委托，宣布对石门市神洲冶金铸造厂正式启动三联动改革改制，并作为当前我区首要的政治任务和首开纪录。我们要按照现代企业制度要求，抛弃和清算多元产权结构，做到产权清晰，明确资产责任主体，理顺劳动关系，使神洲厂真正实现政企分开，企业完全依法独立经营，自负盈亏，成为自我约束的市场竞争主体。"俞旺旺端起茶杯呡了一口又道："从现在开始，神洲厂要做好三个方面工作：一是做好干部员工的分流和稳定工作，这事由神洲厂宋厂长主要负责，区人事局、区劳动局以及区公安分局进行配合和维护。二是对神洲厂资产评估工作全面启动，神洲厂配合好区审计事务所、税务局的审计审查工作，并依区政府要求在十五个工作日全部完成。三是启动神洲厂招标对接工作，此事由区雄鹰招投标事务所负责，审计所予以配合。按区政府要求在评审后十五个工作日完成对接，区政府督导组组长贺主任按时间节点进行督导。大家对我说的三项计划有没有意见？"

俞旺旺言罢严肃地扫视下全场。

"俞区长，我有些想法……"宋得法举手道。

"宋厂长，纠正下称谓，俞局长不是俞区长！"俞旺旺挥挥手打断道，"你讲什么想法？"

“我的想法有两点提请俞局长注意，”宋得法掰着手道，“第一，神洲厂改制改革期间是否全员待岗？厂里有国企所有制身份的近600名干部员工应如何分流？分流待遇怎样处理？如果处理不妥，万一广大职工闹腾起来怎么办？第二，神洲厂进行改制恐怕需要走上报市省国资委流程，并且备案处理，这个不知区里有没有……”

“宋厂长你不要再讲了！”俞旺旺毫不客气地打断他的话，不无揶揄道，“这两个问题何需要你宋大厂长来烦神？区政府早就深思熟虑过了，第一问题区里也早有预案！第二个问题区委区政府在去年就着手进行了，而且早就得到市里批复同意同步进行，按区委区政府要求，今天开这个会不是讨论神洲厂改制可不可行的问题，而是如何进行的问题，也就是如何更有时效和抓节点的问题，明白吗？”俞旺旺瞥了宋得法一眼，道：“再说区里开了多次会了，你这个厂长连最起码的关注意识都缺失，还在睡大觉吗？怪不得神洲厂处于摇摇欲坠的状态！在改制之前，你还是一厂之长，厂长职责任务是什么，还用我提醒你吗？”

“俞旺旺，你……”宋得法腾地站了起来，脸色一下子涨得铁青道，“请你讲话注意态度，论级别论资历，我不在你俞旺旺之下，用不着你来教训我！神洲厂的问题早在我上任之前就存在多年了，难道怪罪我宋得法？岂有此理，哼！”

“你宋得法是想违抗区委区政府的决策吗？！”俞旺旺拉长脸道。

“我不是针对区委区政府……”宋得法还想说话被旁边的副总用手劝阻，硬把他按下座位，宋得法愤愤不平，一脸不服气。

“自古城破帅不保，还自命不凡？”俞旺旺拉着脸道，他随即与张干副书记接头耳语了下，两人点点头。

“还不知哪个不保呢？哼！”宋得法嘀咕道。

“下面请张书记作重要讲话。”俞旺旺道。

“我只说三点意见吧！”张干慢吞吞道，“一是在区委区政府领导下依法依规开展对神洲厂的三联动改制，大家要吃透精神，廉洁奉公……”张干啰啰唆唆讲了一大通大道理，讲得大家昏昏欲睡，足足讲了近一个小时，终于他对俞旺旺点点头，示意讲完了。

“今天会就开到这，明天工作组进驻神洲厂，散会！”俞旺旺合上笔记本宣布，又道，“请审计所韩非所长和秋总留下来。”

大家听后纷纷离席而走，宋得法白了一眼，气吁吁地跟着出了门。

俞旺旺把韩非和秋峰喊到他办公室。

韩非一看就是个工于心计又精明圆滑的小老头，当俞旺旺把区长布置的任务及秋峰收购神洲厂的意思一说，韩非便全明白了。

“俞局把这个任务交给我吧，我保证在规定时间内圆圆满满完成好，请俞局放心！”韩非又对秋峰道：“领导都很忙的，你就别打扰俞局长了，跟我到我的审计所谈吧，我们明天就要进驻神洲厂，你先跟我把材料做下，这工作量挺大的，要想快得抓紧些哦！”

“听您的。”秋峰表态道。

秋峰跟着韩非到他所里后，在韩非的办公室，他与秋峰东拉西扯，海阔天空吹嘘了一通，然后拐弯抹角问秋峰：“你收购神洲厂的可行性报告方案有了吗？你上面有人吗？你与郑区长私人关系怎样？”

“可行性报告还没来得及写呢，上面关系也没什么，不过跟郑区长关系还可以的，要不他怎能点名点姓让我上呢？”秋峰老实回答，他想了下又道，“对于收购资产方面的事我是个门外汉，确是一窍不通，韩所能当我的顾问吗？”

“哦，这里面学问大着呢！这样吧，要不要我请我一个朋友替你们公司出个方案，帮你们包装一下？他可是这方面专家。”韩非眼珠子直转，想了下试探道。

“那太好了，”秋峰一听非常高兴，想想又道，“至于费用吗，您韩所为我做主，您说了算。”

“哎，这话不能这么说，”韩非道，“大家都知道，处分国有资产是个很敏感的事，上上下下都得处理好，处理得好，你目标达到，又得大利；处理不好，可是惹了大麻烦啦，弄不好身败名裂哦！”

“有您帮我暗中支持，我充满信心！”秋峰道。

“你手上包括你公司现有多少资金？”韩非道。

“大概两千万吧。”秋峰道。

“这个数初步应该没问题，估计后期起码还要这个数才行，具体得待盘点神洲厂后才清楚。”韩非道。

“我先预缴您所里一百万行不行？”秋峰道。

“秋总你这款……”韩非盯着秋峰的脸道。

“这款是委托贵所全权处理收购事宜啊。”秋峰一脸坦诚，又道，“下面就全仰仗韩所您了。”

“你什么时候汇款来？”韩非道。

“下午就办吧。”秋峰不假思索道。

“那好，看你像干大事业的人，我一定助你一臂之力！”韩非又意味深长道，“其实你小子很聪明啊，神洲厂市里区里二十年来先后投资好几个亿，不过厂里的厂房设备都陈旧不堪，产品结构老化，市场狭窄，市场加上财务对原有资产大幅折旧后，估计按破烂价评估了，你秋老板现在下手，正是市里区里想甩包袱的好机会，这是讨了便利又卖乖，你是拾破烂讨大利啦，典型的小蛇吞大象啊，不过你还得通通上面关系，走走上层路线，你懂的！”

“上层？哪条线我并不太清楚啊。”秋峰无奈道。

“嗨，只要你用钱用心，没有搞不定的啦！”韩非对秋峰挤挤眼神道。

仅仅用了两个月不到的时间，秋峰在韩非的点拔下、在郑区长的协调指示下、在韩非和俞旺旺明里暗里大力配合操纵下，上亿资产的国有企业神洲厂果然依照“破烂” 价格七除八扣计算，“清算组”最终仅仅以两千两百万不到的价格核定上报，并获得市国资委和区政府的批准通过，使秋峰的众成公司以吉祥数1680万元顺利地收购本区老国有企业——石门神洲冶金铸造厂的85%控股权，宋得法退出，秋峰成为新任董事长，按照收购协议与股东会决议，秋峰签署第一份董事长决定，重新任命宋得法担任新厂总经理，遣散近600名国有企业所有制身份的职工，以聘任制身份招入近100名员工重新定员定岗上班，神洲冶金铸造厂依照秋峰董事长的指示精神实行关停并转，即对市场销售滞后的产品系列一律关停，对这些不符合市场销售产品的原来的机械设备全部招标拍卖或租赁腾空，改由市场销售较好及有附加值的产品继续运营，并增加一些专利性新产品的研制，企业引入了秋氏严格有效的管理理念。至此，神洲厂不再姓公，而是彻头彻尾的私营民企。神洲厂在短短三四个月工夫便甩掉重重包袱，改头换面，轻装上阵，进而彰显出气吞山河的市场竞争力，令同行、业界老板们大为惊诧，这个神洲厂犹如吃了灵丹妙药，焕然一新，神洲冶金铸造厂真正成为众成公司旗下的分公司。

同年，石门众成物资供应站更名为石门市众成钢铁集团有限公司。

迎娶谢英

事业的成功赋予秋峰更多的福缘，谢英与秋峰的恋爱瓜熟蒂落，即将拜堂成亲，结为秦晋之好。

时值九月金灿灿的一天，秋峰在霍元旦、小皮及陈娇娇等的帮助下，借调八辆清一色的新型黑色桑塔纳轿车，主车为秋峰新款红旗，浩浩荡荡地迎娶漂亮的新娘谢英。

这一辆辆披着大红花的新款桑塔纳，停靠在秋峰住处的石门荣归里巷十八弄街道马路一侧，引得街坊老少纷纷出来驻足观赏，霍元旦、小皮早已准备好一堆鞭炮，他们各自分工，用打火机点燃了鞭炮，只听见几声："砰—啪！砰—啪！砰—啪！"震耳欲聋的礼炮响了，随即"噼里啪啦"的鞭炮爆竹声炸了开来，霍元旦冲到最前端主车前，对后面的驾驶员一挥手，主车启动前行，随后，后面尾随跟上八辆桑塔纳轿车，威风凛凛上了路。

经过半个多小时的拐街转巷，主车及车队缓缓停靠至城南一个叫玫瑰香居民小区，秋峰手持一束鲜花刚刚下车，小皮紧跟其后下了车，只听谢英一家点燃的是迎客炮，又是一阵爆竹响后，秋峰在霍元旦、小皮、陈娇娇陪同下，向谢英位于的小区01栋201室走去，后面的桑塔纳驾驶员们则开着双闪灯，静静地等候。

秋峰手持鲜花进了楼，被一群左邻右舍团团围住讨喜烟喜糖，后面的霍元旦大声呼喊："香烟喜糖，还有喜钱都在我这，快来抢啊！"说着他后退几步，从拎包里取出香烟、糖块和一个个装好喜钱的红包朝天撒去，这群男女老少纷纷朝霍元旦处扑抢，秋峰摆脱重围，在小皮的保护下上了二楼，刚上二楼又被一群男女老少堵住，小皮学着霍元旦的样子后退几步喊道："香烟喜糖喜钱都在我这，快来抢啊！"说着从袋里掏出些香烟喜糖还有红包朝上撒，在这群男女哄抢之时，秋峰趁机快步去开门上贴有"囍"字的201室，哪知201室的门竟留了一条小缝，怎么也推不开，秋峰透过门缝看到好多人死顶着门，里面一个女声高喊道："新郎官，里面有八个顶门的，快拿出八个红包来，无红包进不来的！"

秋峰从口袋里掏出三个红包来，朝门缝里塞了进去。"不够不够，还差五个！"里面乱哄哄的，七嘴八舌喊道。秋峰摸摸口袋，空空如也，正在犯难时，霍元旦带着陈娇娇到了，见秋峰手足无措，连忙在包里掏出一沓红包，从门缝里一份一份塞了进去，门终于开了，又有几个小孩围住霍元旦、陈娇娇嚷嚷索要喜糖，霍元旦、陈娇娇见秋峰进了门，便退出来把人都引了出去。秋峰一进门，一眼瞅见打扮得如贵妃出嫁光彩照人的谢英，顿时眼睛一亮，怦然心动，只见她手如柔荑，肤如凝脂，螓首蛾眉，美目流兮，雪白的婚纱披露在她曼妙的身躯，一袭乌黑秀发自然地垂落在洁白的婚纱上，谢英犹如下凡的仙子，雍容华贵，鬓珠作衬，此刻静静地坐在化妆镜前，两个三十岁模样的姐姐正在帮她作最后的补妆。

“夫君，你到啦？”谢英用苏州评弹腔调轻盈地说了一句，把秋峰的骨头都喊酥了，秋峰如痴似醉，仿佛置身梦境一般，只是“嗯”了一下。“呵呵，搀我起来呗！”谢英伸出一只纤细小手见秋峰发愣，不禁扑哧笑了一声，旁边众人欢呼道：“新郎官，背新娘！新郎官，背新娘！背呀背，背回家里好好养！”“亲一口，亲一口……”秋峰在大家的怂恿下，放下花束，斗胆地吻了谢英一下，谢英也回亲了秋峰一口，秋峰脸颊上顿时显现一个红唇印，引得大家又笑又闹；秋峰并不在意，只是憨厚地背上了谢英，谢英顺势对秋峰耳边轻声道：“这几天辛苦老公了，慢点哦。”

秋峰背上谢英，如背上一条贴心的柔柔软软的棉被，正要匆匆下楼，突然跟后面“哐当”的巨响，秋峰、谢英都吓了一跳，回头一看，两位姐姐将一只瓷盆及两只瓷碗砸在地上，后面尾随而来的谢英爸妈则抹泪哭泣，两位姐姐朝秋峰、谢英笑笑摆摆手示意他们下楼，谢英看见屋内她老实巴交的爸妈垂泪，也忍不住嘤嘤哭泣起来，正在秋峰迟疑之间，霍元旦、陈娇娇拍拍秋峰的胳膊道：“这是石门人哭嫁的风俗，你们不能回头的，赶紧下楼。”

秋峰一听，背着谢英，不再回头，匆匆下了楼……

当晚，秋峰委托的喜临门婚庆公司早就在石门有名的五星级酒店——天国豪门酒店的忠义宴会厅摆下了五十八桌，整个婚礼大厅用不同的花簇布置得五彩缤纷、美轮美奂，大厅顶檐垂下巨大的无数颗错落有致、镶嵌其中的水晶灯光芒四射，使得大厅每个嘉宾席座卡熠熠生辉，这样设计使来宾见了自己名字后自然对主家如此匠心独到的安排肃然起敬，原来连席座卡都是水晶做成的，对如此大气磅礴的手笔连秋峰自己也不由暗暗称奇，再往后看，见大厅的中央正中间从空中飘逸而至的是一个七仙女造型，另一个是憨厚的董勇造型，呈现迎面相拥姿态；宴会大厅由进口处一直延伸到最里端是一个甚大的舞台，由一条鲜红色的地毯铺垫，两侧摆放着用白色的康乃馨、栀子花、白杜鹃等人工制作的花树，井然有序，甚是好看；舞台的中央，贴着秋峰和谢英几幅姿势各异的甜蜜合影，背景音乐正播放着美国著名的萨克斯演奏家凯丽金的《永浴爱河》，曲调缥缈缠绵，蕴含着深深的喻义，听来令人荡气回肠，整个宴会大厅格调、情调皆非凡。

站在酒店大厅门口的秋峰挽着谢英的手，迎接各地络绎不绝赶来的亲朋来宾，有政界的郑胜利区长、俞旺旺局长、鲍生贤局长……有钢厂朋友谷建明、周万里、韦不包……有小伙伴叶斌、小皮、霍元旦、陈娇娇……

高朋满座，歌舞升平，宴厅熠熠；秋峰西装革履，满面春风，手挽着满脸洋溢着幸福的谢英，随着主持人激昂又极富煽情的声腔，在亲友们的欢呼声中，他们沿着红地毯一步一步款款迈入婚宴殿堂，小皮和霍元旦尾随其后不断喷洒出五颜六色的彩屑，散落在两位新人头上，婚宴现场的热闹气氛一浪高过一浪，主持人把郑胜利区长请出为秋峰谢英作了证婚词……

神潭寺奇遇

新婚宴尔，这是小两口婚后的一个十分晴朗的周日。秋峰、谢英手牵手前往郊外闻名遐迩的“神潭寺”， 他俩早在几日前约好去庙寺进香。他们购买了两张门票便向庙寺入口检票处走去，检票通过后秋峰虔诚地用左脚迈进了庙门槛，谢英则不假思索地模仿着秋峰左脚跨入门槛。“这、这不对，男左女右，你应该用右脚跨进啊！”秋峰见谢英不懂规矩，让她出门重来了一番，“是孩子不懂事，菩萨阿弥陀佛！”谢英自谑又虔诚地对着里面的菩萨雕像双手合十道。随后俩人绕过主殿，朝里面的花园方向走去，秋峰看见这个不大的花园后面有一个放生池，放生池前立着一块石碑，碑上刻有草书，秋峰揣摩一番后轻声念道：“红叶晚萧萧，长亭酒一瓢。残云归太华，疏雨过中条。树色随关迥，河声入海遥；帝乡明白到，犹自梦渔樵。”

谢英听了半天不知其意，便问：“夫君，这诗表达什么的呀？是谁写的？”

“这首诗是晚唐最有影响力的诗人许浑所写，他是江苏镇江人，擅长以水、雨景作诗谱词，诗词文理缜密，诗律颇具特色，诗的功底可比拟诗圣杜甫，后人以‘许浑千首诗，杜甫一生愁’评价。这首诗是他的代表作，诗名叫《秋日赴阙题潼关驿楼》，诗人许浑把眼见的秋天的苍苍树色和耳听的急汹汹的河声描写得绘声绘色，将红叶、长亭、残云、疏雨、黄河等融合一起，抒发在即将远离时对祖国河山、任职过的那熟悉的徐州江淮两岸的面貌和前来送别的乡亲的难舍难分的情愫，诗的逐字逐句犹如一幅幅凄美而又亘古的画卷，一幕幕显现给人们，是首绝美精致的、不可多得的好诗！”秋峰不无感叹，娓娓道来。

“哦，不愧是中文高才生啊，好棒！”谢英听后不由赞许道，“有了夫君，我就不怕难啃的诗文啦。”

“哎，这个哪能当饭吃，各有千秋吧！”秋峰谦逊地道了一句，突听到前方不远处“突突”声，秋峰一眼望去，只见两辆挖掘机正在挖掘壕沟，还有十多名建筑工人在浇筑足有三亩面积大小的地基。

“瞧，那边好像要盖楼！”谢英用手指着那方向道。

“工地？是盖庙宇的，走！咱瞧瞧去。”秋峰拉着谢英的手快步朝工地里面走了过去。

“你们干什么的？这里禁止游客进入！”秋峰、谢英忽然听到后面传来冷冷的沙哑声，秋峰回头一看，是个出家的僧人，只见他一米六七，蓄着八字胡，平跟鞋，长着瘦削的猴子脸，一对深邃的眼珠子，手持皮尺，用质疑的眼光盯住秋峰和谢英。

“哦哦，师傅，我们是来庙寺里烧香拜佛的。”秋峰急忙解释道。

“烧香要从正门上山，在朝前方五十米左边的山坡进去，这里是寺内禁客区，你们怎么跑到这来了？”僧人的手指着前面一块立牌，道，“你们不看这个？”

秋峰一看这立牌上书：“寺内施工，游客闲人莫进。”

“不好意思，不好意思，走错路了。”秋峰边道歉边准备带谢英退出，但他突然瞥见已浇筑的偌大的混凝土地垄，出于生意敏感，回头又问那僧人，“师傅，请问你们庙寺盖楼吧？需不需要我们提供钢材？”

正当那僧人想回答时，从僧人背后站出一个秃顶中年汉子，接话茬道：“你有钢材？需要啊，什么价格？”

“需要多少呢？价格好说的。”秋峰答道。

“你是众成供应站的小秋吧？”那汉子看了看秋峰道。

“你怎知我……”秋峰一脸疑惑。

“你跟我到里面办公室谈谈吧。”那汉子朝里面不远处一排矮房指道，“就到那，我的办公室谈吧。”

秋峰一听，满心问号，随那汉子走去，谢英也跟了上去，嘴上道：“烧个香就想到销钢材，生意做到寺庙了啊。”

“烧柱财神香，说不准来对了路啦！”秋峰笑嘻嘻道。

他们跟着那汉子走进前方一排矮房，进了矮房内，秋峰、谢英见屋内香气袅袅，只见屋里长条佛桌台供奉燃烧的两盏蜡烛，一尊阿弥陀佛端坐中间，两柱燃烧着的檀香，使屋内弥漫浓郁的香味，秋峰用衣袖捂遮谢英的脸，那汉子领着他们进入，光线时暗时明，两侧是一尊尊狰狞凶煞的神像，如果没有屋顶几个小小的天窗的几缕阳光照射，屋子肯定是漆黑一片的。

秋峰谢英肃然地双手合十逐一拜着；“屋子那么深啊？”走了一程，谢英不禁道。她突然回头发现身后跟着一个清瘦而衣衫破烂的老妇人，直直地瞪着她，她吓了一跳：“啊！”心脏剧烈跳动，她连忙找寻秋峰，然见秋峰随那汉子已走到前方拐弯处，遂急步追赶上去，却见秋峰独自一人在另一处菩萨处叩拜，见一排正在燃烧的垂泪蜡烛，桌上摆放供奉的香蕉、苹果，谢英颤抖地靠近秋峰，效仿跪拜，她不由回头望去，那老妇人却不见踪影，她更害怕了，她拽了下正在参拜的秋峰，秋峰并无反应，嘴上不知唠叨什么，只是冷冷地看了她一眼。

秋峰则也奇怪，他回头看见谢英神态木然，他想拉她一下，但她浑身发抖并不理会只是埋头叩拜神像，但他抬头看见前面那汉子笑吟吟对他招手，便站起身来朝汉子的方向走去。

“小秋，来，你这边坐。”那秃顶汉子客气地递过来一杯冒热气的碧螺春茶，笑容可掬道，“你不认识我吧，我姓储，叫我储叔好了，我早就认识你了，我是你父亲生前的好友，我称你父亲大哥的。”

“哦，是吗？”秋峰仔细瞧了那秃顶汉子一眼，忽觉得那汉子与他父亲有几分相似，却操着南淮北部口音，秋峰曾经在南淮工作过，自然熟悉南淮地方方言，便问道，“听口音您是南淮北部人氏吧？”

“我是南淮平昌狄港镇人。”自称储叔的秃顶汉子又给秋峰递来一支牡丹香烟，秋峰摇摇手，他便自己点着抽了一口，道，“我原来在上海工作时结识你父亲，秋大哥人缘可好了，我俩关系处的像亲兄弟一样一样的，可惜他……唉，人的命天注定啊。”储叔叹了一口气，用衣袖擦拭了垂下的泪水。

“是这样，”秃顶汉子又道：“你父亲在世时跟我多次提到你的名字，他当时还拿你的照片给我看过，看看挺帅的呦，嘿嘿……知晓你下海经商钢材生意，我去年从机关也下了海，现在承包南淮一建筑工程公司，通过关系中标了神潭寺大雄宝殿附属建设项目，这个项目占地有近两万平方米，总投资近一个亿，现正在打地基，也正要采购一批钢材，我去过你那储运站，见过你的，但我那次突然接到甲方的要紧事，未与你招呼便着急走了。今天很碰巧，想必你带着媳妇来寺烧香吧？这是我要的钢材清单，你先看下，报个价，价格高点没关系，谁让我与你父亲有这层关系呢。”

秋峰接过储叔的纸条要查看，有人轻轻拍了他的胳膊，秋峰猛地转头一看，只见谢英脸色苍白，嘴唇不停抖颤，秋峰子心里咯噔一下，对储叔歉意道：“等一下，储叔。”说着便将谢英拉到一边。

“咋回事，咋回事？”秋峰握着谢英冰凉的手大惊失色问。

“刚、刚才，我在那尊观音菩萨前烧香求子时，发、发现菩萨后面蛰伏着一条巨大的蟒蛇，盯、盯着我不断地吐蛇信子，我吓坏了，太可怕了！咱们赶紧离开这个地方好不好？”谢英惊魂未定道。

“好好，我跟那个老板说几句话就走，你在屋外稍等一下。”秋峰安抚谢英几句便回到屋内。

“储叔不好意思，我妻子身体有点不舒服，业务改天再谈吧。”秋峰进了屋便对秃顶汉子致歉道。

“哦，她身体不舒服吗？”秃顶汉子想了想道，“我这有一个叫唐大神的，我让他给你妻子瞧瞧，这唐大神可了不得，连什么市里省里大领导都放下身段，求他看什么稀奇古怪的病，且一看就好转，不仅如此，他还是个算卦高手，只要给他看一下面相，就能知晓前世今生。”

“有如此之神？”秋峰将信将疑。

“你先看了钢材销售清单，唐神医今天正巧在这，我把他喊来。”储叔言罢便转入里屋去了。

秋峰打开纸条一看，见纸上标注各种规格钢材约有三百余吨。

“老侄，这就是唐大神。”储叔指着后面跟进来的一位有仙风道骨模样的道士，介绍道，“这唐大神可是久负盛名，道术非常了得，是个人间仙士，小秋啊，你今天运气特佳，一般约见唐大神的人可是起码需要几个月时间排队啊，连领导们都要事先一个月前才能约见到呢。”转又对唐大神道：“这是我过世兄长的儿子，是石门市有名的钢材大亨，别看他年纪轻轻的。”

“哪里哪里，幸会幸会！”秋峰对唐大师拱拱手道。

秋峰打量一下那唐大神，年纪约在五旬，只见他下巴留有胡须，颇具仙风道骨，仪表端正，头戴紫阳巾，身披一袭紫色长袍，顺垂脚跟，脚上是一双蓝色翘头厚布鞋，手持黑白相间羽毛扇，凤目疏眉，面色红润，神态飘逸，秋峰顿觉是在影视剧中看到的翩翩欲仙之人。

“啧啧，这位小弟印堂发亮，眉毛上翘，想猜你是否卯时晨生的，生肖属马？”唐大神目光炯炯地看着秋峰。

“这……”秋峰不置可否地望着面前这位轻拂羽扇的道士。

“在金木水火土五行中，你是个灼热的火命人，木生火，火生土，水克火……小弟你听好，你宜做钢铁、木材、金器瓦砖等与火相融的生意，这是你发旺之道，而如水泥、酒水茶叶、糖果等与水相关的行业，则是你殃破财源的灭绝之路！”唐大神顿了一下又道，“但你触金反覆，引燃土木，旺及家业，是故我猜你就在不久前得了意外之大财，可有天降喜讯？”

唐大神言毕扫视下秋峰问道。

秋峰不由被唐大神不可名状的气场所震住，闻着旁边燃烧的浓浓的檀香气味，耳朵里传来远处延延续续的和尚敲击的木鱼声。光线灰暗而结构复杂的木屋，使他陡然想起不久前收购神洲冶金铸造厂，这个莫非是唐大师口中所言的意外之大财呢？

“嗯嗯，此话怎讲？”秋峰暗暗惊讶，佩服之神溢于言表，但仍故作镇静道。

“大师，入座入座。”储叔搬出一盏红木刻制的椅子，恭恭敬敬地请唐大神坐上了椅子，又给大神端上了一套雕龙刻凤的特大茶具。

唐大神揭开茶盖，轻轻地吹了浮茶，并不理会，只是呷了一口又道：“小弟原来是捧金饭碗的，好端端吃喝不愁的位子不要，怎么做起没保障的生意活呢？”

秋峰一听此言愣了一下，心里暗想这大神确实不凡，怎知晓我下海经商呢？他又暗暗称奇。

“不过，”那大神又道，“下海经商对你这样一个七杀星来说，不仅不是个坏事，还是你五行开运、飞黄腾达的开始啰，小弟，你把左手伸出来给我看看。”

秋峰伸出左手，唐大神捧起他的左手看了一阵，点点头道：“你的手心中间一道直纹暗线，叫作太阳线，也就是你的事业命运线，这根直纹线一头连着手底，一头连着两指凹部，且直而不偏，这说明你事业财旺，虽然中途有几处浅断，但还是走过一段坎坷、低谷后直升旺盛通道，小伙子，你大拇指下的艮宫纹多、肉鼓，说明你财运亨通，资产丰厚，不是一般的小老板啊！不过……”

唐大神凝神屏气看了一阵又道：“虽前面看相不错，但你的小指下方的天纹线丘位，存有前端分岔，命中注定天煞相冲，逆诡难脱，十分眷属，毁于一夕。”秋峰听后感觉后背发凉，眉骨紧锁，只听唐大神又言道：“你的事业、家庭、爱情，中途总有暗流涌动，恶邪缠身，凶煞挡道，但如不出师救赎，恐怕前功尽弃，有家破人亡之灾！小伙子，但你命中注定有一劫，可你的那位并非你真正的妻子哟，她是……”

正在唐大神口中念念有词，谢英失魂落魄地闯了进来。

“这位姑娘是？”唐大神道。

“她是我妻子。”秋峰介绍道，又对谢英道：“谢英你坐下听听呗。”

“她不是身体欠佳吗？也给大师看看，给大师诊断一下，很准的呦！”旁边的储叔建议道。

“对，”秋峰接话道，“唐大神，您给我爱人看看，好像她……”

唐大神看了谢英几眼，打断秋峰的话道：“她没病，只是受了惊吓，说说看，你遇到了什么？”

谢英不答话，只是摇摇头，紧紧依偎在秋峰身旁，显得十分胆怯。

“遇到老虎？凶狗？大老鼠？大蛇？”唐大神一一比画，解释道，“遇到什么，就是你即将发生什么样的境地，比如是大蛇……”

“是条大蛇，很大很大的蛇！”谢英言罢用手指指着反方向的大堂间，道，“就在那尊观音菩萨后面！”

“哦，呵呵呵……”唐大神仰头大笑后，问道，“想必你属相为鸡？”

“嗯……”谢英点点头。

“应该是农历二月头寅时丑末五点天晓出生？家中独女？”唐大神又道。

“啊，嗯！”谢英惊讶地瞪大眼睛。

“那就对了！”唐大神捻着下巴稀疏的胡须，想想又解释道，“鸡见蛇无勾，即为贝，老公属马，马见鸡为才，一个是寅时见月亮，一个是卯时遇太阳，二者相逢，贝才相合为财；你们身上自有佛家福缘，今又逢玉皇大帝召集各路诸侯神圣三万年天府大庆，时值天府盛典，注定你们造化，财富进宅。今神潭寺又添一对财运亨通，理应讨个喜钱！小弟，这个喜钱为888元，不是赏赐，而是为你们救赎前世苦难化解太岁的通关钱，不给恐怕到手的福财退而无返哦，定会重返苦汤，家庭破碎！”

秋峰、谢英一听脸色大变，面面相觑，谢英忙不迭从包里掏出一沓人民币，秋峰数了十张共1000元，诚惶诚恐地交给唐大神，唐大神接过纸币，道：“十张也可，多余的打发了护门小鬼吧。”又沉思一会儿道：“小弟生辰八字在午时三刻，属相为马，排入十二宫的大势至菩萨右肋护侍，今年是申猴年，小弟属马为金木火星，今年真巧是申猴逢午马，金木互旺，五行开运，五百年轮一回，亥逐也，未羊矣，丑牛也，酉鸡矣，巳蛇也，申猴矣，火胜金，土胜水，申猴对午马，实乃柴逢火，不旺也奇怪，申猴年逢凶多，金木水火土，马猪牛狗鸡，偏冲犯太岁，今年逢三、五、七要十分谨慎、谦和，逢四躬太岁，也就是不躬抵一物，可免刑太岁，驱邪镇平安，我这里有大势至菩萨授权开光护身物，金貔貅一对，男女护身符，观音菩萨和如来尊佛挂件一对，以及阿尼钵啰尼护身咒吉祥香枕头一套，符合小弟旺运特征，一定要请回家。”

“谢谢大师，我们一定请回家！”谢英恭恭敬敬地向唐大师鞠了一躬。

“老储，把我的旅行包推来。”唐大神对秃头储叔用手指了一下里屋，储叔随即按所指方向推出一个大黑皮箱，唐大神将皮箱在地上放平，拉开链子用毛巾布包的物件掀开，秋峰、谢英见一对亮灿灿的金貔貅及一些佩戴的护身符等物件。

“这是印光大师的十入佛家大悲咒大师供奉开光的护身珍藏品，世无其二，今天本大师高兴，也为你们小夫妻时运财旺感到高兴，就收个2099元份子钱吧，算结个缘，不过有个条件，每年此时要来神潭寺庙大雄宝殿前烧香，还个愿哦！”

秋峰、谢英忙又交给唐大神2099元份子钱，唐大神收了钱后又道：“你们回家后，要将这对金貔貅放置客万东北侧，护身符放入枕头下，算下有四七二十八日后才能取出，那四份铜钱要压入床腿四条脚底，千万不得有错，更不得告知他人，天机不可泄露，否则一误百漏，前功尽弃！切切谨记，你们可听得明白？”

“明白明白！”秋峰谢英连声答道。

此时屋里顶檐传来窸窸窣窣的声音，秋峰谢英朝那声音望去，隐约发现那屋顶梁柱有碗盘大的泥巢，原来是一只燕子衔着草正在忙着补窝发出的声音。

“呵呵，看见燕子筑巢，喜鹊栖枝现象，这说明你俩财运将至啊！”唐大神呵呵一笑，又对秋峰凝神侃侃而道，“小弟你鼻头丰圆，两颧有肉，毛发黑浓，这预示你财富广大，事业亨通，不久会时来运转，恭喜恭喜啊！”又见他眼珠一转道：“小弟记住，庙寺积善多，有缘必抓紧，眼下储公承接神潭寺大雄宝殿兴佛工程，说明储公前世今生广积功德，福报无量，你有幸与储公不期谋面，也沾其光，你抓住机会，主动与储公合事为好。”

“好好！”秋峰连连点头。

“那好！对了，今天我还要接待远方而来的日本佛学家寅木太郎一行，我就先走了，你们还有业务方面的事，你们就谈谈吧，告辞了，阿弥陀佛！”唐大神突然想起，作揖道。

唐大神双手合十，作了告辞，便推着空皮箱朝里屋后院大摇大摆地走了。

“大师走好！”储叔对唐大师的背影深深躬身致礼，秋峰、谢英跟着效仿，还以礼节。

唐大神走后，秋峰与储叔又商谈钢材的事，秋峰开出较高的价格，储叔并不还价，只是不断地笑着点头；走到里屋取了一沓人民币，指着道：“先付一万定金吧，货到后派人到我这里收款，全部给现金哟。”

“全付现金？”秋峰惊讶问。

“对啊，”储叔道，“不相信吗，带你进去看看？”

“不不，我怎能不放心你呢。”秋峰收了钱后随即打了张收款单，也与储叔告辞出门。

秋峰谢英出了神潭寺大门后，两人顿觉神清气畅，又都似乎有些失忆，隐隐追忆刚才一番奇遇，那个尾随的老妇人忽然消失，如梦似幻，说不上是真、还是假？

“真是奇了怪，生意做到庙寺里了？你觉得那个大师言语有没灵验？”谢英莫名地道。

“神！非常神！”秋峰十分信服道。

“哦，你信，我也信了……不过我有些害怕！”谢英轻轻道，便一头靠在秋峰胸前。

“有我在，别怕！”秋峰想想刚才的一切委实感觉奇异不已。

铁路事变

由于事务繁多，秋峰召集霍元旦、小皮等人碰头商议各自分工。首先，针对秋峰与秃头储叔签的钢材订单，按先货后款的要求，由小皮负责神潭寺工程项目的钢材供应，计划用三天时间将300多吨钢材陆续用卡车运到神潭寺大雄宝殿工地。其次，由霍元旦全力以赴为上海铁路石门材料段供应职工住宅小区建设用钢材以及其他工地的钢材。秋峰自己为公司总调度，兼顾神洲厂的管理和督查。任务分配后，可谓有条不紊，各自忙得不亦乐乎。

一日，秋峰忙完铁路材料段供货，想起小皮负责的神潭寺钢材账款，他翻账单一看，那神潭寺的300多吨钢材早在十天前就已全部供齐，他算了下货物价值130余万，他寻思小皮怎不向储叔收款呢？

秋峰想到这，便把小皮喊到面前，问他神潭寺货款咋回事。

“我已找储叔多次了，储叔称在上海办事，再过几日回来，我问过工地的人，工地的人也说在上海，过几日我再去神潭寺。”小皮如实说。

“是吗？”秋峰听后有些忐忑，只听窗外传来一阵警笛声，他并不理会，顺手取支桌上客户留下的香烟，不由自主地点燃一支烟吸了起来，小皮也跟着抽起烟来。

两人吸着烟，天南海北开始闲聊，他俩不由自主聊到当年在黄家圩修船厂用尿灭火的情景，两人情不自禁地大笑起来，后来又聊到师傅蔡段长、海狗、大师兄座山雕、顾浩敏厂长以及顾萍，秋峰先是兴奋不已，后来小皮提到顾萍后，秋峰不再言语，只是一个劲闷着吸烟，小皮告知秋峰，人家姑娘早已成孩子妈了。顾萍已下嫁海狗了，这一消息令秋峰惊愕不已，直至香烟烧痛手指，才从沉思中省悟过来。

“怎么，你还想着顾萍啊？”小皮费解又感慨道，“当初不是她负了你，是你负了人家姑娘，说实在的，顾萍人真不错，人家当年对你可好了，一门心思想当秋家媳妇，这个海狗，人呆自有呆福，白天鹅竟然看中黑皮狗，不仅拜堂成亲，还生了个大胖儿子，当顾浩敏得知女儿顾萍粘上了海狗，死活不同意，还把顾萍关在家里，一怒之下又将海狗辞退，后来顾萍逃出家门与海狗到上海私奔，顾浩敏夫妇一气之下，与女儿断绝关系一年多，哪知顾萍在她大姉的极力劝解下，还是回到家里，此时已挺着怀孕九个月的大肚子，顾萍妈妈还是心痛有家难归的女儿，顾浩敏夫妇抱着顾萍大哭一场，不得不接受这个事实，在顾萍大姉的劝解下，没过一个月顾萍与海狗在黄家圩渔港酒店草草地操办了婚礼。”

秋峰默不作声，听小皮滔滔不绝道："其实啊，顾家对你是一肚子意见的，还说你是个忘恩负义的陈世美，也幸亏没与秋家联姻，如今海狗可幸福了，成了顾家的上门女婿，你想想看，在现实的世俗面前，爱情不算回事吧！"

"呵呵，真为海狗感到高兴，这小子还真守株待兔，候上了啊！"秋峰捻灭烟头，话音中不知是假的高兴还是真的忌妒。

正在两人热烈谈论家乡变化时，突然办公室大门响起急促的敲门声，小皮上前开了门，见霍元旦领着三位穿检察官制服模样的人，闯了进来。

"这就是我们公司的秋总。"霍元旦垂头丧气地指了下秋峰道。

"你就是秋峰吧？"为首的检察官用客气而严正的语气，从口袋里掏出嵌有警徽的"公务执法证"递到了秋峰面前，道，"这是我的证件请查验下。我们是来自吴江铁路检察院的检察官，我是洪根林检察官，我们正在对石门铁路材料段负责人柴敏涉嫌受贿贪污案进行调查取证，根据我们初步了解，你公司存在涉嫌行贿违法行为，请你们配合我们的调查！"

秋峰心中咯噔一下，小皮一脸诧愕；他们看着霍元旦耷拉着脑袋，双手一摊，一副无可奈何的表情，心想大事不妙了。

"这到底是怎么回事？"秋峰强装镇定，又客气地道，"你们坐坐，坐下谈，小皮赶紧为客人倒茶。"

"不用客气了！"洪检察官摆摆手，还是和颜悦色地问，"请问秋总是否是中共党员呢？"

"不是的……"秋峰如实答道。

“那好，秋总放心！”洪检察官道，“根据我国现行法律规定，贪污受贿只是针对国家公职人员，但对你们非国家公职人员、非中共党员，只要涉案数额不是太大，情节不是十分严重，我们检察机关不一定追究法律责任。”

“但是，”另一检察官在洪检察官耳边嘟囔一阵，洪检察官点点头便立刻提高声腔道，“秋峰听好，请你立即配合我们去查验你们的开户银行往来账款！我强调一点，也就是你们有知情不报，弄虚作假包庇违法犯罪嫌疑人，混淆视听，从而影响或左右检察官办案，致冤假错案，发生案件反向而行的，则会构成包庇纵容，依照刑法的有关规定，将一并按定罪处理！”

“洪检察官的话，你们听清了吗？”旁边一个平顶头的检察官黑着脸道，“希望你们积极配合，争取宽大处理！”

“那是那是，”秋峰老实道，“只要我们清楚的，一定会配合你们的。”

“有这个态度就好，”洪检察官坐下沙发，打开包袱取出一沓资料来，又从资料中取出一张大照片，给秋峰看并道，“你们看看，认识这两个人吗？”

“啊？！”秋峰、小皮惊讶出声来。

原来，洪检察官出示的两张照片分别是铁路材料段段长柴敏和陈娇娇，只见他俩分别戴着手铐，一脸绝望。

“他俩已被我们检察院刑事拘留了！”洪检察官把照片又塞回包里道，“据我们调查以及柴敏的交代，其中有一部分问题发生在你们这个众成物资供应站。请吧！”

“这……”未等秋峰反应过来，洪检察官又道：“你们赶紧收拾下生活用品，随我们去检察院吧。”

“去哪里？检察院？”小皮慌张地问，“去多长时间？还带生活用品？”

“别啰里啰唆了，”平顶头不耐烦地催促道，“让你们走，你们就马上走，难道还要我给你们上家伙？”说着从腰间亮出一副锃亮的手铐来。

“去哪个检察院？”秋峰又问。

“吴江铁路检察院。”洪检察官想想又道，“哦，等下，请你们将柜子都打开，我们要看你们的账单柜子，钥匙呢？”

“钥匙被我们的会计带走了。”小皮道。

“马上联系你们的会计过来。”洪检察官道。

“别联系了，钥匙在我这。”秋峰从腰间取下一串钥匙，把所有柜子、保险柜、抽屉全部打开，道：“请你们检查吧。”

“算你识相！”洪检察官对秋峰道，“你把账单都给我取出来，分将所有账册一一取出放在办公桌上。”

秋峰额头沁出层层汗珠，小皮在一侧呆若木鸡。

洪检察官不语，取出一份“物（证）件扣留单”对照填写后，让秋峰在上面签了字。

“你们把身上的寻呼机都交出来！”平顶头命令道，秋峰、小皮只好掏出寻呼机交给平顶头。

“秋峰，还有你这位手下，一起跟我们走吧！”洪检察官又指着小皮不容置疑道。

他们下了楼，秋峰只见靠街道停放着两辆警车闪烁着警灯，两个警察站在车旁，车门是开的，洪检察官指着一辆大面包警车对秋峰做了请的手势，秋峰、小皮上了车，随后检察官们纷纷上了车，警车徐徐启动。

“先去下你们所在的石门城市联合银行吧，我们要对你们的账户进行检查。”洪检察官道。

“这、这凭什么？”秋峰急道。

“凭什么？凭国家法律！”平顶头瞪圆眼睛吼道，“快点，再啰嗦别怪我们不客气了。”

秋峰不再作声，只好乖乖跟他们警车来到谢英所在银行，车在银行门口一停，洪检察官便带着他们直奔银行柜台。

秋峰一眼看到“小鼠眼”郭行长正在跟谢英交代工作，谢英一眼瞄见满脸愁容的秋峰，以及身后跟着几个身着的制服的检察官和警察，心里大吃一惊，张着嘴惊愕地看着他们。

“你们哪位是银行领导？”洪检察官道。

“我就是，”“小鼠眼”郭行长惊诧道，“你们……”

“您好，我们是吴江铁路检察院的，奉命对涉嫌违法的众成物资供应站账户进行调查，请贵行配合执法！”洪检察官掏出自己的“公务执法证”及一份“冻结令”出示给“小鼠眼”郭行长。

“哦，是检察院的，我们配合！”郭行长一边应承一边莫名地看着谢英，谢英用疑惑的眼光望着秋峰，秋峰则沮丧地摇摇头，并无反应，只是用袖子擦擦汗。

“此账户上现有多少钱？”洪检察官问谢英道。

“我、我查查看。”谢英脑子里很乱，她急促地看了账单，道，“领导，尾号0379的账上现有20.38万元。”

“此款请办理冻结！”洪检察官将手续填写后交给谢英，谢英依此做了登记，并交“小鼠眼”郭行长签了字。

洪检察官见手续办好，对身后的人挥了下手：“谢谢，撤吧！”

随着洪检察官挥手，大家跟着出了银行大门，便上了警车，警车一声笛鸣，缓缓启动，谢英见警车启动便追了出来，她看着秋峰他们坐上警车呼啸而去，便情不自禁哭泣起来。秋峰起身从车窗看见抹泪的谢英，心里寒战不已。车子已渐渐驶离石门市的老城墙，秋峰心里感到凶多吉少，恐惧感油然而生，警车往吴江方向急速驶去……

雷霆审讯

天渐擦黑，华灯初上，历经近四小时长途奔波，警车终于徐徐开至繁华的国际化大都市——吴江。吴江这座沿海城市历来是我国经济文化发达的重镇，也是南北交通极为重要的枢纽地，地利位置优越，运河可直达京畿；其人才聚集度、城市规模和历史地位不仅傲视整个珠江三角洲，更是受到全国乃至世界各国的瞩目，吴江也承载并肩负着为我国GDP贡献重要份额的历史使命。

秋峰望向窗外，街道车水马龙，高楼大厦鳞次栉比，心情纷繁复杂，浮想翩翩。

“到了，下车啰！”随着洪检察官一声提示，车子在一幢大楼前戛然停下。

秋峰他们跟着检察官们下了车，呈现眼前的是一幢威严肃穆的大楼，楼顶上闪烁着红彤彤的六个霓虹灯大字“吴江铁路检察”。他们拾级而上，屋檐中间是一个偌大的国徽，左右两侧是用特制金属材料制作的两块白底红字竖牌，左边一块是“吴江铁路人民检察院”，右边一块是“中国共产党吴江铁路人民检察院委员会”，两块竖牌旁边各为古铜制成的麒麟一对，显得神圣不可侵犯。秋峰他们看了，不禁肃然起敬。

而在此时，检察院显然下班了，整个大楼都空荡荡的，这应当是吃饭的时间，只有门口传达室两个门警还在驻守。洪检察官对两个门警挥一挥手，便领着秋峰他们大步走入。进入大厅后，洪检察官把平顶头检察官拉到一边悄悄地耳语一下，平顶头点点头用手做了OK的手势，洪检察官便径直朝后院食堂走了；平顶头又对另外两个检察员和跟上来的三个武警分别交代了一下，他们和秋峰一同上了电梯，按了个“6”字，电梯迅速到了六楼。依照事先的布置，他们分别给秋峰、小皮和霍元旦安排一人一个房间，每个人配了个武警把守。约十分钟后,平顶头带着两个检察员来到秋峰房间巡视了一遍，命令秋峰在墙角处站直。平顶头斥道：“叫你不听使唤，给我老实点！靠墙站直！”秋峰只好依平顶头命令面壁直立，平顶头骂了句：“在这里还敢不老实！小宋，你好好看住他！”

小武警立即应道：“是！”

平顶头见无异样便下楼吃饭去了。

约过了半个多小时，平顶头用牙签剔着牙走进秋峰房间，一个检察员跟着进来，随手把门关上。平顶头对检察员使了个眼色，那个检察员拍了下秋峰肩膀：“坐过来，接受审讯！”

秋峰挪了挪酸麻的双腿，在平顶头对面的位置坐下，一个助理检察员打开审问表格纸，准备记录。

“审问前先警告下，回答问题要实事求是，不得说谎掺假，否则将承担法律责任！审问结束，你需要在审讯笔录上签字按手印，听明白了吗？”平顶头一字一句道。

“明白。”秋峰整理了一下思路应道。

“说，姓名？年龄？职业？”平顶头冷冷地瞪着秋峰。

“秋峰，28岁，商人。”秋峰也冷冷地答道。

“问一句，答一句，懂吗？”平顶头阴沉着脸，又说道，“单位或公司名称？什么文化程度？”

“石门市众成物资供应总站，大学文凭。”

“职务？”

“经理，站长。”

“主要经营什么？”

“钢材。”

“说说,你与石门铁路供应段段长柴敏是怎么认识的？”

“是在石门铁路供应段招投标时认识的，只是一面之交，没有私人关系。”秋峰认真谨慎地回答。

“嘭”的一声，把秋峰吓了一跳，只听见平顶头大斥道：“秋峰，你小子不老实！我已掌握你向柴敏大肆行贿的证据，你居然说与他只是一面之交？分明是在撒谎！我马上可以开出刑事拘留书，将你关进牢房，你信不信？”

“本来就……”正当秋峰欲辨解时，一个检察官推门进来，对平顶头耳语了下，平顶头急急跟他走了出去。过了一会儿，平顶头又返了回来，将助理检察员也喊了出去，嘱咐小武警继续看守秋峰。

一个多小时过去了，秋峰此时饥肠辘辘，又百无聊赖，与看守他的小武警聊了起来。

“小兄弟，你是哪里人？”秋峰问道。

“南淮的。”小武警答道。

“南淮人？南淮哪个县？”秋峰又问道。

“平樵县的。”小武警很老实地说道。

“平樵哪个乡啊？”秋峰又追问。

“大龙沟的。”小武警回答道。

“哦，大龙沟？那是个产煤和大果梨的地方，特别是那大果梨很好吃，远近闻名啊！”秋峰说道。

“你知道我家乡？”小武警来了兴趣。

“你家乡平樵县大龙沟我去过多次，还认识大龙沟乡党委书记樊军、乡长袁腾飞呢。”秋峰说道。

“你认识袁腾飞？”小武警眼睛一亮，说道，“他是我二叔呢。”

“哦，袁乡长是你二叔？”秋峰故作惊讶道，“他可是我好朋友呀，他还差我一顿饭呢。”

“他差你一顿饭？”小武警表情奇怪。

“是啊。”秋峰追忆道，“我前年冬天时去大龙沟采访，樊军书记和袁腾飞乡长接待我。袁腾飞让我报道乡里一个下肢截断叫大昆的残疾人，他家境十分困难，但凭自己的努力栽培了五亩大果梨，只是怕第二年夏天收获了卖不出去，就让我给大昆做个报道，好给他宣传下，算做个功德。我冒着大雪和严寒采访了大昆，写了一篇大昆的人物专访，发表在《南淮日报》上，后来袁腾飞打电话给我说，要代表大龙沟乡党委、代表大昆感谢我，大昆事迹报道后，来了四面八方的客商，其中有个客商承包了大昆的大果梨，还用大昆的头像做了产品包装进行销售，现在大昆在大龙沟是出了名的梨状元了，袁腾飞说他和大昆要请我再去趟大龙沟，好好请我吃顿饭，但我哪还有时间去大龙沟呢。”说着，秋峰无奈地摇摇头。

“啊，您是记者？”小武警又吃惊道：“那大昆是我大叔，这、这……”

“这么巧？大昆是你大叔？”秋峰也吃了一惊，心想世界就是如此之小，感叹道：“奇怪，真是奇怪！”

“您饿了吧，我马上去给您买饭吃。”小武警突然对秋峰十分友好。

“大昆既是你大叔，你是应该要请我补顿饭吃。”秋峰想想又道：“你脱岗不怕上面领导追责？”

“哎，知道么，刚才那个平顶头检察官可是我表三叔，那个大昆是他哥哥呢。” “哦，巧了！” 秋峰暗自乐了下，小武警又道：“县官不如现管，只要我对他一说，他都对您感谢不尽呢！您坐着，我给您买饭去，吃饱饭再说。” 说着便出了门。

约一支烟工夫，小武警捧着两只饭盒走了进来，道：“正巧，食堂师傅还没离开，我让师傅热了热饭菜，赶紧趁热吃吧。”

秋峰打开饭盒一看，里面有鱼有肉还有蔬菜，冒着热气，他立即拿起筷子狼吞虎咽吃个精光。小武警见他吃得爽快，又道："我给您找些饮料，再找下我表三叔。"

小武警出了门，走到弄堂拐弯处正好碰上了平顶头，小武警迎上去把平顶头拉到一边，叽里咕噜说了一通，平顶头脸色和善许多，连连点头，便大步向秋峰房间走去，小武警紧跟后面。

"秋峰啊，你原来在南淮做过记者的？" 平顶头一进门便对秋峰和气地问道。

"是的，你怎知晓？" 秋峰对平顶头态度180度大转弯显然很不适应。

"真是大水冲了龙王庙，自家人不认自家人了！我每次回老家，我大哥多次提到的那个省报秋记者，原来就是你啊！刚才工作方面态度不好您多多包涵！" 平顶头对秋峰拱拱手道："刚才我听了小宋说，您在南淮做记者时帮我大哥栽梨做了报道，我大哥有今天多亏你当年帮的大忙，这个恩情我宋小宝一定要报啊！" 他从口袋里掏出五张大团结，转脸对小武警道："你赶紧拿这个去食堂找下大龙师傅，秋先生一定饿了，还有两个兄弟，说我宋小宝需要招待客人。"

"秋先生吃过些了，" 小武警又犹豫道："再说秋先生他们还是关系特定人身份，洪检看到，在院食堂吃饭怕不妥当吧？"

"行贿不是受贿，再说情节不太严重，洪检会听我的，一切由我来变通处理。" 平顶头想想又道："也好，要不这样，考虑影响问题，我们还是在院外招待，这样合适些吧。"

平顶头真是翻手是云，覆手是雨，竟寥寥数语，把其他几个检察员全部搞定，让小武警偷偷地用车把秋峰他们接到吴江荫营区一处不甚显眼的叫“鲜得来”的海鲜馆，平顶头很快赶来，再三致歉，道歉后竟若无其事地与秋峰如同老友一般吃起宵夜来。